| 펑쯔카이산문선 |

아버지 노릇

豐子愷代表作
by 豐子愷
Copyright ⓒ 1998 by 華夏出版社

豐子愷散文選集
by 豐子愷
Copyright ⓒ 1991 by 百花出版社

· ·

1판 1쇄 펴냄 2004년 6월 25일 | 1판 2쇄 펴냄 2005년 2월 18일
지은이 · 펑쯔카이 | 옮긴이 · 홍승직 | 펴낸이 · 이갑수
편집 · 김현숙, 서영주, 이유나 | 영업 · 백국현, 도진호 | 관리 · 김유미 | 펴낸곳 · 궁리출판

출판등록 1999. 3. 29. 제300-2004-162호 110-043
서울시 종로구 통인동 31-4 우남빌딩 2층 | 대표전화 734-6591 | 팩시밀리 734-6554
E-mail : kungree@chollian.net| www.kungree.com

ISBN 89-5820-010-3   03820

값 10,000원

| 펑쯔카이산문선 |

아버지 노릇

홍승직 옮김

궁리
KungRee

일러두기

이 책은 『펑쯔카이산문선집』(1992, 톈진, 백화문예출판사)과 『펑쯔카이대표작』(1998, 베이징, 화
하출판사)에서 선별하여 옮긴 것이다. 본문에 수록된 펑쯔카이의 그림은 원래 글이 게재될 때 같이
그려진 것도 있지만 특별한 연관이 없는 것도 있다.

펑쯔카이 산문선을 엮으며

'숙제(宿題)'란 단어는 참으로 부담스럽다. 그 한자의 뜻만 봐도, 지금 당장이 아니라 '나중에 두고두고 해보라고 의무 아닌 의무를 부여하는'〔宿〕것이기 때문이다. 두고두고 하겠다며 계속 미뤄도 되겠지만, 안 하면 어쩐지 찜찜하다. 펑쯔카이 번역은 이미 오래 전에 내가 스스로에게 남긴 숙제였다.

스무 해쯤 되었을까, 중국 근현대 작가의 글을 서로 나눠 읽고 발표 토론하는 어느 대학원 수업을 준비하면서, 나는 '의무적으로' 펑쯔카이의 글을 처음 접했다. 분담받은 것을 읽고 토론할 내용을 준비하는 그 일주일 안팎의 '의무' 기간 동안, 뜻밖에도 펑쯔카이의 글에 매료되었고, '언젠가 이 사람의 글을 통독하고 번역해보자!'는 숙제를 품게 되었다. 하지만 그것도 그때뿐, 매시기 그렇듯 그 숙제도 무수한 세파에 묻혀 까마득히 가라앉아 있었다.

너댓 해 전쯤, 중국으로 유학 갔던 한 후배가 귀국하여 짐을 정리하다 보니 집은 작고 책은 많아 보관할 공간이 없다면서, 자기에게는 불요불급한 '중국현대산문선집' 수십 권을 필요한 사람에게 주고 싶다며 무턱대고 내 방 문가에 부려버렸다. 선집 더미는 그렇게 한동안 방구석에 처박혀 있었다. 문가에 있으니 아무래도 드나들다 본의 아니게 눈길이 가게 마련, 어느 날 회의에 가려고 문을 나서는데 '펑쯔카이 선집'이 눈에 들어왔다. '아니, 이게…… 여기…… 있었네!' 반가운 마음에 발길을 멈추고 책을 들고 읽어내려갔다(결국 그날 회의는 참석하지 못했다). 그날의 '발견'은 세파에 묻혀 까마득히 가라앉았던 '숙제'를 수면 위로 띄워올렸다.

펑쯔카이 전문 연구자는 아니어서, 이것저것 꼼꼼하게 소개하지는 못한다. 그저 어쩌다 읽게 된 글이 너무 좋아 이렇게 몇 편을 번역하게 되었을 뿐이요, 그에 대해 알고 있는 지식도 주로 글편을 통해 조각조각 주워 모은 게 전부다.

그나마 다행스럽게도, 펑쯔카이만큼 자기 글에 자기를 그대로 담은 사람은 흔치 않다. 그를 소개한 자료를 따로 애써 찾아다닐 필요 없이, 그저 그의 글을 읽는 것만으로 그의 생각, 생활, 가족, 친구…… 모든 것을 고스란히 알 수 있다. 자기를 둘러싼 유형과 무형의 모든 것, 그야말로 모든 것이 그의 글과 그림의 소재가 되어 예술적 가치로 둔갑한다. 글쓰기는 기술로서가 아니라 생활의 하나로 익히는 것이란 모범을 세상 모든 사람에게 보여준다.

　그림 또한 그의 삶에서 너무나 자연스럽고 중요한 부분을 차지하여, 자기 이야기를 할 때면 자연스럽게 그림에 얽힌 내용이 나온다. 그림의 명성이 무성하여, 글이 그늘에 가려 빛을 보지 못했다고 할 정도다. 사실 그의 창작 생활에서 글과 그림은 불가분의 관계다. 한마디로 그의 그림은 '글로 그린 그림'이요, 그의 글은 '그림으로 쓴 글'이라고 할 수 있다.

　펑쯔카이에 의해 중국에서 '만화(漫畵)'란 단어가 처음으로 쓰이게 되었다. 펑쯔카이의 만화를 보면, 왜 그의 그림에 만화라는 '새로운' 이름을 붙여야 했는지 고개가 끄덕여진다. 산수·화조 등을 고상한 붓질로 심혈을 기울여 우아하게 그린 게 아니니, 남종화니 북종화니 문인화니 하는 이름을 붙이기도 그렇다. 위대한 예술 작품처럼 영혼을 뒤흔든다거나 하는 거창한 작용도 없다. 그래도 그림은 그림이되, 선이 단순 간략하여, 그저 아무렇게나 쉽게 그린 듯하다. 심지어 이목구비도 제대로 못 갖춘 사람도 보인다. 그런데 가만히 보면, 그저 윤곽만 간신히 갖춘 얼굴에서 희노애락·불안·초조·긴장·공포 등 모든 감정이 엿보인다. 세상 모든 모습이 여과 없이 담겨 있다. 한 폭의 그림이 이런저런 세상사를 글보다 더 많이 이야기해준다. 그래서 만화인 것이다.

펑쯔카이의 글이 모아져 처음 책으로 출판된 것은 『위앤위앤탕 수필』로, 1931년 그가 서른네 살 때였다. 그리고 구 년 뒤, 일본이 침략의 야욕을 막바지로 불태우던 1940년, 일본에서 이 문집의 일본어 번역이 나왔다. 그 당시 중국과 일본의 관계를 생각해보면, 흥미롭고도 불가사의한 일이 아닐 수 없다. 당시 정치 상황엔 아랑곳없이, 그의 글이 그만큼 일본 어느 문인의 마음을 사로잡았기 때문이리라. 이에 비하면 한국에서는 조잡한 선역이나마 이제서야 내는 것이 만시지탄이라 한편 부끄럽고, 그나마 이렇게라도 시도를 하게 되어 한편 다행이다.

이제 이십 년 묵은 숙제를 일부나마 이렇게 세상에 내놓는다. 선생님에게 숙제를 제출하는 학생의 심정이 이와 같을까. 내심 자신이 없어서 대충 눙쳐 넘어간 부분이 곳곳에 있는데, 그걸 들킬까 조마조마하기도 하고, 밑줄이나 빨간 색연필로 강조해서 자랑하

고 싶은 부분을 알아주는 이가 없을까 남몰래 발을 동동 구르기도
한다.

　워낙 좋아하는 글이라 몇 편 번역하여 잠시 홈페이지에 올렸는
데, 그걸 용케도 찾아내어 고맙게도 선뜻 출판을 제의한 궁리출판
사 이갑수 사장과의 만남 또한 예사로운 만남은 아니었으리. 역자
가 통보나 소식도 없이 중국에 가 있는 일 년 동안, 돌아올 때까지
초고 뽑아놓고 묵묵히 기다리는가 하면, 갖가지 자잘한 주문을 마
다않고 받아주며 이렇게 예쁘게 책을 만든 궁리출판 서영주 씨를
비롯한 모든 분께 고마운 마음을 전한다.

2004년 2월 서울 광나루에서
홍승직

1 부 | 살아간다는 것

삶이 원활히 돌아가게 하는 미묘한 요소를 하나 들라면, 무엇보다 '점점'을 꼽겠다. 조물

주가 인간을 속이는 수단을 들라면, 역시 무엇보다 '점점'을 꼽겠다. 깨닫지 못하는 사이

에, 천진난만한 아이가 '점점' 야심 만만한 청년으로 변해가고, 기개와 의협이 넘치는 청

년이 '점점' 냉혹한 성인으로 변해가고, 혈기 왕성한 성인이 '점점' 완고한 노인으로 변

해간다.

점점

삶이 원활히 돌아가게 하는 미묘한 요소를 하나 들라면, 무엇보다 '점점'을 꼽겠다. 조물주가 인간을 속이는 수단을 들라면, 역시 무엇보다 '점점'을 꼽겠다. 깨닫지 못하는 사이에, 천진난만한 아이가 '점점' 야심 만만한 청년으로 변해가고, 기개와 의협이 넘치는 청년이 '점점' 냉혹한 성인으로 변해가고, 혈기 왕성한 성인이 '점점' 완고한 노인으로 변해간다. 한 해 한 해, 한 달 한 달, 하루 하루, 한 시간 한 시간, 일 분 일 분, 일 초 일 초…… 그 변화가 점점 진행된다. 마치 경사가 아주 완만한 기나긴 비탈을 걸어 내려오는 것과 같아, 사람들은 내려가는 흔적을 느끼지 못하고 고도가 변하는 경계를 깨닫지 못한다. 언제나 영원히 변하지 않는 같은 위치에 있다고 느끼고, 언제나 삶의 재미와 가치가 있다고 느낀다. 그래서 삶을 긍정하고, 삶이란 것이 원활하게 진행된다.

만약 삶의 진행이 완만한 비탈을 내려오는 것과 달리, 풍금 건반의 '도'에서 '레'로 갑자기 건너뛰듯 어제의 아이가 오늘 아침 갑자기 청년으로 변한다면, 또는 '도'에서 갑자기 '미'로 건너뛰듯 아침의 청년이 저녁에 갑자기 노인으로 변한다면, 사람들은 틀림없이 경악하고 감개하고 슬퍼할 것이요, 아니면 인생무상을 통감하면서, 자기가 사람인 것이 싫어질지도 모른다. 그러니 삶은 '점점'에 의해 진행된다는 걸 알 수 있다. 특히 여자의 경우에 더욱 그러하다. 오페라 무대 위의 꽃 같은 소녀가 미래 어느 화롯가에 앉은 노파라고 하면, 누구나 믿지 않을 것이요, 소녀 또한 인정하지 않으려 할 것이다. 사실 지금의 노파는 모두 꽃 같은 소녀가 '점점' 변한 것임에도.

사람이 처지의 몰락을 받아들일 수 있게 하는 것도 순전히 '점점'의 도움 때문이다. 어마어마한 부잣집 도령이 여러 차례 파산하며 '점점' 가산을 탕진하여 가난한 사람으로 변해가고, 가난하면 품팔이를 해야 하고, 품팔이하다 왕왕 노예로 전락하고, 그러면 무뢰한이 되기 쉽고, 그러다 거지가 될지도 모르고, 그러다가 공공연히 도둑질을 하고……. 이런 예가 소설에서나 실제에서나 아주 많다. 십 년, 이십 년 긴긴 세월 동안 한 걸음 한 걸음 '점점' 그 몰락에 도달하여, 당사자로서는 무슨 강렬한 자극을 느끼지 못한다.

重生

회생

그러므로 춥고 배고프고 병이 들고 고통받고 수갑 차고 곤장 맞는 지경에 이르러도, 여전히 그저 그런 듯이 눈앞의 삶의 환희에 연연한다. 만약 천만장자가 갑자기 거지나 도둑으로 전락하면, 틀림없이 분통이 터져서 살고 싶지 않을 것이다.

그야말로 대자연의 신비로운 법칙이요, 조물주의 미묘한 솜씨다! 음과 양이 소리 소문 없이 움직이고, 계절이 차례로 바뀌고, 만물이 나고 번성하고 쇠퇴하고 죽는 것에 이르기까지, 슬그머니 이 법칙에 들어맞지 않는 것이 없다. 싹트는 봄에서 '점점' 녹음 짙은 여름으로 변해가고, 조락하는 가을에서 '점점' 고적한 겨울로 변해간다. 지금까지 추위와 더위를 수십 번이나 겪어왔어도, 화롯가에 모여들고 이불을 뒤집어쓰는 겨울 밤에는 얼음물 마시고 부채질하는 여름 모습이 여전히 상상이 잘 안 된다. 반대 경우도 그렇다. 그러나 겨울에서 하루 하루, 한 시간 한 시간, 일 분 일 분, 일 초 일 초 여름으로 움직이고, 여름에서 하루 하루, 한 시간 한 시간, 일 분 일 분, 일 초 일 초 겨울로 움직인다. 그 과정에서 아무런 뚜렷한 움직임의 흔적을 찾을 수 없다.

밤낮도 마찬가지다. 저녁에 창 밑에 앉아 책을 보노라면, 책장이 '점점' 어둠에 젖는다. 끊임없이 보고 있으면(빛이 점점 약해짐에 따라 눈에 점점 힘이 들어가며), 거의 영원토록 책장의 글씨 흔적을 알아볼 수 있으며, 낮이 이미 밤으로 변한 것을 느끼지 못한다. 여명에 창가에 기대어, 아무리 눈 하나 깜박이지 않고 동쪽 하늘을 보고 있어도, 밤에서 낮으로 움직이는 흔적을 찾아내지 못한다. 아침저녁으로 만나는 부모는 자식들이 점점 크는 것을 제대로 느끼지 못한다. 오랜만에 만나는 먼 친척이 못 알아볼 만큼 컸음에도.

예전에 제야의 밤에, 붉은 촛불 아래에서 수선화가 피길 기다리며 지켜봤던 적이 있다. 얼마나 바보 같은 짓이었는가! 만약 그 때 수선화가 당장 우리가 보라고 피었다면, 그것은 대자연 원칙의 파괴이며, 우주 근본의 동요이며, 세계 인류의 종말이 아니겠는가!

각 단계마다 차이가 지극히 미미하고 완만하게 함으로써 시간의 흐름과 사물이 변해가는 흔적을 은폐하여, 그것이 항구불변한 것처럼 사람들이 오인하게 하는 것이 바로 '점점'의 효과이다. 이것은 정말 조물주가 인간을 속이는 엄청난 꾀이다! 비유 하나 들어보자.

한 농부가 매일 아침 송아지를 안고 도랑을 뛰어 건너 밭에 일하러 갔다가, 저녁에 또 송아지를 안고 도랑을 뛰어 건너 집에 돌아왔다. 하루도 그친 적이 없었다. 송아지는 점점 자라고 무거워져서, 그렇게 일 년이 지나자, 거의 이른 소가 다 되었다. 그러나 농부는 전혀 느끼지 못하고, 여전히 소를 안고 도랑을 뛰어 건넜다. 그러다 무슨 일 때문에 하루 일을 쉬었더니, 그 다음날부터는 그 소를 안고 도랑을 뛰어 건널 수가 없었다.

인간이 매일 매시 삶의 환회에 머물러 변천과 고생을 느끼지 못하게 하는 것이 바로 조물주가 인간을 속이는 방법이다. 인간은 나날이 무거워지는 소를 안고 하루도 쉬지 않고 매일같이 도랑을 뛰어 건넌다. 변하지 않는다고 오인하고 있지만, 사실 그 노고는 매일매일 증가하고 있다.

시계야말로 인생을 가장 잘 상징하는 것이리라. 평상시에 얼핏 보면 시계의 분침과 시침은 움직이지 않고 늘 제자리에 있는 듯하다. 그러나 인간이 만든 것 중에서 시계 바늘만큼 쉬지 않고 끊임없이 움직이는 것도 없다. 하루하루 일상을 이어가는 삶 또한 이와 같다. 순간순간 나는 나라고 느끼고, 이 '나'는 영원히 변하지 않는 것 같지만, 사실 시계 바늘과 마찬가지로 끊임없이 변화한다. 숨이 붙어 있는 한 나는 언제나 '나'요, 나는 변하지 않는다고 느끼며 여전히 자기 삶에 머물러 있으면서, 가련하게도 끝까지 '점점'에 속는다.

'점점'의 본질은 '시간'이다. 음악이라는 시간 예술이 회화라는 공간 예술보다 훨씬 신비로운 것처럼, 시간은 공간보다 훨씬 불가사의하다. 공간의 경우는 얼마나 광대하고 무한하든 간에, 굳이 따져보지 않더라도 그 일단을 파악할 수 있으며, 그 일부를 인정할 수 있다. 허나 시간은 전혀 파악할 길 없고 만류할 수 없이, 그저 과거와 미래가 막막한 가운데 끊임없이 쫓고 쫓길 뿐이다. 성질을 따지면 막막하고 불가사의하고, 분량을 따지면 인생에서 너무나 많은 것 같다.

보통 사람들은 시간의 본질을 깨닫는다 해도, 그저 배나 차를 타는 짧은 시간 동안만 그 지배를 제대로 받을 뿐, 저마다 타고났다는 백 년이라는 수명의 오랜 기간 동안에는 감당을 못하고, 왕왕 국부에 빠져서 전체를 돌아보지 못하곤 한다. 기차에서 승객들을 보면, 언제나 그중에는 통달한 사람이 있게 마련이다. 잠시의 안락을 희생하며 자리를 약자에게 양보하여 마음의 태평을 (혹은 잠시의 칭찬을) 얻는 사람이 있는가 하면, 사람들이 앞다투어 먼저 내리려는 것을 보고 뒤편에 물러나 있으면서 '밀치지 말아요. 어차피 다들 내릴 텐데!' '모두 내리는 거예요!' 하고 소리치는 사람도 있다. 그러나 '사회' 또는 '세계' 라는 커다란 기차를 탄 '인생' 이라는 장기 여객 중에는 이렇게 통달한 사람이 드물다. 그래서 백년 이란 수명은 너무 긴 것이 아닌가 싶다. 지금 세상 사람들이 각자 배나 차를 타는 기간 정도로만 수명이 정해졌다면, 아마 인류 사회에서 수많은 흉악하고 잔인하고 처참한 싸움이 줄어들 것이요, 기차에서와 똑같이 서로 양보하고 평화롭고 그럴지도 모르는 일이다.

하지만 인류 중에는 백년 또는 천고의 수명을 타고났다 해도 감당할 수 있는 사람도 몇몇 있다. 그런 사람이라면 '위대한 인격' '위대한 인생' 이라고 할 만하다. 그들은 '점점' 에 기만당하지 않고, 조물주에 속지 않고, 무한한 시간과 공간을 한 조각 마음에 아울러 수축해놓는다. 블레이크(Blake)의 노래처럼!

모래 한 알에서 세계를 보다
한 송이 들꽃에서 천국을 보다
너의 손에 무한이 담겨 있다
한 시간이 바로 영겁이다

(저쭈런 선생의 번역을 인용) 🔳

기차 속 세상

내가 처음 기차를 탄 것이 열예닐곱 살 때, 그러니까 지금부터 이십여 년 전이다. 그전부터 일찌감치 기차는 다니고 있었지만, 우리 고향이 기차 역에서 삼십 리나 떨어져 있어서, 평소 그저 그 이름만 들었을 뿐 기차를 보거나 타러 갈 기회가 없었다. 열예닐곱 살 때, 고향의 소학교를 졸업하고 항저우로 중등학교 시험을 보러 가게 되어서야 처음으로 기차를 보기도 하고 타기도 했다. 그전에 사람들이 이런 말을 했다. '기차가 얼마나 무섭다구. 철로 위를 걷다가 까딱 잘못하면 몸이 깔려 두 동강이 난다니까.' 이런 말도 들었다. '기차는 말도 못하게 빠르다구. 기차 안에 앉아서 창 밖 전봇대를 보면 꼭 울타리처럼 획획 지나가지.' 나는 그런 말을 듣고 기차를 상상해보았는데, 거의 포탄이나 유성같이 사납고 당돌한 모습이 떠올라 무섭기만 했다. 그러나 나중에 보기도 하고 타기도 하니, 그냥 그저 그랬다. 세상 일이라는 게 종종 그렇다.

그때 처음 기차를 탄 이후 이십여 년 동안 기차와 나의 인연은 오래도록 계속됐다. 적어도 매년 서너 차례는 탔으며, 매달 서너 차례 탈 때도 있었고, 많을 때는 매일 서너 차례 타기도 했다(그러나 그건 지앙완에서 상하이까지 다니는 작은 기차였다). 지금까지 기차를 탄 횟수를 이루 다 셀 수는 없다. 또 기차를 탈 때마다 늘 느낌이 달랐다. 만약 매번 기차를 내릴 때마다 기차를 탈 때의 느낌을 기록했다면, 지금까지 아마 수백만 자 이상의 분량이 쌓였을 것이며, 어마어마한 기차 승차 전집을 출판할 수도 있었으리라. 하지만 내게 어디 그런 느낌을 기록할 시간과 능력이 있었겠는가? 다만 과거에 기차를 탔을 때의 심경을 회상해보면, 세 시기로 나눌 수 있을 것 같다. 이제 기록해보는 것은, 반은 스스로 즐기기 위한 것이고, 반은 기차를 타본 적이 있는 이 세상 독자들도 기차를 타면서 나하고 똑같은 생각을 했는지 궁금해서다.

첫째 시기는 처음 기차를 탔을 때다. 기차를 탄다는 것은 나로서는 너무나 신기하고 재미있는 일이었다. 자기 몸이 커다란 나무상자에 실리고, 기계가 그 커다란 나무상자를 끌고 미친 듯이 달리는 그런 경험은 내가 그때까지 겪어보지 못했던 것이니, 어찌 신기하고 재미있지 않을 수 있겠는가? 차표를 산 나는 차가 빨리 오기를 열렬히 바랐다. 차를 타면 늘 창가 쪽 좋은 자리를 골라 앉았다. 그래야만 창 밖에서 쉬지 않고 돌아가는 먼 경치와 순식간에 천변만화하는 가까운 경치와 크고 작은 정거장을 다 볼 수 있었기 때문이다. 사시사철 늘 똑같은 집에서 살다가 그 광대하고 변화무쌍한 세상을 보게 되니 모든 것이 흥미로웠다. 기차 타는 시간을 조금이라도 더 늘리지 못하는 게 안타깝고, 너무 빨리 도착하는 게 속상하고, 내릴 때는 아쉬웠다.

　나는 오랫동안 탈 수 있는 장거리 기차를 타는 게 좋았다. 제일 좋은 건 완행 열차를 타는 것이었다. 차를 타는 시간이 제일 길고, 역마다 모두 서서 마음껏 구경할 수 있기 때문이었다. 같이 차를 탄 승객들도 저마다 나처럼 유쾌한 것을 보니, 기차를 타는 새 생활을 저마다 그렇게 목적 없이 즐기려는 듯했다. 기차역은 하나같이 아름다웠다. 하나하나가 마치 무릉도원으로 들어가는 입구 같았다. 등줄기로 온통 땀을 뻘뻘 흘리면서 짐을 메고 있는 사람, 기차를 타려고 숨을 헐떡이며 미친 듯이 달려오는 사람, 짐을 짊어지고 황급히 내리는 사람, 빨강 초록 깃발을 들고 운진을 지휘하는 사람, 내가 보기에는 모두 재미있는 놀이나 연극을 하는 것 같았다. 세상은 정말 커다란 놀이터였고, 기차를 타는 것은 정말 유쾌하기 짝이 없는 즐거움이었다! 애석하게도 이 시기는 아주 짧아, 오래지 않아 즐거움이 고생으로 바뀌었다.

　둘째 시기는 기차를 자주 타고 다니던 때다. 모든 것에 싫증이

기찻간에서 2

나, 기차 타는 것이 나로서는 지겨운 일로 변했다. 전에는 차표를 사면 차가 빨리 오기를 열렬히 바랐다. 이때도 차가 빨리 오기를 바라긴 했는데, 열렬하게가 아니라 초조하게였다. 제발 그게 빨리 와서 나를 목적지로 실어다 주기를 바라는 뜻에서였다. 전에는 차에 오르면 창가 쪽 좋은 자리를 골랐는데, 이제는 개의치 않고, 그저 자리만 있으면 됐다. 전에는 차 안에서 끊임없이 창 안팍 사람과 경치를 구경했는데, 이제는 아무것도 보고 싶지 않고, 차에만 올랐다 하면 주위 경치가 움직이는지 가만 있는지 아랑곳하지 않고, 책을 한 권 꺼내 목적지에 도착할 때까지 머리를 파묻고 오직 그 책만 들여다보았다. 늘 기차를 타다 보니 모든 것이 이미 익숙하게 본 것이라, 그런 천편일률적인 것들에는 아무 볼거리가 없으니, 차라리 그 길고 무료한 시간을 이용해 공부라도 하는 게 낫다는 생각이 들었다. 하지만 공부가 좋아서라기보다는 어쩔 수 없어서 하는 것이었다. 책을 보다가 피곤해질 때마다, 책을 아주 많이 본 것 같은데도 겨우 두 정거장밖에 지나지 않았나 하며, 기차가 너무 느리게 가는 것이 원망스러웠다.

그때는 차를 탄 모든 사람들이 나와 같은 처지인 듯, 모두 초조하게 찻간에 앉아서 목적지에 도착하길 기다리는 것 같았다. 차창에 기대어 이것저것 가리키며 담소하는 아이들을 보면 유치하다 생각했고, 처음 집을 나서서 보는 것마다 그렇게 신기해하는 것이 천박하고 우습다고 생각했다. 때로 창 밖에서 비행기가 지나가면

차에 탄 사람들이 모두 일어나 구경했는데, 나도 그저 사람들을 따라 슬쩍 돌아보고는 곧바로 책에 머리를 묻었다.

결국, 그때 나는 형식상으로는 기차를 탔지만 정신상으로는 세상을 벗어나 혼자 서 있는 듯, 그전처럼 스스로의 서재 안에 갇혀 있는 듯했다. 세상 모든 것이 무미건조하고, 즐길 만한 것은 없고 오직 번민과 피곤과 고통만이 존재하는 것이, 기차 타는 것과 똑같다고 생각했다. 이 시기는 꽤 오래 이어져, 중년에 깊이 들어서서야 끝났다.

셋째 시기는 기차를 타는 게 습관이 된 때라고 할 수 있다. 너무 많이 타다 보니, 마냥 지겨워만 할 수도 없는 노릇, 그저 순리려니 받아들이려고 했다. 그러니 심경이 변하여, 이전에 지겹게 보았던 것들도 새로 의미를 지니고, 마치 '온고지신'이 된 것 같았다. 처음 기차를 탈 때는 즐거웠고, 그러다 괴로움으로 변했고, 마지막에 또 즐거움으로 변하니, 마치 '노인이 회춘한' 것과 같았다. 처음에는 기차에 타 경치 보는 것을 좋아했고, 중간에는 머리를 파묻고 책을 보고, 또 마지막에는 책을 보지 않고 경치 보는 것을 좋아했다. 그러나 이번에는 처음에 경치 보기를 좋아한 것과는 성격이 달랐다. 처음에 본 것은 모두가 기쁜 것이었으나, 뒤에 본 것들은 대다수가 놀라운 것, 우스운 것, 슬픈 것이었다. 머리를 파묻고 책을 보는 것보다는 놀라운 것, 우스운 것, 슬픈 것을 발견하는 것에서 더 많은 흥미를 느꼈을 뿐이다. 그래서 전자의 환희는 정말로 '환

희'라, 영어로 옮기면 'happy'나 'merry'를 쓸 수 있겠지만, 후자
는 'like'나 'fond of'일 뿐으로 진심으로 느끼는 환락이 아니었
다. 사실 이것은 원래 비교에서 나온 결과이다. 책을 보자니, 기차
타는 번민을 싹 잊고 재미에 빠질 만한 좋은 책이 사실 별로 없었
다. 그런데 이 기차 속 세상의 갖가지 인간상이 도리어 살아 있는
좋은 책이어서, 때때로 나에게 새로운 페이지를 펼쳐주었다. 기차
타는 것에 익숙한 사람은 아마도 내 말에 어느 정도 동감하는 부분
이 있으리라!

　기차 속 세상의 다른 자잘한 것들은 그만두고, 사람들이 앉은 자
리만 보아도 경탄을 자아내기에 충분하다. 똑같이 표를 한 장 샀는
데, 어떤 사람은 줄곧 거리낌없이 누워 대여섯 명 자리를 혼자서
차지하고 간다. 자리를 찾는 사람이 오면 안쪽으로 고개를 돌리고
일부러 코고는 소리를 내거나, 환자인 것처럼 가장하거나, 손을 들
어 저쪽을 가리키면서 말한다.

　"앞쪽은 텅텅 비었어요, 앞쪽은 텅텅 비었다구요."

　착하고 순진한 시골 사람은 보통 그 말만 믿고, 그가 편히 자도
록 놔둔 채, 짐을 짊어지고 그가 가리킨 앞쪽으로 '텅텅 빈' 자리
를 찾아서 간다. 어떤 사람은 자기 좌우 옆 자리에 짐을 나누어 놓
아서, 자기 호위대로 삼는다. 그게 네모난 가죽 상자면 차탁자로
쓰기도 한다. 자리를 찾는 사람이 오면, 죽어라고 고개를 파묻고
신문을 본다. 상대가 서슴없이 그에게 의견을 제시한다.

"선생, 미안합니다만, 상자를 위에 올려놓고 같이 좀 앉지요!"

그는 먼 곳을 가리키며 거들먹거리는 말투로 거절한다.

"저기도 좋은 자리 많은데, 왜 꼭 여기 앉으려는 거요?"

그러고는 아랑곳 않고 신문을 본다. 착하고 순진한 시골 사람은 대개 더는 부탁하지 않고, 그가 짐 보따리의 호위 속에 앉아서 신문을 보게 하고, 그가 가리킨 저쪽으로 '좋은 자리'가 있는 곳을 찾아서 아이를 안고 간다. 어떤 사람은 짐도 없는데 몸을 비비 틀어 엉덩이 한쪽과 허벅지 한쪽이 두 사람 자리를 차지하게 하고, 유유자적 창에 기대 담배를 피운다. 그는 큰 거북 등딱지같은 등 부분을 오른쪽 사람을 향하게 하고, 왼다리 허벅지를 가로로 턱 걸쳐 왼쪽 사람이 가까이 오지 못하게 막는다(당시의 기차는 세로로 좌석을 배열하여, 양쪽 창가에 기대도록 각각 한줄 의자가 놓이고, 중간에 등과 등이 맞닿게 길게 두 줄 의자가 놓였다. 세로로 긴 의자 네 줄이 각각 마주보게 놓인 셈이다 : 옮긴이). 그 허벅지가 차지한 공간은 완전히 그의 소유여서, 거기서 조용히 담배도 피우고 신문도 보곤 한다. 자리를 찾는 사람이 와서 마주치면 신문지를 허벅지에 쌓아놓고 창 밖으로 머리를 내밀고는, 보지도 듣지도 못한 척한다. 허벅지 책략을 쓰지 않고 책과 모자 등을 자기 옆 자리에 놓는 술수를 쓰는 사람도 있다. 자리를 찾는 사람이 와서 치워달라고 하면 '여기 사람 있어요'라고 대답한다. 착하고 순진한 시골 사람은 대체로 그의 말을 믿게 마련, 그가 말한 그 '사람'이 앉도록 빈 자리를 남겨두고, 노인을 부축하고 다른 곳으로 자리를 찾아서 간다. 자리를 찾지 못하면, 짐을 출입구에 놓고 자기가 짐 위에 앉거나, 아이를 안고 노인을 부축하고 WC 문 앞에 서 있다. 검표원이 오면, 자리 차지하고 누운 사람이나 허벅지나 모자로 자리를 다 차지한 사람에게는 뭐라고 하지도 않으면서, 오가는 데 방해가 된다면서, 짐 위에 앉은 사람과 아이를 안고 노인을 부축하고 WC 문 앞에 서 있는 사람에게 몇 마디 욕을 내뱉는다.

그런 기차 속 세상의 모습을 보자면 놀랍기도 하고, 우습기도 하고, 슬프기도 하다. 놀라운 거라면, 모두 똑같이 돈 내고 똑같은 표를 샀으니까, 분명히 똑같이 평등한 승객인데, 어떻게 그런 불평등한 상황이 연출될 수 있는가 하는 것이다. 우스운 거라면, 억지로 자리를 차지한 사람들은 자기 하나만의 구차한 편안을 꾀하여 서슴없이 거짓말을 하고 연기를 하는데, 나중에는 결국 그 좋은 자리를 버리고 가야 한다는 것이다. 슬픈 거라면, 기차를 탄 시간 내내 착하고 순진한 승객들이 그저 입구에 쌓아놓은 짐 위에 앉거나 아이를 안고 노인을 부축하고 WC 입구에 서서 고생고생하면서, 게다가 검표원에게 욕까지 몇 마디 얻어먹어야 한다는 것이다.

기차 속 세상에서 자리와 관련된 이런 점만 봐도 충분히 경탄하고도 남는다. 하물며 그밖의 갖가지 모습이야 말할 필요 있겠는가! 한마디로 말하면, 인간 사회의 모든 모습이 기차 속 세상에 축소되어 있다. 그래서 기차를 타면 책을 볼 필요 없이 그저 기차 속 세상을 인간 세상의 모형이라고 간주하고 보는 것만으로도 충분히 시간을 보낼 수 있다.

기차를 타고 다닌 세 시기 동안 나 자신의 심경을 회상해봐도 역시 놀랍고, 우습고, 슬프다. 처음 기차를 탔을 때부터, 자주 타고 다니던 때를 거쳐, 기차 타는 게 습관이 된 시기까지, 시간의 순서에 따른 변화가 너무 빠르다는 것이 놀랍다! 알고 보니 기차 타는 것은 특별할 것 없는 그저 보통 일이었다는 것이 우습다. 어렸을 때 '전봇대가 나무 울타리 같기도 하고' 정거장이 무릉도원 같기도 하다고 생각한 것도 물론 우습고, 나중에 그걸 그렇게 지겨워해서 책에 머리를 파묻은 것도 마찬가지로 우습다. 기차 타는 것에 대해 지난날 환희를 더는 느끼지 못하고, 기차 속 세상의 괴이한 모습을 관찰하며 시간을 보내는 것이 사실 내가 원하는 건 아니라는 것도 슬프다.

그래서 나는 예전에 외국에서 탔던 기차를 동경한다. 그 기찻간은 아주 질서 정연하면서도, 지금 보는 것과 같은 괴이한 광경이 전혀 없었다. 그때 우린 찻간에서 아무 고충이란 걸 모르고 오직 여행의 즐거움만 느꼈다. 그러나 이는 이미 오래 전에 지나간 일로, 지금 세상에서는 그런 기차 속 세상 풍경을 더는 보지 못할지도 모른다. 그저께 한 친구와 기차에서 내렸다. 역에서 나오자 그 친구가 새로 지은 시인 듯 몇 마디 읊조렸다. 기억나는 대로 그 시를 적으면서 이 글의 마무리로 삼는다.

인생은 기차 타기

일찍 타서 일찍 내리기도 하고

늦게 타서 늦게 내리기도 하고

일찍 타서 늦게 내리기도 하고

늦게 타서 일찍 내리기도 하고

차에 올라타면 자리를 다투고

차에서 내리면 각자 자기 집으로

차에서는 차표를 잘 보관하세

내릴 때 원래 그대로 돌려줘야지

1935년 3월 26일 [인장]

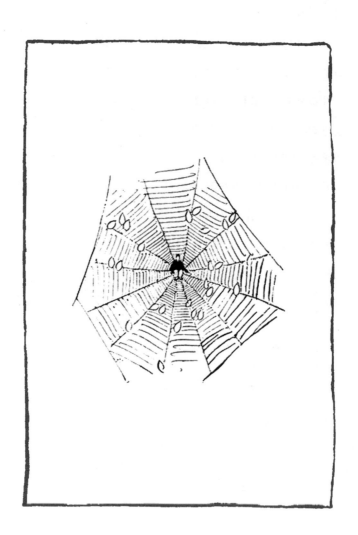

세상의 그물

큰외삼촌이 '큰 세상' 나들이에서 돌아오셨다. 탁자에 리앙시앙 밤 두 봉지 털썩 올려놓고, 등나무 의자에 기대어, 환락의 피로가 묻어난 얼굴로 고개를 저으며 말씀하셨다.

"상하이 나들이 정말 기분 끝내주더구만! 경극, 신파극, 그림자극, 화극, 판소리, 마술……, 아 글쎄 없는 게 없더라니까. 차 마시고, 술 마시고, 요리 먹고, 과자 먹고…… 뭐든지 마음대로 골라 먹지. 게다가 엘리베이터, 비행선, 허니문 카, 스케이트…… 호랑이, 사자, 공작, 구렁이…… 정말 온갖 기이한 게 다 있어! 이야, 정말 기분 좋게 나들이 한번 잘 했네그려. 다만 돈을 생각하면 기분이 좀 착잡허네. 상하이에선 정말 돈 쓰기 쉽더라구! 돈만 안 드는 나들이라면, 하하하하."

"하하하하." 나도 따라 웃었다.

큰외삼촌 말이 정말 일리가 있었다. '기분 좋게 나들이 한번 했으면서도, 다만 돈을 생각하면 기분이 착잡한' 것과 같은 경우를 나도 종종 겪는다. 배 탈 때, 차 탈 때, 물건 살 때…… 돈만 생각하지 않는다면, 그런 것을 만든 일꾼이나 파는 상인에게 너무나 고마운 생각이 들고, 인생이란 그야말로 의미가 있는 것도 같다. 그러나 돈이라는 교환 조건이 필요하다는 것만 떠올리면 재미가 사그라든다. 가르치는 것도 그렇다. 한 반 청년이나 아이들과 함께 공부하고, 그들을 위해 수업을 하는 것은 그야말로 의미가 있고 기쁜 일이다. 그러나 수업 시작과 종료를 알리는 종 소리가 명령하듯 들려오면, 군대식으로 '출석 점검'을 할 때면, 무슨 장사하듯 '월급'이란 것을 생각하면, 기분이 불쾌해지면서 '수업한다'는 그 일이 지겨워진다. 큰외삼촌이 큰 세상 나들이를 했을 때와 정말 똑같다. 그래서 큰외삼촌 말에 일리가 있다고 탄복하며 '하하하하' 하고 따라 웃었던 것이다.

'가격'이란 것은 원래 사물의 의의를 제한하거나 감소시키게 마련이다. 큰외삼촌의 말처럼 '공화청에서는 차 한 주전자가 2전이고, 사자를 보려면 동전 스무 개가 든다'고 사물의 대가를 규정하면, 그 행동의 의미가 제한을 받아서, 공화청에서 차 한 주전자 마시는 건 이 전을 마시는 것과 다름없고, 사자를 보는 건 동전 스무

개를 보는 것과 다름없는 것처럼 보인다. 그러나 실제로 공화청에서 차를 마시거나 사자를 볼 경우, 그 차를 마시거나 사자를 보는 우리에게 그 재미는 결코 그렇게 간단한 선에서 끝나지 않는다.

사고 파는 가격의 눈으로만 사물을 보면, 세상에는 오직 돈만 있는 것처럼 보일 뿐 다른 의미가 없으며, 모든 사물의 의미가 감소된다. 이렇게 사물을 돈과 관련짓는 것이 바로 '가격'이며, 그 밖의 세상 모든 '관계' 또한 사물 자체의 존재 의의를 방해할 수 있다. 따라서 우리가 어떤 사물 자체의 참된 존재 의미를 알고자 한다면, 세상 모든 것과 맺어진 관계를 철거하지 않으면 안 된다.

큰외삼촌은 줄곧 돈만 생각하면서 큰 세상 나들이를 하지는 않았을 것이다. 그러니까 그렇게 기분 좋게 찬미할 수 있는 것이다. 그러나 큰외삼촌은 단지 '가격'이라는 것과의 관계만 끊었을 뿐이다. 언제나 세상 일체의 관계를 생각하지 않고 이 세상에서 살아갈 수만 있다면, 그 일생은 틀림없이 훨씬 더 환희와 위안을 얻게 될 것이다. 보리 물결을 만나도 그것이 빵의 원료라는 걸 생각할 필요 없고, 쟁반 위의 귤을 봐도 그것이 갈증을 풀어주는 과일이라는 걸 생각할 필요 없고, 길가의 거지를 봐도 돈을 구걸하는 가난한 사람이라는 걸 생각할 필요 없고, 눈앞의 풍경을 봐도 어느 마을 어느 동네 교외라는 걸 생각할 필요 없다. 이렇게 할 수만 있다면, 큰외삼촌이 큰 세상 나들이를 한 것처럼, 언제나 기분 좋게 찬미하며 이 세상을 살 수 있을 것이다.

무지막지하게 크고 복잡한 그물이 이 세상에 얽혀 있는 듯하다. 크고 작은 모든 것이 그 그물에 갇혀 있다. 어떤 사물을 파악하려고 할 때, 그 참 모습이 홀로 뚜렷이 내 눈 앞에 나타나게 하지 않고, 늘 무수한 줄을 끌어당겨 무수한 다른 것을 끄집어내 견줌으로써, 언제나 세계의 진상을 보지 못해왔다. 큰외삼촌은 큰 세상에서 '돈'과 연결된 한 줄을 끊고 나서 만족을 얻고 돌아올 수 있었다. 나도 잘 드는 가위 하나 구해서 이 그물을 모조리 끊어버리고 이 세계의 참 모습을 알고 싶다.

예술과 종교, 이것이 바로 이 '세상의 그물'을 끊으려고 내가 찾는 가위이다. 🔲

큰 메모장

어렸을 때, 배를 타고 고향으로 성묘하러 간 적이 있다. 선창에 기대어, 끊임없이 배 옆으로 겹겹이 출렁거리는 물결을 정신없이 보고 있던 중, 깜빡 기우뚱하다가 손에 쥐고 있던 오뚝이를 강물에 떨어뜨렸다. 오뚝이가 물결에 휩쓸려드는 것에 얼이 빠진 나는 허겁지겁 뱃고물로 달려갔다. 하지만 순식간에 온데간데없이 사라져버려, 알 수 없는 아득한 세계에 모든 걸 줘버린 꼴이었다. 텅 빈 손을 보다가, 창 밑에서 끊임없이 겹겹이 출렁거리는 물결을 보다가, 오뚝이를 잃은 데 상심하여 자꾸 배 뒤편의 망망한 허연 물을 참담하게 바라보다 보니, 나도 모르게 마음속에서 의혹과 비애가 술렁거렸다. 놓쳐버린 오뚝이는 어디로 갔으며 어떤 결말을 맞을

까 의혹이 일었고, 영원히 알 수 없는 그 운명에 비애가 일었다. 물
결 따라 흘러가다 어느 강가에 걸려 시골 아이 손에 들어갈 수도
있고, 어느 어부의 그물에 걸려 고기잡이 배의 오뚝이로 살아갈 수
도 있고, 깊고 어두운 강바닥으로 영영 가라앉아 세월 지나 한 줌
흙으로 변해버려 이 세상에선 그 오뚝이를 더는 못 볼지도 모른다.
오뚝이는 지금 분명히 어디엔가 있을 것이며, 언젠가는 어떤 결말
을 맞을 것임이 틀림없다. 그러나 누가 그걸 일일이 조사해볼까?
그 불가사의한 운명을 누가 알까? 그런 의혹과 비애가 내 마음속
에서 슬그머니 고개를 들었다. 혹시 아버지가 그 결과를 알아 내
의혹과 비애를 풀어줄 수 있지 않을까 생각하기도 했다. 아니면 장
차 내가 자라서 결국 그 결과를 알게 되어 의혹과 비애가 풀릴 날
이 올지도 모른다고 생각하기도 했다.

과연 나이를 먹었다. 그러나 그 의혹과 비애는 여전히 풀리지 않
을 뿐 아니라, 도리어 나이를 먹어감에 따라 훨씬 많아지고 깊어졌
다. 초등학교 때 학우와 교외로 산책을 나간 적이 있었다. 우연히
나뭇가지를 하나 꺾어 지팡이로 사용했다. 나중에 그걸 밭에 버리
고, 몇 번이고 되돌아 보면서, 자문자답했다.

"저 막대기를 또 볼 수 있을까? 앞으로 저 막대기는 어찌될까?
영영 못 보겠지! 앞으로 어떻게 될지 영영 알 수 없을 거야!"

혼자 산책을 나갔다면, 차마 그 곁을 떠나지 못하고 머뭇거렸을
것이다. 어떤 때는 저만치 갔다가도 되돌아가서, 버린 것을 다시

집어들고 정중하게 작별을 고하고 눈 딱 감고 버리고 돌아온 적도 있다. 그러고는 나중에 바보 같은 내 행동에 혼자 웃는다. 그런 것은 인생에서 하나도 아까울 것 없는 자질구레한 것임을 잘 알지만, 그러한 비애와 의혹이 생생하게 내 마음에 가득 쌓여 그러지 않을 수 없게 하곤 한다.

시끌벅적한 곳에서 정신없이 바쁠 때면, 그런 의혹과 비애도 마음 깊은 곳에 눌려 있어, 아무렇지 않게 사물을 취하고 버릴 뿐, 앞에서와 같은 바보 같은 짓은 하지 않는다. 간혹 그런 와중에도 의혹과 비애가 어쩌다 떠오르긴 한다. 그러나 대중의 감화와 현실을 압박하는 힘이 너무나 커서, 곧바로 억눌러버려, 그런 의혹과 비애는 그저 내 마음속에서 한순간 반짝일 뿐이다. 그런데 조용한 곳에 가면, 고독할 때, 특히 밤에 그것들이 다시 온통 내 마음에 떠오른다. 그러면 등 밑에서, 연습장을 펴고, 붓을 들어, 하루 종일 되뇌던 시를 종이에다 끼적끼적 쓴다.

"춘잠도사사방진, 랍구성회(春蠶到死絲方盡, 蠟炬成灰)
……."

쓰다 말고 등불 위에 대고 종이 한 귀퉁이에 불을 붙인다. 화라락 불꽃이 번지는 것을 보며, 글자 하나하나와 마음속으로 작별을 고한다. 완전히 재로 변했건만, 그 종이가 타기 전의 온전한 형태가 문득 내 눈 앞에 선명하게 떠오른다. 바닥에 떨어진 재를 내려다보자면, 또 암담한 비애가 느껴진다. 내가 방금 일 분 전에 분명

!!!

히 종이에 썼던 글자들을 다시 한 번만 보려고 한다면 어떨까? 이 세상 그 어떤 힘 있는 세도가·도지사·주지사·대통령이라고 해도, 전세계 황제의 권력에 부탁한다 해도, 혹은 요순·공자·소크라테스·예수 등 모든 옛 성현이 부활해서 협력하여 내게 방법을 마련해준다 해도, 절대 불가능한 일이다! 사실 그런 말도 안 되는 바람을 품는 건 아니다. 그저 재를 바라보며, 이제는 분간할 수 없는 조그만 먼지로 변해버린 그 속에서, 어느 것이 '춘(春)'이 탄 재인지 어느 것이 '잠(蠶)'이 탄 재인지 각 글자의 유해를 찾아보고 싶을 따름이다……. 또 내일 아침이면 청소부가 이 재를 쓸어갈 텐데, 그러면 어떻게 될까? 만약 바람 속으로 날아간다면, 각각 어디로 날아갈까? '춘'이 탄 재는 누구 집으로 날아들까? '잠'이 탄 재는 누구 집으로 날아들까? 만약 진흙 속에 섞인다면, 어떤 식물의 양분이 될까?…… 모든 것이 아득하여 알 수 없는 영원한 커다란 의혹인 것이다.

밥 먹을 때, 그릇에서 밥풀 하나 내 옷깃에 떨어진다. 그 밥풀을 보고, 생각을 안 하면 그만이지만, 생각을 했다 하면 또 하나의 거다란 의혹과 비애가 일어난다. 언제 어느 농부가 어느 밭에 뿌린 씨앗이, 장차 누군가의 밥상에 오를 벼이삭의 낟알로 자랐을까? 또 그 낟알이 열린 벼를 누가 베고, 누가 갈고, 누가 찧고, 누가 팔아, 우리 집에 오게 되어, 지금 이렇게 밥풀이 되어, 내 옷깃에 떨어지게 되었을까? 분명 답이 있을 것이다. 그러나 그 밥풀 자신만이 알 뿐, 조사하고 대답할 수 있는 사람은 세상 어디에도 없다.

주머니에서 동전을 한 줌 꺼내보면, 분명히 하나하나 복잡하고 기나긴 역사가 있다. 지폐나 은화는 사람 손을 거치면서 때로 인장이 하나 더 찍히기도 한다. 그러나 동전에서는 그동안 지내온 내력의 흔적을 전혀 찾을 수가 없다. 그중 어떤 것은 거리에서 거지가 애걸하는 목표물이 되었을 테고, 어떤 것은 노동자의 피땀 어린 대가가 되었을 테고, 어떤 것은 죽 한 그릇과 바뀌어 배고픈 사람의 주린 배를 채웠을 테고, 어떤 것은 사탕 하나와 바뀌어 아이의 우는 입을 달랬을 테고, 어떤 것은 도적의 장물에 끼였을 테고, 어떤 것은 부자의 두둑한 배 옆에서 편안히 잠을 잔 적이 있을 테고, 어떤 것은 무사태평 변소 바닥에 숨어 지냈을 테고, 어떤 것은 신세도 사납게 지금 말한 모든 내력을 다 거쳤을 것이다. 또한 그중 어떤 것은 내 주머니에 처음 들어온 것이 아닐 수도 있으리라. 하지만 이것도 알 수가 없다.

이 동전들이 말을 할 수 있다면, 나는 틀림없이 귀한 손님으로 받들어 모시며 그들이 그동안 지내온 얘기를 차례대로 해달라고 하여 경청했으리라. 또 만약 글을 쓸 수 있다면, 틀림없이 동전 하나하나마다 『로빈슨 표류기』보다 더 진기한 책을 한 권씩 저술할 수 있을 게다. 그러나 동전들은 하나같이 마치 죽어도 안 불겠다는 범인의 심보를 가진 양, 사건과 관련된 온갖 내막과 진상을 마음속에 꼭꼭 감추고 있다.

이미 서른이 넘어서 반평생 이상을 살았건만, 가슴에 쌓아둔 의혹과 비애는 날이 갈수록 늘어만 간다. 그러나 날이 갈수록 자극은 담박해져서, 어린 시절에 느꼈던 신선하고 짙은 자극에는 훨씬 못 미친다. 다른 사람들은 어떻게 하는지 참고하며 애쓴 결과다. 사람들은 그런 것을 전혀 생각조차 하지 않는 듯했다. 그저 태평하게 뱃속에 밥을 채우고, 돈을 주머니에 집어 넣을 따름이요, 그런 것은 꿈조차 안 꾸는 것 같았다. 이것은 세상을 살아가는 데 확실히 큰 도움이 되어, 나는 죽어라고 다른 사람들을 스승삼아, 그들의 행복을 배우려고 했다. 지금까지 서른이 되도록 배웠건만, 아직 졸업은 못했다. 얻은 것은 단지 그런 의혹과 비애의 자극이 조금 담박해진 것뿐이요, 살아갈수록 그 양은 나날이 많아지기만 한다.

어느 여관에 묵었다가 떠날 때마다, 아무리 객실이 형편없을지라도, 아무리 벌레가 많을지라도, 하여튼 떠날 때가 되면 잠시 고개 숙이고 '내가 또 이 객실에 묵을 날이 있을까' 하는 생각이 들면서 '영원한 결별이로구나!' 하고 개탄하곤 한다. 기차에서 내릴 때면, 아무리 그 여행이 힘들었을지라도, 아무리 옆자리 사람이 지겨웠을지라도, 하여튼 내릴 때가 되면 어떤 특별한 느낌이 생긴다. '내가 또 이 사람과 같은 자리에 앉을 날이 있을까? 이게 이 사람과 영원한 결별이 아닐까?' 그러나 이런 느낌이 솟는 것도 아주 순간적이고 어렴풋하여, 정말이지 날아가는 새의 검은 그림자가 연못을 스치고 지나가듯 그저 몇 초 동안 내 마음에 번쩍 스쳐 지나가는 것뿐, 잠깐 뒤엔 전혀 그런 일이 없다. 그동안 배우지 않았던가! 그러나 이 역시 순전히 선생님 — 대중 — 앞에 있어야만 가능하다. 일단 선생님이 보이지 않으면, 무리와 떨어져 혼자 있을 때면, 나의 옛 작태가 그대로 다시 꿈틀거린다. 지금이 바로 그런 때이다. 흰 복사꽃잎 한 조각이 봄바람에 창으로 날아와, 원고지 위에 떨어진다. 분명 우리 집 마당의 백도화 나무에서 날아온 것일 텐데, 그것이 처음에 어떤 가지 어떤 꽃에 붙어 있던 것인지 누가 알까? 창가 뜰에 흰 눈처럼 무수히 떨어진 꽃잎, 분명히 저마다 원래 붙어 있던 가지와 꽃자루가 있을 텐데, 누가 일일이 출처를 조사하여 그 꽃잎들이 원래 꽃자루로 돌아가게 할 수 있을까? 이런 의혹과 비애가 또 내 마음을 습격한다.

어쨌든 어린 시절부터 지금까지 그런 의혹과 비애가 끊임없이 줄기차게 내 마음을 습격했지만, 끝내 풀지 못했다. 나이가 늘어갈수록, 지식이 많아질수록, 점점 큰 힘으로 습격해온다. 다른 사람들의 본보기가 엄하게 압박해올수록, 그에 대한 반동 역시 더욱 강해진다. 삼십여 년 동안 내가 경험한 의혹과 비애를 일일이 기록하자면, 아마 『사고전서』나 『대장경』보다 그 양이 많을지도 모를 일이다. 그러나 이 역시 단지 나 한 사람이 삼십 년이라는 짧은 세월 동안 경험한 깃에 불과할 따름이다. 커다란 우주와 드넓은 세계와 수많은 사람들의 생각에 비하면, 내가 느낀 것은 그야말로 황허의 작은 모래알에 불과할 뿐이다.

한없이 거대한 메모장을 보는 듯도 하다. 메모장에는 우주와 세계의 온갖 사물과 사건의 과거·현재·미래 삼세의 갖가지 우여곡절과 인과 관계가 상세하게 실려 있다. 작고 작은 원자에서 거대한 천체에 이르기까지, 미생물의 꿈틀거림에서 혼돈의 영겁에 이르기까지, 그것들의 유래·경과·결과 등이 기록되지 않은 것이 없다. 그래야 그간의 내 의혹과 비애가 모두 풀릴 것이다. 오뚝이가 어디에 있는지, 지팡이가 어떻게 되었는지, 쟤는 어디로 갔는지, 하나하나 모두 기록되어 있다. 밥풀과 동전의 내력을 하나하나 찾아볼 수도 있다. 내가 어떤 인연으로 그 여관에서 묵었고 그 기차를 타게 되었는지, 나와 관련된 이런저런 인연이 진작부터 어느 쪽에 실려 있다. 백도화 꽃잎 하나하나가 원래 붙어 있던 꽃자루를 모두 확실하게 찾아볼 수 있다. 정녕 영원토록 알 수 없느냐며 무수히 탄식했던 것들, 마당에 있는 모래알의 숫자조차 확실하게 기재되어 있다. 그 아래쪽에는 또 그중 몇 알은 어제 내가 손으로 집어본 것이라고 명확히 밝히고 있다. 내가 어제 집어본 모래를 모래더미에서 골라내려 하면, 역시 이 메모장에서 찾아보면 어렵지 않다 — 내가 삼십 년 동안 보고, 듣고, 행한 모든 것이 하나도 빠짐없이 너무나 상세하게 실려 있고 고증되어 있다. 그런데 그것이 차지하는 자리 또한 그저 페이지의 한 귀퉁이일 뿐, 전체 메모장에서 무한대분의 일밖에 안 된다.

이 거대한 메모장이 우주에 분명히 있다고 나는 확신한다. 그래

야 내 의혹과 비애가 모두 풀릴 테니. 🔲

2부 | 아버지 노릇

오직 아이들만이 세상 만물의 진상을 가장 명확하고 완전하게 볼 수 있다. 그들에 비하면, 참된 마음의 눈이 이미 세상 먼지에 뒤덮이고 잘리고 부서진 나는 가련한 불구자일 뿐이다. 실로 나는 감히 그들에게 '아버지'라는 호칭을 들을 수 없다. '아버지'가 존경의 대상이어야 한다면…….

후아잔의 일기

　一

　옆집 23호 사는 정떠링은 정말 좋은 애다.

　오늘 엄마가 날 안고 문밖에 나갔는데, 떠링이 시멘트 바닥에서 죽마를 타며 놀고 있었다. 떠링은 날 보고 씽긋 웃었다. 틀림없이 같이 죽마 타고 놀자는 뜻이었다. 나도 너무 타고 싶다는 뜻으로 곧바로 웃음을 보내고, 엄마 품에서 내려와 같이 탔다.

　둘이 죽마 하나 타고, 내가 '여기서 꼬부라질까?' 하면 떠링도 좋다고 했고, 내가 '이번엔 좀 먼 데까지 갈까?' 하면 떠링도 신이 났다. 떠링이 '말에게 풀 좀 먹여야지!' 하면 나도 신이 났고, 떠링이 '우리 말을 사철나무에 매두자!' 하면 나도 '그럼, 그래야지!'

했다. 우린 정말 마음이 잘 통하는 친구다.

한창 재미있을 무렵, 엄마가 나와서 밥 먹으러 가자며 내 손을 잡아끌었다.

"싫어."

"떠링도 밥 먹으러 가야지!"

정말로 떠링 오빠가 '떠링!' 하고 부르며 나와서, 떠링 손을 잡아끌고 갔다. 나도 엄마 따라 들어가는 수밖에 없었다. 각자 자기 집 문으로 들어서며, 떠링도 고개 돌려 나를 한 번 보았고, 나도 고개 돌려 떠링을 한 번 보았다. 그러고는 모습이 보이지 않았다.

난 정말 밥 먹고 싶지 않았다. 떠링도 밥 먹고 싶지 않을 게 분명했다. 그렇지 않다면, 왜 헤어질 때 그렇게 시무룩한 표정으로 나를 보고 웃지도 않았단 말인가? 난 떠링하고 노는 게 정말 말도 못하게 재밌다. 밥 먹는 게 뭐 그리 급할까? 먹어야 한다면, 아무 일 없을 때 먹으면 될 텐데……. 솔직히 내 생각은 이랬다. 우리처럼 마음이 통하는 사람들이 매일 함께 밥 먹고 함께 잘 수 있다면 얼마나 좋을까? 왜 두 집에 나뉘어 살아야 할까? 두 집에 나뉘어 살아야 한다 해도, 아빠는 떠링 아빠와 사이좋게 지내고, 엄마도 떠링 엄마와 늘 얘기 나누면서, 어른들도 함께 지내고 아이들도 함께 지내면 더 좋지 않을까?

이렇게 '집' 을 따로따로 나누는 법을 누가 정한 건지 모르겠다. 정말 이렇게 말도 안 되는 일이 있을 수 있는 걸까? 아마 모두 어

郎騎竹馬來

죽마 타고 오는 신랑

른들이 만들어놓았을 것이다. 이번뿐만이 아니다. 어른들이 정말 말도 안 된다는 것을 요즘 종종 느낀다.

아빠하고 시엔스회사(先施公司)에 갔을 때도 그랬다. 조그만 장난감과 자동차, 오토바이 등이 바닥에 수북이 쌓여 있었다. 분명히 나 같은 아이들이 가지고 놀라는 것이었다. 그런데 아빠는 단하나도 절대 집으로 가져오지 못하게 했다. 그 많은 장난감이 하는일 없이 그냥 거기 놓여 있어야 한다니. 돌아오는 길에 보니, 길가에 자동차가 많이 서 있었다. 내가 타려고 했지만, 아빠는 절대 타지 못하게 했다. 그 차들은 그저 할 일 없이 그렇게 길가에 서 있었다.

보모 아주머니가 나를 안고 거리에 나간 적이 있었다. 이런저런 조그만 꽃바구니를 어깨에 멘 어떤 할머니가, 손에도 꽃바구니를 하나 들고 피리 불며 서 있었다. 할머니는 나를 보더니, 손에 든 꽃바구니를 주었다. 그런데 보모 아주머니는 필요 없다면서, 황급히 나를 안고 가버렸다. 그런 조그만 꽃바구니는 원래 아이들이 가지고 노는 거 아닌가? 게다가 그 할머니는 분명히 나한테 주려고 했는데, 아주머니는 왜 절대 받으면 안 된다고 그랬을까? 아주머니도 말이 안 된다. 이건 아마 그렇게 하라고 아빠가 시켰기 때문일 것이다.

난 정떠링을 제일 좋아한다. 떠링하고 서보면 키도 똑같고, 걷는 속도도 똑같다. 생각하고 바라는 게 한결같이 착착 맞아떨어진다.

바오 누나나 떠링 오빠는 우리와 마음이 좀 안 맞는 구석이 있다. 둘은 잘 모르는 것 같다. 아마 몸이 거의 어른만큼 크고 보니, 마음도 점점 어른들처럼 말이 안 되게 되어가는 것 같다.

바오 누나는 걸핏하면 나더러 '바보'라고 한다. 내가 아빠더러 '하늘에서 비가 오지 않게 해줘! 그래야 떠링이 놀러 나올 거 아니야!' 하고 말했더니, 바오 누나는 내게 손가락질하며 '잔잔, 바보!' 한다. "내가 왜 '바보'야? 누나는 매일 나하고 놀지도 않고, 책가방 끼고 학교에만 가잖아. 그게 '바보' 아냐? 아빠는 하루 종일 책상 앞에 앉아 원고지에 한 칸 한 칸 글씨만 채우고 있잖아. 그게 '바보' 아냐? 비가 오면 놀러 나가지도 못하잖아. 그게 싫지도 않단 말이야? 하늘에서 비가 오지 않게 해달라고 하는 거야말로 누구나 바라는 당연한 소원이라구. 매일 저녁 누나는 아빠더러 전등을 켜달라고 하잖아. 그래서 아빠가 전등을 켜주면 방 안이 온통 환해지잖아. 그것처럼 지금 나도 아빠더러 하늘에서 비가 안 오게 해달라고 하는 거란 말이야. 아빠가 그렇게 해줘서 날씨가 맑으면 기분 좋은 일이잖아. 왜 나더러 '바보'라는 거야?"

떠링네 오빠는 나한테 무슨 말을 하진 않았지만, 난 정말 싫다. 우리가 놀 때면 항상 무뚝뚝한 표정으로 와서 떠링에게 '맨발로 남의 집에 가면 부끄럽지도 않아!' '남의 빵을 먹으면 부끄럽지도 않아!' 하면서 홱 끌고 가버린다. 어른들이 맨날 하는 말이 '부끄럽다'이다. 어른들은 물리지도 않는 모양이다. 의자에 단정히 앉아 고개 끄덕끄덕, 허리 굽실굽실, '부탁합니다만……' '미안합니다만……' '부끄럽습니다' 이딴 재미없는 말만 한다. 바오 누나나 떠링네 오빠 모두 어른 같은 구석이 좀 있다.

아! 나를 알아주는 사람이 너무 적어! 난 너무 쓸쓸해! 엄마는 늘 나더러 '울보'라고 하지만, 내가 어떻게 안 울어?

二

오늘 정말 이상한 걸 봤다.

설탕죽을 먹으러, 엄마가 나를 안고 부엌으로 가는데 얼핏 보니, 아빠가 온몸에 하얀 천을 쓰고 고개를 늘어뜨린 채 의기소침하게 바깥쪽을 바라보며 의자에 앉아 있고, 처음 보는 곰보가 검은 장삼을 입고 번뜩이는 작은 칼을 들고, 아빠 목덜미를 있는 힘껏 베고 있었다. 아니! 이게 어찌된 일이지? 어른들이 하는 일은 정말이지 보면 볼수록 희한하기만 하다! 아빠는 어떻게 그 낯선 곰보 아저씨가 뒷덜미를 베도록 그냥 놓아두는 걸까? 아프지도 않나?

더 이상한 것은, 나를 안고 부엌으로 들어가면서, 아빠가 목덜미를 베이는 놀라운 광경을 엄마도 분명히 보았다는 것이다. 그러나 엄마는 본 척 만 척 조금도 개의치 않았다. 바오 누나가 가방을 끼고 마당에서 들어오고 있었는데, 누나도 그 광경을 보면 틀림없이 울 거라고 생각했다. 그런데 어찌된 일인지, 누나도 그저 '아빠' 하고 부르며 그 무서운 곰보를 한 번 쳐다보고는 아무렇지도 않은 듯 방으로 들어가 가방을 걸었다.

　그저께 아빠가 손가락을 베었을 때, 엄마더러 어서 빨리 솜과 거즈를 가져오라며 소동을 피우지 않았던가! 그런데 오늘은 무서운 곰보가 이를 악물고 아빠 머리를 베고 있는데, 어째서 엄마나 바오 누나는 아무렇지도 않은 걸까? 정말 이해할 수 없다. 곰보가 정말 밉다. 곰보는 귀에 담배 한 개비를 꼽고 있었다. 아빠가 연필을 꼽고 있듯이……. 곰보는 연필이 없는 사람임이 분명했다. 고로, 나쁜 사람이다.

　나중에 아빠가 눈을 올려뜨고 나를 부르며 말했다.

　"후아잔, 너도 머리 깎을래?"

　그러자 그 곰보가 고개 들어 나를 쳐다보았다. 금니 하나가 번쩍거렸다. 아빠 말이 무슨 뜻인지 알 수 없었다. 정말 너무 무서웠다. 나는 참지 못하고 엄마 목덜미를 꽉 안고 울었다. 그때 엄마 아빠와 곰보가 뭐라고 뭐라고 말을 많이 했는데, 제대로 들리지도 않았고, 이해할 수도 없었다. 그저 '머리 깎다' '머리 깎다' 이 소리만 들렸다. 무슨 뜻인지 알 수 없었다. 나는 계속 울었다. 엄마가 나를 안고 마당에서 문밖으로 나갔다. 문가에서 안쪽을 살그머니 보니, 곰보가 또 이를 꽉 물고 이번에는 아빠 귀를 베는 모습이 문 틈으로 보였다.

　문밖에는 학생들이 공놀이를 하고, 군인들이 체조하고, 기차가 지나가고…….

"울지 마, 뚝!"

"야아, 기차 봐라!"

엄마가 계속 달랬지만, 나는 집 안에서 벌어지는 괴이한 일이 마음에 걸려, 경치 따위를 보고 싶은 기분이 안 났다. 그저 엄마 어깨에 기댔다.

나는 곰보가 미웠다. 분명히 좋은 사람이 아니었다. 엄마에게 몽둥이로 곰보를 때려주라고 말하고 싶었다. 그러나 끝내 말하지 않았다. 내 경험에 따르면, 어른들 생각은 나와 종종 맞지 않기 때문이었다. 어른들은 종종 말이 안 될 때가 있다. 제일 먹기 싫은 '약'을 먹으라고 하질 않나, 제일 하기 싫은 '세수'를 하라고 하질 않나, 제일 재미있는 물놀이나 제일 멋진 불놀이는 절대 못하게 하니 말이다. 오늘 벌어진 괴이한 일을 모두 아무렇지도 않게 생각하는 걸 보면, 분명히 또 나하고 생각이 다른 모양이다. 내가 때려주라고 해봤자 거절당할 것이 분명했다. 무슨 수를 써도 어른들을 꺾지 못할 테니, 에라 그만두자! 그저 우는 수밖에 없었다. 정말로 이상한 것은, 바오 누나는 평소에 내가 물장난 불장난 하는 것을 이해했는데, 오늘은 문밖으로 뛰어나와 날 보고 웃으며 내가 '바보'니 어쩌니 엄마하고 말하는 게 아닌가! 나는 그저 혼자 우는 수밖에 없었다. 내가 우는 심정을 누가 알아주랴?

엄마가 나를 안고 집으로 들어올 때, 그제서야 나는 고개를 들어 좀 보려고 했다. 그 괴상한 일은 어떻게 되었을까? 그 나쁜 곰보는 아직 있을까? 그런데 이건 또 어찌된 일인가? 문간을 막 넘어서려는데, '퍽, 퍽' 하는 소리가 들렸다. 부엌으로 들어가는 도중, 나는 곰보가 주먹으로 아빠 등을 때리는 것을 보았다. '퍽, 퍽' 소리는 바로 때리는 소리였다. 곰보는 있는 힘껏 내리쳤다. 아빠는 틀림없이 아주 아플 것이었다. 그런데 아빠는 왜 곰보가 자기를 때리게 내버려두는 걸까? 엄마는 또 왜 아무 상관도 하지 않을까? 나는 또 울었다. 엄마는 서둘러 나를 안고 방으로 들어가, 가정부와 이런저런 얘길 했다. 두 사람 모두 웃기 시작하더니, 모두 내게 이러쿵저러쿵 말을 했다. 그러나 내 귀엔 아직 건넌방에서 '퍽, 퍽' 하고 때리는 소리만 들릴 뿐, 아무 말도 듣고 싶지 않았다.

사람을 때리는 건 제일 나쁜 일이라고 아빠가 말하지 않았던가? 언젠가 루안루안 누나가 담뱃종이로 만든 딱지를 안 주려고 해서 내가 한 대 때렸더니, 아빠는 나쁘다며 나를 혼냈다. 또 언젠가 온도계를 깨뜨려서 엄마가 내 엉덩이를 한 대 때리자, 아빠는 나를 안고 엄마에게 '때리면 안 돼요'라고 했다. 그런데 오늘 그 곰보가 아빠를 때리고 있는데, 어째서 모두들 아무 상관도 하지 않는 걸까? 나는 계속 울다가 엄마 품 속에서 잠이 들었다.

잠에서 깼을 때, 아빠는 피아노 옆에 앉아 있었다. 아무데도 다치지 않은 듯했다. 귀도 베이지 않았다. 그런데 머리가 꼭 중처럼 온통 반들반들했다. 아빠를 보자마자, 잠자기 전의 이상한 일이 떠올랐다. 그러나 아빠도 엄마도 여전히 개의치 않는 듯, 아무도 그

후아쯔의 일기 •

59

얘기를 하지 않았다. 나는 그 일을 떠올릴수록 너무나 무섭고 이상했다. 틀림없이 아빠는 목이 베이고, 귀가 베이고, 게다가 주먹으로 맞았는데도 모두 아랑곳하지 않았고, 나 혼자 공포와 의혹에 떨도록 놔두지 않았던가! 아! 누가 내 공포를 이해하려나? 누가 내 의혹을 풀어주려나?

1926년 [印]

애들 놀이

아래층에서 갑자기 애들이 투닥거리는 소리가 났다. 애들 엄마
가 소리 높여 외쳤다.

"두 수평아리가 또 싸워요. 아빠가 빨리 와서 말리세요!"

손에 든 신문을 내려놓을 틈도 없이 서둘러 아래층으로 달려 내
려가 보니, 두 사내 녀석이 싸우고 있었다. 여섯 살 위앤차오가 아
홉 살 후아잔의 나무토막을 빼앗으려 하고, 후아잔은 안 주려 하
고, 그러면서 위앤차오가 울면서 후아잔의 가슴을 손으로 때리자
후아잔도 울면서 두 손으로 나무토막을 움켜쥐고 위앤차오의 다
리를 발로 찼다.

나는 신문을 내려놓고, 두 애들 사이를 비집고 들어가 한 팔에

엄마 말씀 : "둘 다 잘못했어!"

하나씩 두 팔로 두 애를 껴안고 말했다.

"때리는 건 안 돼! 어떻게 된 거냐? 둘 다 말 좀 해보렴!"

위앤차오는 내 팔에서 벗어나 상대를 공격하려고 안간힘을 쓰면서, 울먹울먹 외쳤다.

"나무토막을 안 주잖아! 나무토막을 안 주잖아!"

이게 바로 그애가 사람을 때리는 정당한 이유인 듯했다. 후아잔은 그래도 위앤차오보다 세 살이 많아서, 처음에는 저항하지 않고 내 조정을 듣겠다는 듯 껴안은 내 팔에 조용히 파묻혀 있는가 싶더니, 나중에는 더듬더듬 변명을 늘어놨다.

"이건 원래 내 거야! 뺏으려 해서 안 줬더니, 날 때렸어!"

그러자 곧바로 위앤차오가 울먹이면서 말했다.

"쟤가 날 찼어!"

후아잔은 이제 직접 상대하겠다는 듯 위앤차오에게 말했다.

"네가 먼저 때렸잖아!"

옆에서 구경만 하던 바오 누나가 여론을 발표했다.

"가는 말이 고와야 오는 말이 곱지, 먼저 때리면 안 되는 기야."

등 뒤에서 또 하나의 여론이 나왔다.

"군자는 말로 해결하고, 소인은 주먹으로 해결하지!"

내가 미처 판결 내리기도 전에, 위앤차오가 이미 안간힘을 써서 내 팔을 벗어나, 갑자기 상대를 향해 돌겨했다. 애들 엄마는 내가 말리는 게 효과가 없다는 것을 알고, 서둘러 다가와 위앤차오를 붙잡아 품에 안고 좋은 말로 달랬다. 나도 후아잔을 품에 안고 달랬다. 두 애가 각각 엄마 아빠 품을 차지하여, 폭동이 비로소 끝났다. 그때 '오향…… 두부말림……' 귀에 익은 외침 소리가 뒷문 밖에서 들리자, 얼굴에 눈물이 매달린 두 애가 일제히 우리 품을 빠져나갔다. 내가 신문을 가지고 윗층으로 돌아갔을 때쯤, 애들이 벌써 다시 친해져 웃으며 말하는 소리가 들렸다.

하지만 나는 윗층에 도착해서도 신문을 계속 보지 않았다. 방금의 사건을 보아하니, 신문에서 국제 분쟁을 보는 것보다 훨씬 단순 명쾌하다는 생각이 들었기 때문이다. 세상에서 사람과 사람이 대립하는 것에는 작게는 개인 대 개인이 있고, 크게는 집단 대 집단이 있다. 개인이 대립하는 것 중 가장 작게는 아이 대 아이가 있고, 집단이 대립하는 것 중 가장 크게는 국가 대 국가가 있다. 문명 세계에서 가장 작은 것과 가장 큰 것의 양극단을 제외하면, 사람 대 사람의 교류는 언제나 말을 수단으로 할 뿐 완력으로 때리지는 않는다.

예를 들어, 약탈을 하려고 해도 교묘한 수단을 사용해야 하고, 침략을 하려고 해도 교묘한 명분을 내세워야 한다. 이른바 '공격'이라는 것도 변명일 뿐이며, 이른바 '타도'라는 것도 외침일 뿐이나. 그러므로 사람 대 사람의 관계에서 비록 원망하고 미워하는 마음을 품어도, 만나면 서로 고개를 끄덕이고 악수를 하면서 인사를 주고받는다. 무력을 사용하는 사람도 있긴 하지만 '군자는 말로

해결하고 소인은 주먹으로 해결' 하는 법이어서, 개화된 세계에서
는 무력 사용이 통하지 않는다.

　그중 가장 작은 경우와 가장 큰 경우인 양극단만 그렇지 않다.
아이 대 아이가 교류하는 경우에는 이치를 따지지 않고 무력으로
서로 때리는 것이 통하며, 국가 대 국가의 경우에도 역시 이치를
따지지 않고 무력으로 전쟁하는 것이 통한다. 전쟁은 바로 대규모
로 서로 치고 박는 것이다. 모든 것의 상반되는 양극단은 서로 비
슷하거나 같다는 걸 알 수 있다. 국가 간의 일은 애들 놀이와 비슷
하거나, 애들 놀이와 같다. 🔲

웃통 벗은 아바오

나의 아이들에게

애들아!

나는 너희 삶을 동경한단다. 하루에도 몇 번이나…….

너희가 알아듣게 자세히 말해보마. 너희가 내 말 뜻을 이해하게
되면, 그때는 이미 너희는 내가 동경하는 대상이 아니겠지! 그것
이 너무나 안타깝다. 참으로 슬픈 일 아니냐!

잔잔!

특히 네겐 감탄할 수밖에 없구나. 너는 모든 것을 하나도 숨김없
이 드러내는 참된 사람이란다. 너는 무슨 일에든 마치 목숨 건 듯
온 힘을 바치지. 땅콩이 땅에 떨어지거나, 혀를 깨물거나, 고양이
가 과자를 먹지 않거나, 그런 자그마한 실망에도 너는 몇 분 동안

잔잔의 차(2), 오토바이

정신이 나가서 입술이 허옇게 뒤집어지도록 울곤 하지.

외할머니가 불공드리러 갔다 오실 적에 사다 주신 진흙 인형, 너는 얼마나 애지중지 지극 정성으로 껴안고 먹이고 했던지. 어느 날 실수로 그걸 깨뜨려서 울부짖을 때의 네 그 슬픔은 어른들이 파산했거나, 실연을 당했거나, 실의에 빠졌거나(broken heart), 부모가 돌아가셨거나, 전군이 괴멸당했거나 했을 때의 슬픔보다 더욱 애절했지.

파초선 두 개로 만든 오토바이, 마작패를 쌓아 만든 기차와 자동차, 너는 그야말로 진짜인 것처럼, 기적 소리 대신으로 소리 높여 '바앙……' '구구구……' 하고 외쳐댔지.

바오 누나가 옛날얘기 해줄 때, '달님 누나가 바구니 하나 내려줘서, 바오 누나는 바구니 타고 하늘로 올라가고, 잔잔은 밑에서 보고 있고……' 얘기할라치면, 너는 '내가 하늘로 올라갈 거야, 바오 누나가 밑에서 보고……' 하며 어찌나 누나와 싸우던지. 심지어 울다 울다 셋째고모한테 가서 심판까지 봐달라고 했지.

내가 머리를 깎으면, 너는 내가 정말 중이 된 줄 알고, 한참 동안이나 너를 안아주지 못하게 했지. 올 여름에는, 내 무릎에 앉았다가 내 겨드랑이에 난 긴 털을 보고는 족제비인 줄 알았어. 그때 너는 얼마나 상심했던지, 그대로 내 몸에서 기어내려가, 처음에는 눈을 휘둥그레 뜨고 나를 자세히 살피는가 했더니, 이어서 울고불고 하더구나. 보다가…… 울다가…… 마치 죽을 죄를 판정받은 친구를 대하듯 했지. 너를 안고 정류장까지 갔을 때는 말이야, 바나나를 많이많이 사달라고 해서 두 손 가득 쥐고 돌아오는데, 집 문 앞에 도착해보니 너는 이미 내 어깨에 기대 골아떨어졌고, 손에 쥐고 있던 바나나는 어디에 떨어뜨렸는지 온데간데없었지.

너의 이런 진솔함, 자연스러움, 열정…… 그야말로 탄복하지 않을 수가 없단다! 어른들이 늘 말하는 '침묵' '함축' '깊이' 이런 미덕들은 너에 비하면 얼마나 한결같이 억지스럽고 병적이고 거짓된 것인지!

너흰 매일 기차를 만들고, 자동차를 만들고, 술을 빚고, 보살에게 절하고, 상자쌓기를 하고, 노래하고…… 완전히 자연스러운 창조와 창작의 삶을 보낸단다. 어른들은 걸핏하면 '자연으로 돌아가자!' '생활의 예술화!' '노동의 예술화!' 이런 것들을 부르짖지만, 너희들 앞에선 참으로 너무나 추할 뿐이구나! 그저 그림 몇 장 그리거나 글 몇 편 쓰는 사람들을 보고 예술가니 창조자니 하지만, 너희에겐 정말 부끄러워 죽을 지경이로구나!

어른에 비하면 너희 창조력은 참으로 너무나 왕성하지. 잔잔! 너는 아직 키가 의자의 반도 안 닿으면서 늘 의자를 옮기려고 하다가 함께 나동그라지고, 차 한 잔을 고이 가져다 서랍 속에 보관하려하고, 공이 벽에서 멈추게 해달라고 하고, 기차 꼬리를 붙잡으려하고, 달님이 나오게 해달라고 하고, 하늘에서 비가 오지 않게 해달라고 하고……. 이런 조그만 일들 속에서, 너희 창작욕과 표현

욕은 무궁무진하건만 아직은 그 자그마한 체력과 지혜가 따라주지 못해 실패를 경험할 수밖에 없구나. 허나 너희는 대자연의 지배를 받지 않고 인류 사회의 속박을 받지 않는 창조자란다. 그래서 기차 꼬리를 잡지 못한다든가, 아무리 불러도 달님이 나오지 않는다든가 하는 실패를 당해도, 사실은 그것이 불가능하다는 것을 결코 받아들이지 않고, 아빠 엄마가 늘 그렇듯이 너희를 도우려 하지 않는다고 생각하지. 자명종을 가지고 놀지 못하게 하는 것처럼 말이야. 그래서 분에 겨워 울고불고……. 너희 세계는 정말 광대하기만 하단다!

'하루 종일 책상에 엎드려 재미 하나 없이 붓 장난만 하는 아빠, 하루 종일 창가에 앉아서 따분하게 실 뽑는 장난만 하는 엄마, 얼마나 맥빠지는 이상한 동물인가!' 하고 생각할지도 모르겠구나. 너희가 이상한 동물로 볼지도 모를 아빠와 엄마는 정말로 너희를 괴롭히고 해친 적이 있는 듯도 하여, 돌이켜보면 참으로 마음이 편하지 않단다!

아바오! 어느날 저녁 너는 루안루인의 새 신발과 네 발에서 벗겨낸 신발을 의자 다리에 신겨주고 맨 양말로 땅에 서서 득의양양하게 '아바오 발은 둘, 의자 발은 넷' 하고 소리쳤지. 그때 네 엄마는 '양말 다 버리잖아!' 소리치며 당장 너를 잡아 등나무 의자에 앉히고, 네 창작품을 마구 훼손했지. 네가 의자 위에 쪼그리고 앉아 엄마가 그걸 마구 훼손하는 것을 보았을 때, 네 작은 마음은 분명히

阿寶兩隻腳，櫈子四隻腳

아바오 발은 둘, 의자 발은 넷

'엄마란 사람은 정말 매몰차고 야만스러워!' 하고 느꼈을지도 모르겠다.

잔잔! 어느날 카이밍 서점에서 새로 출판한 마오삐엔(毛邊)의 『음악입문』 몇 권을 보내왔지. 나는 작은 종이칼로 한 장 한 장 책장을 갈라 열었고, 너는 고개를 비스듬히 하고서 책상 옆에 서서 묵묵히 바라보았지. 나중에 내가 학교에서 돌아왔을 때, 너는 이미 내 책꽂이에서 연사지에 인쇄한 옛날식 장정 『초사(楚辭)』라는 책을 꺼내, 열 몇 장을 갈라놓고, 득의만면하여 '아빠! 잔잔도 가를 수 있어!' 하고 말했지. 잔잔! 그게 너로서는 자랑스러운 성공의 환희요, 정말로 회심의 작품이었을 터인데……. 그런데 도리어 아빠는 너무나 놀라서 '으앗!' 하고 소리쳤고, 너는 결국 울음을 터뜨렸지. 그때 넌 분명히 '아빠는 정말로 뭘 몰라!' 하면서 원망했겠지!

루안루안! 너는 늘 내 큰 양털 붓을 갖고 놀려고 했지만, 나는 그걸 볼 때마다 무정하게 빼앗았지. 지금 넌 분명히 아빠를 한심해하며 '아빠 결국 나더러 아빠 화집 표지 그림을 그려달라고 할 기면서!' 하고 생각하고 있겠지(이 글은 『쯔카이화집』의 서문이며, 루안루안의 그림을 표지로 삼았다 — 원주).

너희가 제일 무서워하는 루러우사(陸露沙) 의사를 종종 데려와, 그 큼지막한 손으로 너희 배를 만져보게 하고, 때론 칼로 너희 팔을 몇 번 베어보게까지 하고, 엄마하고 고모더러 너희 손발을 꽉 잡게 하고 너희 코를 틀어막고 그 쓰디쓴 물을 입에 부어넣곤 했던 일들이 제일 미안하구나. 그때 너희는 분명히 너무 인정머리 없는 야만적인 행동이라고 생각했겠지!

애들아! 너희가 나를 원망한다면, 나는 도리어 기쁘다. 너희 원망이 감사로 변한다면, 그때는 내게 비애가 찾아오겠지!

세상에서 너희처럼 속을 있는 그대로 다 보여주는 사람은 영영 만나지 못할 게다. 세상 사람들을 다 모아도 너희처럼 진실과 순결을 철저하게 간직한 사람은 영영 없을 게야. 내가 상하이에 가서 그 재미없는 이른바 '일'이라는 것을 하고 돌아올 때, 아니면 상관없는 사람들과 무슨 '수업'이니 하는 일종의 연극을 하고 돌아올 때, 너희가 문 앞이나 정거장에서 나를 기다릴 때 얼마나 부끄럽고 기뻤던지! 내가 왜 이렇게 재미없는 일을 하러 갔나 해서 부끄럽고, 또 잠시나마 모든 것을 잊고 마음껏 너희 참된 삶의 동아리에 낄 수 있어 기뻤단다.

그러나 너희들의 이 황금 시대는 한계가 있어서, 결국 너희에게도 현실이 드러날 게다. 이건 내가 경험해온 것이기도 하고, 어른이면 누구나 경험한 것이란다. 어린 시절 동무 사이, 영웅 호걸들이 하나하나 위축되고, 순종하고, 타협하고, 굴복하여, 양처럼 되어가는 것을 내 눈으로 보았단다. '나중에 지금을 본다면, 역시 지금 옛날을 보는 것과 같으리라', 너희도 머지않아 이 길을 걸어야 하리라!

얘들아!

너희 삶을 동경하는 나로서는 너희를 위하여 이 황금 시대가 영원히 이 책에 머물게 하려 한다. 그러나 이건 정말 '거미줄에 떨어진 꽃' 처럼 봄 흔적을 아주 잠깐 보존하는 것에 불과할 뿐이란다. 앞으로 너희가 내 마음을 이해할 때가 되면, 너희는 이미 지금과 같지 않겠지. 이 세상엔 이미 내 그림의 실체를 증명할 것이 더 이상 없겠지. 이 얼마나 슬픈 일이냐!

『쯔카이 화집』 서문, 1926년 크리스마스 🔳

"갖고 싶어!"

자식

넉 달 전이었다. 마치 죄수를 압송하듯, 새끼제비 같은 자식들을 갑자기 상하이 셋집에서 끄집어내 기차에 태워 고향으로 데려와 낮고 작은 단층집에 가두어버리듯 떨궈놓고, 그대로 상하이 조계로 돌아가, 혼자 넉 달을 지냈다. 도대체 무슨 의도에서 그런 행동을 했을까? 무슨 계획 때문이었을까? 이제 와서 회상하면, 나로서도 내가 그랬다는 걸 믿을 수 없다. 무슨 의도나 계획이 있었다고 해도, 모두 공허한 것이요, 스스로를 기만하는 것일 따름이다. 그래서 실제로 내 삶에 무슨 이익이 있었는가? 그저 몇 차례 기쁨과 슬픔의 감정만 들락날락했을 뿐, 세상사 번뇌만 더해지고, 마음의 상처만 더해졌을 뿐인 것을!

혼자 상하이로 돌아가 텅 비어 적막한 셋집에 들어서니, 『능엄경』의 한 구절이 떠올랐다. "마음 속 모든 건 하늘에 흰 구름 떠가듯 공허한 것, 세상 모든 것이 허공에 떠 있듯 허망한 법!"

저녁에 방을 정리하고, 부엌에 남아 있던 바구니, 그릇, 장작, 쌀 등과 그 밖에 삼 년 동안 그 집에서 살면서 썼던 이런저런 세간들을 잔심부름을 해주던 이웃 조그만 가겟집 아들에게 모두 줘버렸다. 오직 낡아 다 떨어진 애들 신발 네 켤레만 (무슨 까닭에서인지) 처분하지 않고, 침대 아래쪽에 가지런히 놓아두었다. 그 신발들을 볼 때면 뭐라고 표현 못할 유쾌함을 종종 느끼곤 했다. 며칠이 지난 뒤 이웃 친구들이 찾아와, 침대 밑에 놓아둔 그 조그만 신발들이 왠지 음산하게 느껴진다고 말을 해서야, 비로소 내 자신의 바보스런 행태를 깨닫고 그것들을 갖다 버렸다.

친구들은 곧잘 나더러 자식에 대한 관심이 넘친다고 말한다. 확실히 나는 자식에게 관심이 있고, 혼자 생활하면 염려할 때가 더 자주 있다. 그러나 그런 내 관심과 염려는 아버지로서의 본능보다 더 강렬한 어떤 것에서 나오는 듯하다는 생각이 든다. 그래서인지 나는 왕왕 그림이나 글재주가 못났음에도 아랑곳하지 않고 문득문득 자식들을 묘사하곤 한다. 제일 큰 아이도 아홉 살밖에 안 되었을 만큼 자식들이 모두 어린 데다 자식들에 대한 내 관심과 염려에는 어느 정도 아이들에 대한 — 세상 모든 아이들에 대한 — 관심과 염려가 담겨 있다. 성인이 되면, 나는 그 애들을 어떻게 대할까? 지금으로서는 나 자신도 알 수 없다. 다만 그때는 더는 그런 맛이 없을 것이므로, 틀림없이 지금과는 다르리라는 것만큼은 미루어 알 수 있다.

지난 넉 달 동안 유유자적 한가롭고 조용했던 혼자 생활을 회상해보면, 나로서도 자못 그립기도 하고 고맙기도 하다. 그러나 이렇게 고향 단층집에 돌아와 한 무리 자식들에 둘러싸여 있으니, 또한 나도 모르게 마음이 아프다. 천진난만하고, 건강하고, 살아 약동하는 아이들 생활에 비하면, 단정히 앉아 묵상에 잠기기도 하고, 이것저것 찾아보고 연구하기도 하고, 사람들과 그럭저럭 어울리기도 했던 그때 내 생활이란 것은 분명히 변태적이고, 병적이고, 비정상적이었다.

어느 더운 여름날 오후, 나는 집에 돌아왔다. 다음날 저녁에 네 아이들 — 아홉 살 아바오, 일곱 살 루안루안, 다섯 살 잔잔, 세 살 아웨이 — 을 데리고 마당 홰나무 그늘 밑으로 가, 바닥에 앉아 수박을 먹었다. 해질 무렵 붉은 노을 속에서, 뜨거운 태양의 붉은 기운이 점점 사그라들고, 시원한 저녁의 푸른빛이 점점 짙어갔다. 기느다란 실 같은 아이들의 머리카락이 미풍에 살랑살랑거리고, 어느덧 몸의 땀기가 모두 사라져 온갖 상쾌함이 밀려오자, 아이들은 삶의 기쁨이 넘친 듯 어떻게든 그 기쁨을 드러내고 싶었던 모양이다. 첫번째는 세 살짜리 아이의 음악적 표현이었다. 아웨이는 너무나 만족한 나머지 몸을 흔들고 히히 웃으며 입으로는 수박을 씹으면서 고양이가 무언가를 훔쳐 먹을 때처럼 소리를 냈다.

"니암 니암."

이 음악적 표현에 다섯 살짜리 잔잔이 즉각 호응하고 나서서, 자기 시를 발표했다.

"잔잔이 수박을 먹는다.
바오 누나가 수박을 먹는다.
루안루안이 수박을 먹는다.
아웨이가 수박을 먹는다."

이 시적 표현이 또한 일곱 살짜리와 아홉 살짜리의 산문적, 수학적 재미를 불러일으켰다. 둘은 곧바로 잔잔의 시가 함축한 뜻을 하나로 귀결시켜, 그 결과를 보고했다.

"네 사람이 수박 네 조각을 먹는다."

나는 심사자가 되어, 아이들 작품을 마음속으로 평가해보았다. 세 살짜리 아웨이의 음악적 표현이 가장 깊이 있고 완벽하다. 자기 기쁜 감정을 있는 그대로 가장 잘 표현했다. 다섯 살짜리 잔잔은 아웨이의 기쁜 감정을 (자기만의) 시로 옮겼다. 이미 한 단계 거른 것이다. 그러나 그래도 리듬과 가락의 요소가 담겨 있어, 살아 도약하는 생명력이 넘친다. 앞의 둘에 비하면 루안루안과 아바오의 산문적 · 수학적 · 개념적 표현은 한층 얕은 표현이다. 그러나 그들의 밝고 지혜로운 마음의 눈만은 어른보다 훨씬 완전하여, 온 정신을 수박 먹는 한 가지 일에 몰입시켰다. 이 세상에서 가장 건강한 마음의 눈은 오직 아이들만의 소유물이다. 오직 아이들만이 세상 만물의 진상을 가장 명확하고 완전하게 볼 수 있다. 그들에 비하면, 참된 마음의 눈이 이미 세상 먼지에 뒤덮이고 잘리고 부서진 나는 가련한 불구자일 뿐이다. 실로 나는 감히 그들에게 '아버지'라는 호칭을 들을 수 없다. '아버지'가 존경의 대상이어야 한다면······.

단층집 남쪽 창 밑에 작은 책상을 임시로 갖다 놓고, 책상 위에 원고지 · 편지함 · 붓과 벼루 · 먹물병 · 풀병 · 시계 · 찻쟁반 등을 질서 정연하게 배열해놓았다. 나는 다른 사람이 그 물건들을 임의로 옮기는 것을 싫어한다. 이건 내가 혼자 살 때의 습벽이었다. 나의 — 우리 어른의 — 평상시 행동거지는 늘 신중하고, 조심하고, 단정하고, 점잖다. 이를테면 먹을 갈고, 붓을 놓고, 차를 따르는 등 모든 일에 조심조심한다. 그래서 책상 위의 배치가 바뀌거나 흐트러지지 않고 매일 그대로다. 내 손과 발의 근육 감각이 이미 여러 차례 물리적 훈련을 받아서 그런 조심성이 깊이 뿌리내렸기 때문

아빠가 없을 때

일 것이다.

그러나 아이들은 내 책상에 올라갔다 하면, 나의 질서를 어지럽히고, 내 책상 구도를 바꾸고, 내 물건을 훼손한다. 만년필을 아무렇게나 휘둘러대 탁자나 옷에 온통 잉크 방울을 뿌리기도 하고, 붓끝을 풀병 속에 담그기도 하고, 구리 붓두껍을 힘껏 열어 젖히다가 찻주전자에 손등이 부딪쳐 주전자 뚜껑이 바닥에 떨어져 깨지기도 하고……. 나는 참을 수가 없어 냉큼 소리지르고, 아이들이 손에 쥔 물건을 빼앗기도 하고, 심지어 뺨을 때리려고까지 한다. 그러나 곧 후회한다. 소리를 질렀다가는 곧바로 웃고, 빼앗은 뒤 곧바로 배로 돌려주고, 뺨을 때리려던 손은 중간에 부드러워져 쓰다듬는 손으로 변한다. 곧바로 내 자신의 잘못을 깨닫기 때문이다.

아이들의 행동거지가 나 자신과 똑같길 바라는 것은 얼마나 어리석은 일인가! 나 — 우리 어른 — 의 행동거지가 조심스러운 것은 신체와 수족의 근육 감각이 이미 현실의 갖가지 압박을 받아 무디게 길들여졌기 때문이다. 아이들은 아직 타고난 건강한 신체와 손발과 참되고 순박한 살아 도약하는 원기를 보존하고 있는데, 어찌 우리 어른처럼 굽히라고 하겠는가?

단정하게 허리 굽혀 인사하고, 조심조심 행동하고, 규정에 맞추어 걷는 등 어른의 예절은 마치 수갑이나 족쇄와 같아서, 아이들의 타고난 건강한 신체와 손발을 하나같이 해치는 것이다. 이로 인해 살아 도약하던 사람의 수족이 점점 마비되어 반신불수의 불구자

사과 가져오기

로 변해가는 것이다. 불구자가 건강한 자에게 자기와 똑같은 행동거지를 요구하다니, 이 얼마나 잘못된 일인가!

나와 아이들의 관계는 어떠한가? 나는 미리 그들의 아버지가 될 준비를 하고 이 세상에 온 게 아니었다. 그래서 어찌된 것인지 늘 궁금하고, 이상하게 여겨진다. 나는 아이들과 (현재) 완전히 다른 세계 사람이다. 아이들은 나보다 훨씬 총명하고 건강하다. 허나 그들은 또 내가 낳은 자식이다. 이 얼마나 묘한 관계인가! 세상 사람들은 슬하에 자식이 있는 것을 행복으로 생각하고, 자식이 영원히 자기를 이어가길 바라지만, 사실 난 잘 모르겠다.

이 세상 인간 관계 중에서 가장 자연스럽고 합리적인 건 친구 관계가 아닐까 싶다. 아주 자연스럽고 합리적으로 이루어진다면, 군신·부자·형제·부부 간의 정이라는 것도 넓은 의미에서 우정과 다를 것이 없다. 사실 우정은 모든 인간 관계에서 정을 이루는 바탕이다. '벗이란 같은 부류다(朋, 同類也)'는 말도 있지만, 대지에서 길러지는 사람은 모두 같은 부류인 벗이요, 대자연의 자식이다.

세상 사람들은 '큰 부모'를 망각하고 그저 '작은 부모'만 있는 줄 알고, 부모가 자식을 낳았고 자식은 부모가 낳은 것이므로 자식은 부모를 이어 부모가 영원히 존재하게 해야 한다고 생각한다. 그래서 자식이 없으면 하늘은 왜 자기를 외면하느냐고 탄식하며, 자식이 있으면 있는 대로 못났다고 자신의 운명을 마음 아파하며 미

친 듯 술잔을 들이키곤 한다. 사실 저 하늘이 똑같이 낳아서 기르
는 자식들 중에서 누구에게는 박하고 누구에게는 후하겠는가! 나
는 정말 그런 사람들의 심리를 이해하지 못하겠다.

　요즘 내 마음을 사로잡는 건 네 가지다. 하늘의 신과 별, 인간 세
상의 예술과 아이들이다. 제비새끼 같은 자식들, 바로 이들은 인간
세상에서 나와 가장 인연이 깊은 아이들인 셈이다. 따라서 그들은
내 마음속에서 신·별·예술과 더불어 동등한 자리를 차지하고
있다.

1928년 여름 스먼완 단충집에서 🔲

아버지 노릇

창 너머 골목 저 멀리서 '삐약삐약······' 소리가 들려오는가 싶더니, 점점 가까워지면서 커졌다.

아이 하나가 산수 연습장에서 고개를 들고, 눈을 반짝거리며 귀기울여 듣다 말고 '병아리다, 병아리야!' 소리를 질렀다. 네 아이가 손에 쥔 연필을 동시에 내팽개치더니 나는 듯이 아래층으로 달음질쳤다. 마치 길가에 앉은 참새 떼가 행인의 발자국 소리를 듣고 후두둑 날아가듯이······.

아이들이 넘어뜨린 의자를 막 일으켜 세우고 책상 위에서 굴러 떨어진 연필을 주우려는 순간, 대문간에서 '병아리 사줘! 병아리 사줘!' 하고 울먹울먹 외치는 소리가 들렸다. 서둘러 내려가 보니,

무리에서 뒤떨어져 허둥지둥 달려가다 마당에 고꾸라진 위앤차오가 울고 있었다. 형과 누나들이 병아리를 다 차지해 자기 차례까지 돌아오지 않을까 염려된 모양이었다. 위앤차오를 데리고 대문을 나서니, 다른 아이들은 어서 오라며 '삐약삐약' 소리나는 조롱을 멘 사람을 향해 손짓하고 있었다. 위앤차오는 곧바로 내 곁을 떠나 아이들과 합류해서, 폴짝폴짝 뛰며 소리쳤다. '병아리 사줘! 병아리 사줘!' 폴짝일 때마다 얼굴에서 눈물이 방울방울 땅으로 떨어졌다.

아이들은 내가 나온 것을 보고는 우루루 몰려와 나를 에워쌌다. '병아리 사줘요! 병아리 사줘요!' 명령조로 외치던 소리가 탄원조로 바뀌면서, 아까보다 더 커졌다. 내 몸 가득 쌓아넣어 내 입에서 그 소리가 나오게 하려는 심산인 듯. 오직 위앤차오만이 정신없이 외치면서도 조롱을 매단 줄을 꼭 쥐고 있었다.

나는 병아리를 기르고 싶은 생각이 전혀 없었다. 기르게 된 다음에 생길 이런저런 번거로운 일을 생각하면 두렵기도 했다. 그러나 아이들더러 외부의 유혹을 일체 물리치고 적막하게 집 안에만 틀어박혀 일요일을 보내라고 강요하는 것도 조금은 잔인하다는 생각이 들었다. 이 '삐약삐약' 거리는 것이 집 안의 적막을 깨고 길고 무료한 봄날 한낮에 활기찬 정경을 갖다 줄 수도 있지 않을까? 그래서 조롱을 멘 병아리 장수를 불러, 병아리를 좀 보여달라고 했다.

接長人

키다리 만들기

병아리 장수가 멜대를 내리고 앞쪽 조롱을 열었다. '삐약삐약' 소리가 갑자기 커졌다. 무수한 귀여운 병아리가 가는 철망 밑에서 꿈틀거리고 있었다. 마치 살아 있는 눈뭉치 같았다. 아이들 대여섯이 조롱 주위로 모여들어, 하나같이 정신을 빼앗겨 '예쁘다! 예쁘다!' 소리쳤다. 일순간 내 마음도 아무 생각 없이 그 작은 동물의 아름다운 자태에 푹 빠져, 아이들이 병아리를 그토록 좋아하는 심정을 알 듯했다. 조막만한 손들이 순백색 병아리 한 마리를 앞다투어 가리켰고, 어떤 손은 거의 조롱 속까지 들어가 잡으려고 했다. 병아리 장수는 무정하게도 잽싸게 뚜껑을 덮었다. '삐약, 삐약 거리던 수많은 눈뭉치와 '예쁘다, 예쁘다' 외치던 아이들이 지척이 천리인 듯 떨어져버렸다. 아이들은 참담하게 조롱 뚜껑만 쳐다보다가 내 옆에 붙었고, 어떤 아이는 손을 뻗어 내 주머니를 더듬었다. 나는 병아리 장수에게 물었다.

"한 마리 얼마씩 하오?"

"일 원에 네 마리인뎁쇼."

"이렇게 어린 건데, 한 마리에 이 전 닷푼이나 한단 말요? 좀 싸게 해줘요!"

"더 싸게는 안 됩니다요. 이 전 닷푼 아래로는 못 팔아요."

말이 끝나기 무섭게 그는 멜대를 메고 자리를 떴다. 웬만큼 큰 애는 아쉬움을 꾹 머금고 병아리 장수를 그저 눈으로 떠나보냈지만, 그보다 어린 애는 내 옷자락을 잡아당기며 연신 '사줘! 사줘!'

소리쳤다. 병아리 장수가 빨리 걸을수록, 더욱 크게 소리쳤다. 나는 손짓으로 아이들을 조용히 시키고, 병아리 장수에게 다시 물었다.

"한 마리에 일 전 닷푼, 육 전에 네 마리, 어떻소?"

그는 걸음은 멈추지 않고, 그저 고개만 조금 돌려서 '안 됩니다!' 한마디하더니 가던 길을 재촉했다. '삐약삐약' 소리가 점점 멀어졌다.

위앤차오의 외침이 울음으로 변했다. 웬만큼 큰 아이는 눈썹을 찌푸린 채 병아리 장수의 그림자를 끊임없이 뒤쫓으며 한편으로 내 안색을 주시했다. 나는 손으로 위앤차오의 입을 막고, 다시 병아리 장수를 향해 멀리 소리쳤다.

"이 전에 한 마리, 자 파세요!"

"안 팔아요."

그 말을 끝으로 그는 고개를 뻣뻣이 들고 가며, '병-아-리- 팔-아-요-!' 유장하게 외쳐댔다. 그의 뒷모습이 골목 저 모퉁이에서 시리졌다. 우리 있던 자리에 엉엉 울어대는 아이만을 남겨두고……

앞집 아주머니가 처음에 쪽문으로 고개를 내밀고 병아리를 보는가 싶더니, 어느새 아예 바느질 거릴 가지고 나와 문에 기대고 서서 우는 아이를 웃음으로 달랬다

"울지 마라! 조금 있으면 병아리 장수가 또 올 거야. 오면 내가

알려주마.”

아주머니는 웃으며 또 내게 말했다.

“그 병아리 장수 한몫 단단히 챙기려고 그런 거예요. 아이들이 울면서 사달라고 하니까, 그럴수록 깎아주지 않으려는 거예요. 어제 탄창취앤에서는 한 마리에 일 전씩 팔았어요. 방금 것보다 반토막은 더 큰 거였는데!”

나는 아주머니에게 그저 몇 마디 대꾸하고는, 우는 아이를 이끌고 대문으로 들어섰다. 다른 아이들도 터덜터덜 따라 들어왔다. 원래 길고 무료한 봄날 한낮을 어떻게 무마해볼까 하여 문을 나섰던 것인데, 우는 아이만 데리고 김만 팍 새 가지고 돌아온 것이다. 마당의 버드나무는 화창한 봄볕에 부드러운 가지를 흔들고, 처마 밑 제비는 새로 안락하게 지은 둥지에서 오락가락하며 저희끼리 속삭이고 있었다. 영악하기 짝이 없는 병아리 장수와 통곡하는 아이, 평화롭고 아름다운 봄 경치 속에 어울릴 법한 일인가!

대문을 닫고, 위앤차오의 눈물을 닦아주며 아이들에게 말했다.

“너희들이 모두 ‘예쁘다, 예쁘다’ ‘사줘요, 사줘요’ 그러니까, 병아리 장수가 더 안 깎아주려고 하잖아!”

아직 어린 애는 내 말을 못 알아듣고 계속 훌쩍거렸고, 웬만큼 큰 애는 내 말을 듣더니 뭔가 짚이는 듯했다. 나는 계속 아이들을 달랬다.

“이따가 또 오면 사줄게. 병아리 장수가 오면 이웃 아주머니가 우릴 부르실 거야. 하지만 너희들 다음 번엔……."

　더는 말하지 않았다. 그 다음에 나올 말이래야 '좋은 것을 봐도 좋다고 말하면 안 돼, 갖고 싶어도 갖고 싶다고 하면 안 돼'일 것이요, 아예 한술 더 떠 '좋은 것을 봐도 안 좋다고 해야 하고, 갖고 싶어도 필요없다고 해야 하는 거야' 하는 말이 튀어 나올 것 같았기 때문이다. 이토록 천진난만하고 광명정대한 봄 풍경 속에서, 그렇게 아이를 가르치는 아버지가 서 있을 곳이 어디 있단 말인가?

1933년 5월 20일 🉀

3 부 | 옛 생 각

만약 일찌감치 목탄 사생화를 배웠다면, 일찌감치 미술 서적의 지도를 받았다면, 나의 그림 공부가 이렇게 기구한 샛길을 헤매진 않았으리라. 아, 우스운 추억, 이 부끄러운 추억을 새삼 여기 끄적이는 것은, 이 세상에서 그림을 배우는 사람들이 거울로 삼기를 바라는 마음에서다.

어렸을 적

어렸을 적을 회상하면, 잊지 못할 세 가지가 있다.

첫번째는 누에치기다. 대여섯 살 무렵, 할머니가 살아 계실 때 일이다. 할머니는 호쾌한 성격에 인생을 즐기던 분이라, 좋은 시절을 그냥 맥없이 보내는 법이 없으셨다. 누에치기도 해마다 대규모로 벌이셨다. 사실 다 커서야 알았는데, 할머니는 오직 이익을 보려고 누에치기를 하신 게 아니었다. 잎이 귀한 해에는 늘 본전을 까먹곤 했다. 아무리 그래도 할머니는 늦은 봄의 그 행사를 좋아하여, 해마다 대규모로 벌이셨다. 무엇보다 내가 좋아한 건, 누에가 섶에서 내려올 때였다. 그때 세 칸짜리 우리 집은 대청이고 마당이고 온통 누에여서, 드나들거나 뽕잎 주기에 편하도록 가로세로 발판을 놓았다. 장 아저씨가 멜대 메고 밭으로 잎 따러 가면, 나와 누이들이 오디를 먹으러 따라갔다. 누에가 섶에서 내려오는 무렵이면 오디가 이미 보랏빛으로 달게 맛이 들어, 딸기보다 훨씬 맛있었다. 배불리 먹고 나면, 큰 잎을 그릇 모양으로 만들어 오디를 따 담아, 장 아저씨를 따라 돌아왔다. 장 아저씨가 누에를 먹일 때면, 나는 놀이 삼아 발판을 걸어다니다 늘 발을 헛디뎌 바닥으로 굴러 새끼 누에를 많이 눌러 죽이곤 했다. 그러면 할머니는 허둥지둥 달려와 장 아저씨더러 나를 안아 일으키라고 소리쳤고, 다시는 걸어다니지 못하게 했다. 하지만 집 안에 온통 바둑판 줄처럼 놓인 발판이 아주 낮아서, 걸어다니기에 조금도 무섭지 않았고, 정말로 재미있었다. 이것은 정말 한 해 한 번뿐인 얻기 힘든 즐거움이었다. 할머니가 아무리 못하게 해도, 나는 날마다 발판을 걸어다녔다.

누에가 섶에 오르면, 온 집안 식구가 조용히 지냈다. 그땐 아이들도 떠들지 못하게 해서, 나는 잠시 침울했다. 그러나 며칠만 지나면 고치를 따고 실을 잣는 등 떠들썩한 분위기가 다시 살아났다. 해마다 그렇듯, 니우차오터우의 치니앙니앙에게 우리 집에 와서 실을 잣아달라고 부탁했다. 장 아저씨는 매일 비파와 양갱을 사다가, 고치 따고, 실 잣고, 불 때는 사람들에 나눠주었다. 그때는 힘들면서도 희망이 있는 때라, 그 정도 주전부리는 해도 괜찮다고 생각하여, 모두 사양 않고 선뜻 받아먹곤 했다. 일은 않고 월급 받

아
버
지
노
릇
•
98

人造搖綿機

TK

베짜기

듯, 나도 날마다 비파와 양갱을 많이 먹었으니, 이 또한 즐거운 일이었다.

실을 잣다 쉴 때면 치니앙니앙은 물담뱃대를 받쳐 들고서 반토막이 짧은 왼손 새끼손가락을 펴서 보여주곤 했다.

"실 뽑을 땐 절대 물레 뒤에 가까이 가면 안 된단다."

치니앙니앙의 새끼손가락은 바로 어릴 때 어쩌다 물레 축에 끼여 잘려나간 것이었다. 이런 말도 했다.

"아가야, 물레 뒤에 가까이 가면 안 된단다. 여기 내 옆에 앉아서 비파하고 양갱이나 먹고 있으렴. 실 다 뽑으면 번데기가 나오는데 엄마더러 볶아달라고 해. 얼마나 맛있는지 몰라!"

나는 끝내 번데기는 안 먹었다. 아빠하고 누나들이 모두 안 먹었기 때문일 것이다. 내가 좋아한 것은 그저 그때 우리 집의 색다른 분위기였다. 늘 움직이지 않고 한자리에 있던 당창(堂窓), 평상, 팔선 의자…… 이런 것이 모두 치워지고, 흔히 볼 수 없는 물레, 바구니, 항아리 등이 그 자리를 차지했다. 게다가 공공연하게 끊임없이 간식을 먹을 수 있는 것도.

실을 다 뽑으면, 장 아저씨가 '비파 먹고 싶네, 내년에도 누에 치세' 노래부르며 물레를 치우고 예전 물건들을 모두 제자리에 복구시켰다. 나로서는 흥이 가셔 적막감이 감돌았다. 그러나 그렇게 바뀌곤 하는 것이 신기하고 재밌는 구석도 있었다.

지금 그때 어린 시절 일을 회상하면 언제나 그립다! 할머니 · 장 아저씨·치니앙니앙·누나들이 모두 마치 동화나 연극 속에 나오는 인물 같다. 내 처지에서는 그때 그 연극의 주인공은 바로 나다. 얼마나 감미로운 추억인가! 다만 이제 와서 곰곰이 생각해보면, 연극의 소재가 좋지는 않았다. 누에 쳐서 실을 뽑는 것이, 생계 문제로 따지면 행복이라지만, 그 자체는 수많은 생명을 학살하는 것 아닌가! 『서청산기(西靑散記)』에 이런 신선의 시 두 구절이 있다.

"불쌍한 봄 누에 살려주려, 고생고생 연뿌리에서 실 뽑아 짠 옷 하늘하늘."

사람도 연뿌리 섬유질로 실 잣는 물레를 좀 발명해서 이 세상 누에들 생명을 모두 건져줄 수는 없을까!

일곱 살 지났을 무렵 할머니가 돌아가신 뒤, 우리 집은 더는 누에를 치지 않았다. 얼마 못 가 아버지와 누나 동생들이 연달아 세상을 떠나 집안이 쇠락하였고, 행복했던 내 어린 시절도 가버렸다. 그래서 이 추억을 떠올리면 언제나 그리움과 회한에 젖는다.

二

두 번째 잊을 수 없는 일은 아버지의 한가위 달맞이이다. 달맞이의 즐거움 중에서 백미를 들라면, 게를 먹는 것이다.

아버지가 과거에 급제한 뒤 곧바로 과거 제도가 폐지되었다. 아버지는 매일 술을 마시고 책을 보면서, 아무 하는 일 없이 집에 계셨다. 양고기 · 소고기 · 돼지고기는 즐기지 않으셨고, 생선 · 새우 종류를 좋아하셨다. 특히 게라면 더욱 좋아하셨다. 7 · 8월부터 시작해서 겨울까지, 아버지는 게 한 마리와 바로 이웃 두붓집에서 사온 말린 두부 데침 한 그릇 드시는 것을 아예 평일 저녁 만작(晚酌) 규정으로 삼으셨다. 아버지의 만작 시간은 늘 황혼 무렵이었다. 팔선 탁자 위에 석유등 하나, 붉은 호리병, 말린 두부 데침이 담긴 이 빠진 사발 뚜껑, 물담뱃대 하나, 책 한 권, 탁자 모서리에 얌전히 앉은 고양이 한 마리……. 내 뇌리에 어찌나 깊이 박혔는지, 이러한 풍경이 자아내는 인상이 지금도 훤히 떠오른다.

옆에서 보고 있자면, 아버지는 내게 게 다리 한 쪽이나 말린 두부 반 조각을 주시곤 했다. 나는 게 다리를 좋아했다. 게는 정말 맛있어서 우리 다섯 남매 모두 좋아했다. 아버지가 좋아하셨기 때문이리라. 오직 어머니만 우리와 정반대였다. 고기를 좋아하셨고, 게를 좋아하지도 않고 먹을 줄도 몰라서, 먹을 때면 언제나 집게발에 손가락이 찔려 피가 났다. 게다가 깨끗이 발라먹지도 않아서, 아버지는 늘 어머니더러 풋내기라 놀리곤 하셨다. 게를 먹는 건 운치 있는 것이라느니, 먹는 방법도 전문가라야 알 수 있다느니, 먼저 다리를 자르고, 다음엔 딱지를 열고…… 다리 관절 살을 깨끗이 발라 먹으려면 어떻게 하느냐, 배딱지 속의 살을 발라내려면 어떻게 하느냐…… 집게 끝은 살을 발라내는 족집게로 쓰고, 집게발 두 개는 합쳐서 예쁜 나비를 만들 수 있고……. 아버지는 게를 먹는 데는 정말로 전문가여서 아주 깨끗하게 드셨다. 그래서 츠언 유모는 말씀하셨다.

"어르신이 드신 게 껍질이야말로 정말 게 껍질이에요."

마당 구석에 놓인 항아리 속이 게 저장소로, 늘 처음에 열 마리 정도 넣어두었다. 그리고 칠석 · 7월 중순 · 한가위 · 중양절 등의 절기 때쯤이면 항아리에 게가 가득했다. 그때에는 우리 모두 먹을 수 있었다. 한 사람당 큰 놈 한 마리나 한 마리 반을 먹을 수 있었다. 게다가 한가위에는 더욱 재미가 있었는데, 깊은 황혼, 달빛 비치는 마당에 탁자를 옮겨다 놓고 먹었다. 밤이 깊어 인적은 끊어지고, 밝은 달빛 아래 오직 우리 식구만이 오순도순 탁자에 둘러앉았고, 또 한 사람, 심부름하는 홍잉이 옆에 앉았다. 모두 담소를 나누며, 달을 보며, 아버지와 누이들은 달이 질 때까지 그렇게 보냈고, 나는 중간에 잠들어, 아버지와 누이들과 꿈속에서 헤어졌다.

이런 밤놀이는 아버지가 워낙 게를 즐겨서 게를 먹는 것을 중심으로 벌어졌다. 그래서 한가위에 한정되지 않고 게가 있는 계절 달밤이면 느닷없이 여러 차례 벌어지곤 했다. 그러나 명절이 아니면 많이 먹지는 못했다. 때론 두 사람이 한 마리를 나누어 먹기도 했다. 우린 모두 아버지한테 배워서, 살을 아주 말끔하게 발라내고, 발라낸 살을 곧바로 먹지 않고 차곡차곡 게딱지에 쌓아놓았다가, 다 발라낸 뒤에 생강과 식초를 조금 넣고 무쳐, 반찬 삼아 먹었다. 그것말고 다른 음식은 없었다. 아버지는 음식을 아껴 드시는 편이

菱塘淺

물이 너무 얕아요

었고, 게다가 게는 최고 맛있는 음식인데 다른 음식과 마구 섞어 먹으면 맛이 떨어진다고 말씀하셨기 때문이다. 우리도 아버지한 테 배워, 밥 두 그릇 다 먹도록 게딱지에 반쯤 게살이 남아 있어야 아버지의 칭찬을 받았고, 또 그래야 꽤 남은 게살을 맨입으로 한꺼 번에 먹을 수 있었기 때문에, 모두 기를 쓰고 아껴 먹었다. 지금 그 시절을 회상하면, 게 다리 반쪽 살로 밥 두 입을 먹던 그 맛이 정말 좋았다. 아버지가 돌아가신 뒤, 그런 좋은 맛을 더는 느껴본 적이 없다. 이제는 내 자신이 아버지가 되었고, 게다가 소식을 하니 영 원히 더는 그 맛을 느낄 수 없을 게다. 아, 어렸을 적 기쁨, 너무나 그립다!

그러나 이 연극의 제재 또한 생명의 학살인 것을! 그래서 이 추 억을 떠올리면 언제나 그리움과 회한에 젖는다.

三

세 번째 잊을 수 없는 일은 바로 이웃 두붓집 왕난난과 사귀었던 일로, 그와 사귐의 중심에는 낚시가 있있다.

내가 열두세 살 때였다. 이웃 두붓집 왕난난은 당시 내 동무 중 큰형뻘이었다. 왕난난은 외아들이어서, 어머니·할머니·큰아버 지 모두 그를 끔찍하게 사랑하여, 용돈이나 장난감을 많이 해주었 고, 매일 밖에서 놀아도 그냥 놔두었다. 그의 집과 우리 집은 바로 옆집이었다. 우리 집 사람들이 매일 시장에 갈 때면 왕난난네 두붓집 앞을 지나가야 했고, 두 집 사람들은 아침저녁으로 서로 만나고 왕래했다. 아이들도 아침저녁으로 서로 만나고 왕래했다. 그뿐만 아니라, 그 집에선 우리 집에 이웃 이상의 깊은 우의가 있었던 듯하다. 그래서인지 나한테 특히 잘 해주었다. 왕난난네 할머니는 이따금 직접 만드신 말린두부 · 두부피 등을 아버지 안주로 갖다 드리라며 내게 주셨다.

왕난난 역시 어린 동무들 중에서 특히 나와 잘 지냈다. 나보다 나이도 많고 힘도 세고 집안 형편도 나았음에도, 아이들이 함께 놀러 다닐 때면 종종 나를 데리고 다니며 마치 큰형이 어린 동생 보살피듯 나를 보살펴주었다. 우린 우리 염색점 의자에 앉아 놀기도 하고, 함께 놀러 나가기도 했다. 난난 할머니는 우리 둘이 함께 노는 것을 볼 때마다 난난더러 나를 잘 돌봐주고 싸우거나 욕하지 말라고 신신당부했다. 사람들이 얘기하는 것을 들은 적이 있는데, 난난네 집에 어떤 곤란한 문제가 있었는데 우리 아버지가 도와주셔서 그 집 어른들이 난난더러 나를 잘 돌봐주라고 하는 것이라고 한다.

나는 처음에는 낚시할 줄 몰랐는데, 왕난난이 가르쳐주었다. 왕난난은 자기 큰아버지더러 낚싯대 두 개를 사달라고 해서, 하나는 나한테 주고 히니는 자기가 썼다. 왕난난은 쌀통에서 쌀벌레를 잔뜩 잡아다가 물을 담은 깡통에 넣은 다음, 나를 데리고 무츠앙챠오 다릿목으로 낚시하러 갔다. 그러고는 나더러 잘 보고 따라 하라면서, 먼저 쌀벌레를 집어 꼬리부터 머리까지 낚시바늘로 꿰어서 물속에 넣었다.

"찌가 움직이면 재깍 당겨야 돼. 그래야 바늘이 턱에 꽉 꿰어 물고기가 못 도망가."

가르쳐준 대로 하자, 과연 첫날부터 바이터우 십여 마리를 낚았다. 그러나 모두 난난이 나를 도와 낚싯대를 당겨준 덕분이었다.

다음날 난난은 죽은 파리 반 깡통을 손에 들고, 또 낚시하러 가자고 했다. 가는 도중 난난이 말했다.

"꼭 쌀벌레가 아니어도 돼. 파리로 잡는 게 더 좋아. 물고기는 파리를 좋아하거든!"

그날 우린 작은 통에 가득 이런저런 물고기를 낚았다. 난난은 돌아오면서 자기는 필요없다며 물고기통을 내게 주었다. 어머니는 훙잉더러 기름 좀 두르고 부치라고 해서, 저녁 반찬으로 주셨다.

그뒤 난 낚시만 좋아했다. 왕난난이 같이 가지 않아도 혼자 낚시하러 갔고, 땅을 파서 지렁이를 잡아 낚시하는 방법도 배웠다. 또 내 저녁 반찬용 외에도 가게 사람들에게 나눠 주거나 고양이한테도 줄 수 있을 만큼 물고기를 많이 낚게 되었다. 내 기억에 그때 내가 열심히 낚시를 한 것은, 놀려는 마음도 있었지만 무언가 이득을 보는 재미도 어느 정도 있었던 것 같다. 내가 서너 해 여름 한철 열심히 낚시를 함으로써, 어머니도 반찬값을 적잖이 절약할 수 있었던 것 같다.

나중에 타지로 학교를 가면서 더는 낚시할 여유가 없었다. 그런데 이따금 책에서 '독조한강설(獨釣寒江雪)'이니 '어초탁차신(漁樵度此身)'이니 하는 낚시를 찬미한 말을 보고 나서야, 비로소 낚시란 원래 매우 운치 있는 것임을 알게 되었다. 나중에 또 '노닐며 낚시하던 곳(游釣之地)'이라는 아름다운 명칭이 있음을 알게 되었는데, 이것은 고향의 대명사였다. 나는 커다란 충동을 느껴, 한껏 푸념을 늘어놓았다. '낚시는 정말로 운치 있는 것이구나. 내 고향은 내가 노닐며 낚시하던 곳, 참으로 그리운 고향이여!" 그러나 지금 생각해보면, 불행하게도 이 제재 역시 생명을 학살하는 것이니!

짧았던 내 황금 시대, 그리운 것이라고는 단지 이 세 가지뿐이다. 불행하게도 모두가 살생을 즐거움으로 삼은 것이어서 언제나 회한에 젖는다.

1927년 ▩

그림 배우던 추억

만약 누군가 내 어릴 때 이야기들을 찾아내 전기를 쓰거나 부고
를 낸다면, 나를 위해 다음과 같이 아주 예쁘게 말해줄지도 모를
일이다.

"일곱살에 사숙에 들어갔는데, 단청을 잘 다루었다. 수업 시간
외에는 늘 옛사람의 그림을 본떠 그리거나 인물화 그리는 것을 놀
이로 삼았다. 같은 사숙 나이 많은 학동들이 앞다투어 그의 작품을
얻어다 소중히 보관하려고 하였고, 심지어 서로 가지려고 치고 박
기까지 했다. 스승께서 이 얘기를 듣고 그림을 꺼내보라고 하였는
데, 그림을 보시더니 믿지 못하겠다는 듯 말씀하셨다. '정말 그림
을 잘 그리는구나. 당장 나를 위해 지성선사 공자상을 그려다오!

못 그리면 혼날 줄 알아!' 조용히 먹을 갈고 종이를 펴 일필휘지
완성하니, 훤한 것이 너무나도 훌륭했다. 스승께서는 잣대를 바닥
에 던지고 '네게 더 가르칠 것이 없구나!' 탄식하시더니, 결국 그
그림을 표구하여 사숙에 걸어두시고 학동들에게 아침저녁으로 인
사드리라고 엄히 일렀다. 그뒤로 친지, 친구들이 앞다투어 그에게
그림을 그려달라고 하니, 그가 그린 것은 진짜와 꼭 같지 않은 게
없었다……."

　백 년 뒤의 사람이 이 기록을 본다면 '일곱 살에 작품을 내다니,
정말 천재구나, 신동이야!' 하고 찬탄할지도 모른다.

　마침 친구가 편지를 보내 어렸을 때 그림 공부하던 추억에 대해
좀 써달라고 하니, 이 자리를 빌려 오해를 풀어볼까 한다. 물론 이
야기는 모두 사실이다. 그러나 아무래도 설명이 좀 부족하니, 몇
마디 덧붙여야겠다.

　내가 일고여덟 살 때 ― 도대체 일곱 살이었는지 여덟 살이었는
지 분명히 기억나지 않는다. 둘 다 맞을 수도 있다. 한 살 적게 보
면 외국 계산법에 따른 것이고, 한 살 많게 보면 중국 계산법에 따
른 것이니 말이다 ― 사숙에 들어가 우선 『삼자경(三字經)』을 공
부하고, 이어서 『천가시(千家詩)』도 공부했다. 『천가시』 매쪽 상
단에는 목판 그림이 한 폭씩 있었다. 내 기억에 첫번째 그림은 큰
코끼리 한 마리가 한 사람과 밭을 가는 것이었다. 스물네 가지 효
가운데 순 임금이 밭을 가는 그림이라는 것을 나중에 알았다. 그러

사생

나 당시에는 그 그림이 무슨 뜻인지는 전혀 모른 채, 상단의 그림을 보는 것이 하단의 '남쪽 하늘 옅은 구름 바람 살랑살랑' 이니 뭐니 하는 시를 보는 것보다 훨씬 재미있다는 생각만 했다. 집에서 염색점을 하고 있던 터라, 나는 염색 기술자한테 물감을 좀 달라고 해서, 작은 종지에 녹인 다음, 붓으로 찍어서 책의 단색 그림에 색을 입혀, 빨간 코끼리 한 마리, 파란 사람 하나, 자줏빛 땅 등을 그려 넣어, 제딴에는 득의양양했다. 그러나 그 책 종이가 다우링 페이퍼가 아니라 아주 얇은 중국 종이여서, 앞장에 물감을 바르면 뒤쪽 몇 장까지 스며들어갔다. 게다가 내 붓도 물감을 많이 먹는 붓이라, 더욱 심했다. 착색이 다 되었을 때쯤 책을 펴보면, 뒤쪽 일고여덟 장까지 온통 빨간 코끼리 한 마리, 파란 사람 하나, 자줏빛 땅인 것이, 마치 삼색판으로 찍어낸 듯했다.

다음날 공부할 때 아버지 — 바로 나의 선생님 — 께서 혼을 내시며 거의 매까지 댈 뻔했는데, 어머니 모르게 큰누이가 말리는 바람에 결국 때리지는 않으셨다. 나는 훌쩍훌쩍 한바탕 울다가, 계단 밑에 물감 종지를 감췄다. 저녁에 선생님 — 바로 나의 아버지 — 께서 아편관에 가시자, 나는 다시 계단 밑에 가서 물감 종지를 꺼내고, 홍잉 — 나를 돌보던 가정부 — 더러 염색점에 가서 매두지 몇 장을 몰래 가져오라고 해서, 계단 아래 반탁 위에 놓인 석유등 밑에서 채색화를 그렸다. 붉은 사람, 파란 개 한 마리, 자줏빛 집…… 이 그림들을 최초로 감상한 사람은 바로 홍잉이다. 나중에 어머니와 누이들도 봤는데, 모두들 '잘 그렸다'고 했다. 그러나 아버지께는 보여드리지 않았다. 매를 맞을까 봐 무서워서였다. 이걸 두고 '일고여덟 살 때 사숙에 들어갔는데 단청을 잘 다루었다'고 말한 것이다. 염색점에서 얻어온 물감이 단(丹)과 청(靑)뿐만은 아니었는데!

나중에 아버지께서 책을 말릴 때 나는 인물 화보를 한 권 찾아내 뒤적거리다, 그 안에 쓸만한 것이 많을 것 같아서 몰래 갖다 내 서랍에 감추었다. 저녁에 또 몰래 계단 밑 반탁으로 갖고 가서 홍잉에게 보여주었다. 그때부턴 책에 색칠하는 건 그만두고, 그대로 본떠서 똑같이 그려보려고 했다. 그러나 한 폭도 똑같이 그리지 못했다. 다행히 홍잉이 좋은 방법을 생각해내서, 습자책에서 종이를 한 장 찢어다가 그림 위에 놓고 그대로 찍어내듯 그리라고 가르쳐주었다. 내 기억에 처음으로 습자지를 대고 그린 것은 인물 화보의 유유주(柳柳州, 중국 당대 문인 유종원) 상이었다. 그때는 처음 그릴 때라서 경험이 없었고, 붓에 먹물을 너무 많이 먹인 데다 습자지는 또 너무 얇아서, 결국 그리기는 그렸지만, 원본에 먹물이 배어 아주 지저분해져서 큰누이한테 엄청 혼났다.

그 책이 지금까지도 남아 있어, 얼마 전에 옛날 책을 볕에 쬘 때, 그 지저분해진 유유주 상을 다시 펼쳐 보았다. 길다란 도포를 입고, 두 팔을 좌우로 높이 뻗고, 고개를 들어 크게 웃는 모습이었다. 그러나 주변에 온통 얼룩덜룩 검은 점이 묻었는데, 그게 바로 그때

그림 배우던 추억 ●

113

내가 묻힌 것이었다. 그날 처음으로 그 그림을 그대로 그려보려고 한 이유를 가만히 돌이켜 생각해보니, 아마도 두 팔을 높이 들고 크게 웃는 모습이 마치 아버지가 하품할 때 모습과 똑같아 보여 특별히 흥미를 느꼈던 것 같다.

그뒤 나의 '인화(그림 찍어내기)' 기술은 점점 나아졌다. 대략 열두세살 때쯤(아버지가 이미 세상을 떠나서, 다른 사숙에서 공부했다) 나는 그 인물 화보를 전부 찍어냈다. 눈처럼 흰 연사지를 썼고, 찍어낸 그림에는 모두 색을 입혔다. 색을 입힐 때는 예전 그대로 염색점 물감을 썼다. 다만 이제 원색을 사용하지 않고, 갖가지 간색을 스스로 배합해내서, 복잡하고 화려한 색채를 그림에 입히니, 같은 사숙 학생들이 보고 모두 아주 좋아했고, 다들 '원본보다 훨씬 보기 좋다!'고 말했다. 또 모두 그림을 달라고 해서, 갖다가 부엌에 붙여놓고 부뚜막 보살로 모시기도 했고, 혹은 새해 장식 전지(剪紙) 삼아 침대 앞에 붙이기도 했다. 그러므로 '수업 시간 이외에는 늘 옛사람의 그림을 본떠 그리거나 인물화·화조도 그리는 것을 놀이로 삼았다. 같은 사숙 나이 많은 학동들이 앞다투어 그의 작품을 얻어다 소중히 보관하려고 했다'고 한 것은 모두 근거가 있는 얘기다. 다만 실상이 조금 다를 뿐.

학생들이 그림을 빼앗으려고 서로 치고 박은 것과 스승께서 지성선사 공자상을 그려달라고 내게 부탁해 사숙에 걸어놓고 학생들더러 아침저녁으로 인사드리라고 한 것도 모두 확실한 근거가 있는 사실이다. 이 얘기 좀 해보자.

그때 사숙에서 그림을 그리고 어쩌고 하는 것은 지금 사회에서 아편을 마시는 것과 마찬가지로 감히 공개적으로 하지 못하는 것이었다. 나는 마치 거간꾼이나 밀수꾼처럼, 학우들은 마치 인이 박인 아편쟁이처럼, 모두 은밀하게 결탁하여 수작을 벌였다. 선생님이 책상에 앉을 때 우리는 화구와 그림을 싹 감추고, 모두 흔들흔들 『유학(幼學)』을 읽었다. 그러다 오후에 늘 그렇듯 한 뚱보가 선생님을 끌고 차 마시러 외출하면, 우리는 감춰둔 걸 꺼내 그림을 그렸다. 나는 우선 한폭 한폭 찍어내고, 그 다음에 한폭 한폭 색을 칠했다. 학우들은 진찰을 받을 때 의사에게 등록하듯 차례대로 자기가 갖고 싶은 그림을 정했다.

그림을 손에 넣은 학우는 내게 일종의 보수를 주었는데, 원고료나 휘호료는 아니었고, 이런저런 놀잇감이었다. 이를테면 쌍방울이 달린 종이 상자, 끈을 매서 팽이채로 쓸 수 있는 마름모 깍지 하나, '운(云)' 자가 새겨진 순치 엽전 하나(순치 엽전에는 뒷면에 글사가 하나씩 있는데, 글자가 모두 스무 가지였다. 어릴 때 어른들이 하는 말을 들었는데, 한 벌을 모아서 보검 모양으로 끈에 꿰어 침대 머리맡에 걸어두면 밤에 어떤 귀신이든 감히 절대 오지 못한다고 했다. 그러나 그중 '운' 자가 있는 엽전은 구하기가 가장 어려워서, 이 한 글자가 모자라 보검 모양으로 꿰지 못하는 경우가 많았다. 그래서 당시 우리 사이에는 이 엽전이 귀중한 선물이었다), 혹은 탄피 등이었다(바로 당시 포선에서 새로 쓰던 후장총 탄피다).

　한번은 두 학우가 그림 하나를 바꾸는 것 때문에 의견이 충돌하여 싸우다가 선생님께 들키고 말았다. 선생님은 심문 끝에 싸운 원인이 그림 때문이며, 그림의 출처가 바로 나라는 것을 알아내셨다. 그리고 나에게 엄한 목소리로 앞으로 나오라고 하셨다. 나는 자로 얻어맞을 생각에 고개를 숙이고 모른 척했지만 얼굴이 화끈거렸다. 결국 선생님이 다가왔다. 나는 놀라서 혼비백산했는데, 선생님은 내 곁에까지 와서도 내 손을 잡아끌지는 않았다. 오히려 '이게 네가 그린 그림이 맞느냐?' 하고 물으셨다. 나는 그저 '예'라고만 대답하고, 매맞을 것을 각오했다. 선생님은 나를 제치고, 내 서랍을 열고 뒤지기 시작했다. 나의 화보집, 물감, 다 그렸는데 아직 색을 입히지 못한 그림 등을 모두 찾아냈다. 나는 모두 압수당할 것이라고 생각했는데, 그렇진 않았다. 선생님은 그저 화보를 가져가 의자에 앉아서 한 장 한 장 감상하기 시작했다. 시간이 꽤 흐른 뒤 선생님이 고개 돌려 '읽어!' 하고 일갈하여 모두 낭랑하게 '혼돈 초개, 건곤시전(混沌初開, 乾坤始奠)……' 읽기 시작했고, 사건은 그렇게 종결되었다. 나는 살그머니 선생님을 보았다. 선생님은 한 장 한 장 화보를 끝까지 계속 넘기고 있었다. 공부가 끝나고 나는 책가방을 끼고 선생님 앞으로 가 인사를 했다. 선생님은 방금 전의 말투를 바꾸어 말씀하셨다.

　"이 책은 내일 돌려주마."

다음날 아침 사숙에 갔는데, 선생님은 화보 중에서 공자상을 펼쳐놓고 말씀하셨다.

"이 모양 그대로 크게 그릴 수 있겠느냐?"

선생님도 나더러 그림을 그려달라고 하리라고는 생각도 못했다. 나는 '은총을 받아서 놀란 듯한' 느낌으로 머뭇머뭇 대답했다.

"네…… 에…….."

사실 그동안 '그대로 찍어내기만' 했을 뿐, '확대'는 해보지 않았다. '네…… 에……' 하고 대답한 건 선생님의 위엄에 놀라서 엉겁결에 나온 것이었다. 대답을 해놓고 보니 마치 돌덩어리를 삼킨 듯 마음이 답답하고 무거웠다. 선생님은 이어서 말씀하셨다.

"종이를 사다줄 테니, 너는 크게 확대해서 그려다오, 색깔도 칠해야 한다!"

나는 그저 '예' 하고 대답하는 수밖에 없었다. 학우들은 선생님이 내게 그림을 그려달라고 하는 것을 보고, 모두 놀랍고 부러운 얼굴로 나를 바라보았다. 도리어 난 뱃속 가득 고민을 머금고 공부가 끝나기만을 기다렸다.

학교가 끝난 뒤 나는 선생님이 주신 종이 한 장과 책가방을 옆에 끼고 집으로 돌아와, 큰누이한테 달려가 상의했다. 큰누이는 종이에 네모칸을 그려서 화보가 있는 책장 사이에 끼우는 방법을 가르쳐주었다. 화보의 종이가 아주 얇아, 공자상에 가로 세로 네모칸이 드러났다. 큰누이는 또 바느질용 자와 분줄 주머니로 선생님이 주신 큰 종이에 네모칸을 크게 그려주고, 눈썹을 그릴 때 쓰는 버들가지를 화장품 상자에서 가져오더니 끝을 조금 태워 숯검정을 만들어서 네모칸 비율대로 확대해 그리는 화법을 가르쳐주었다. 그때 우리 집엔 연필이나 삼각자 같은 것이 아직 없었으니, 큰누이가 가르쳐준 화법을 지금 회상하면, 참으로 감탄을 금할 길이 없다.

큰누이가 가르쳐준 대로 하여 결국 버들가지로 공자상 밑그림을 다 그렸다. 화보에 있는 것과 완전히 똑같으면서도 엄청 커서, 거의 내 키만했다. 나는 너무나도 재미가 붙어서, 붓으로 윤곽선을 그린 다음 큰 대야에 물감을 한가득 풀어서 색깔을 입혔다. 선명하고 화려하고 위대한 공자상이 종이 위에 드러났다. 점포 종업원도 작업실 기술자도 그 공자상을 보더니 다들 '훌륭하다!' 고 말했다. 또 몇몇 할머니들은 내가 '총명하다' 느니 그림이 '근사하다' 느니 입에 침이 마르도록 칭찬을 하더니, '나중에 애더러 내 초상화 하나 그려달라고 해야겠구먼. 죽어서 영전에 걸어놓으면, 그나마 좀 버젓할 거 아녀' 하고 말하곤 했다.

나는 많은 종업원, 기술자, 할머니의 열렬한 칭찬과 더불어 버젓하게 어린 화가가 되었다. 그러나 할머니가 내게 초상화를 그려달라고 해야겠다는 말을 듣자 나는 도리어 은근히 당황스러웠다. 나는 그저 '단순히 모빙만 할 줄 알 뿐이있다!' 순전히 네모칸을 따라서 확대하는 재주를 부려 책에 있는 작은 그림을 나의 '대작' 으로 고친 것뿐이었다. 또 순전히 물감 덕택으로 책의 선묘를 나의

'단청'으로 바꾼 것뿐이었다. 네모칸 확대는 큰누이가 가르쳐준 것이고, 물감은 염색 기술자가 준 것이니, 스스로 했다고 이름을 걸 수 있는 일은 여전히 단지 '그대로 본떠서 그리는' 것뿐이었다. 할머니가 당장 초상화를 그려달라고 하면 어쩌지? '못 그린다'고 하자니 체면이 상하고, '그릴 수 있다'고 하자니 어떻게 그린단 말인가? 그 문제 해결은 접어두고, 우선 그림을 선생님께 드리러 갔다. 선생님은 그림을 보더니 고개를 끄덕이셨다. 다음날 가보니, 사숙 편액이 걸린 벽 아래쪽에 그림이 붙어 있었다. 학생들은 매일 아침 사숙에 도착해 두 손으로 책가방을 받쳐들고 그 그림을 향해 인사를 한 번 했고, 저녁에 공부가 끝나고 집에 갈 때 다시 그 그림을 향해 인사를 한 번 했다. 나 역시 그랬다.

나의 '대작'이 사숙의 대청 벽에 발표된 뒤, 학우들은 내게 '화가'란 별명을 붙여주었다. 매일 선생님을 내방하던 뚱보 아저씨가 그림을 보고 고개를 끄덕이며 선생님에게 말했다.

"그럴듯하군."

그때 여기저기서 학교가 막 설립되던 때라, 선생님은 갑자기 우리 사숙을 대대적으로 개량하셨다. 선생님은 풍금을 한 대 사 들여 다놓더니, 먼저 며칠 연습을 하고 나서 우리에게 '사나이 드높은 기개, 우리는 미래의 새싹' 노래를 가르치셨다. 또 친구 한 분을 초청하여 체조를 가르치도록 했다. 우린 모두 기분이 좋았다. 하루는 선생님이 나를 부르시더니, 책 한 권과 큰 노란 천을 한 폭 꺼내

'이 노란 천에 용을 한 마리 그려줄래……' 다정하게 말하고는 이어서 책장을 넘기더니 '바로 이것처럼 말이야' 하고 말씀하셨다. 알고 보니 그건 체조 시간에 쓸 국기였다. 나는 그 명령을 받고, 그저 또 큰누이한테 가서 상의하는 수밖에 없었다. 다시 예전 방법대로 용을 확대하고, 외곽선을 긋고, 색깔을 입혔다. 그러나 이번 물감은 염색점에서 가져온 것이 아니라 선생님이 사다 주신 연백, 우피교 그리고 빨강, 노랑, 파랑 각종 물감이었다. 나는 우피교를 끓여 녹이고, 연백을 넣어, 각종 불투명 물감을 조제하여, 서양 중세기의 프레스코 화법처럼 노란 천에 칠을 했다. 선생님은 용 깃발이 완성되자, 대나무 깃대에 드높이 매달아, 시내를 가로질러 야외로 체조하러 나갈 때 학생들을 인도하는 데 쓰셨다. 나는 체조 후에 그 깃발을 몰래 감춰버리지 않은 것을 후회했다. 그랬으면 내 전기에 '그가 용을 그리고 눈동자를 그려넣자 갑자기 용이 사라져버렸다. 이미 구름 타고 승천했으리라' 하는 두 구절이 보태졌을지도 모르지 않은가! 그때부터 '화가'라는 내 별명은 더욱 널리 퍼졌고, 할머니도 초상화를 그려달라고 더욱 바짝 재촉하셨다.

나는 다시 큰누이와 상의했다. 큰누이는 둘째자형이 초상화를 잘 그린다며, 나더러 그 집에 가서 '비결을 훔쳐오라고' 했다. 둘째자형 집에 가니 과연 그 집에는 유리 격자 · 목탄 · 콘티 · 미디자 · 삼각판 등 가지가지 특별한 화구가 갖추어져 있었다. 나는 둘째자형더러 필법을 좀 가르쳐달라고 하고, 화구를 좀 빌렸다. 또 사진을 한 보따리 빌려서 연습 견본으로 삼았다. 그때 우리 고향에는 사진관이 없었고, 우리 집에는 유리 격자를 이용해서 확대할 만한 네 치짜리 상반신 사진이 없었다. 집에 돌아와서 나는 매일 사숙이 끝난 뒤 목탄 사진화에 몰두했다. 이것은 원래 할머니의 요구 때문에 급한 대로 매달려본 일이었다. 그러나 할머니는 사진이 없었고, 단지 실제 사람만 있었다. 유리 격자를 사람 얼굴에 직접 덮을 수는 없으니, 할머니에게 초상화를 그려줄 방법이 없었다.

공교롭게도 세상 모든 일은 해결되는 길이 따로 있는 모양이다. 큰누이는 내가 빌려온 견본 보따리에서 어느 노부인의 사진을 한 장 골라 '이 얼굴에서 턱을 좀 뾰족하게 하면 우리 할머니와 똑같겠구나!' 했다. 그대로 해보니, 과연 팔, 구십 퍼센트는 닮은 초상화를 그릴 수 있었고, 게다가 목탄 위에 예쁜 담채를 입혔다. 분홍색 피부, 비취색 상의, 꽃무늬 레이스, 그리고 귀에는 금황색 진주 귀고리를 걸었다. 할머니는 진주 귀고리를 보고 마음 꽃이 활짝 펴서, 전혀 닮지 않았어도 '닮았다'고 했다.

이때부터 친척 집에 사람이 죽으면 내게 심부름이 생겼다 — 초상화 그리는 일이었다. 살아 있는 친척도 앞으로 언젠가 그대로 영전에 옮겨 걸 수 있도록 미리 대비하여 곁채에 걸어둔다면서, 작은 사진 한 장을 가져와 크게 그려달라고 부탁했다. 열일곱 살 때 외지로 공부하러 나갔다가, 겨울방학이나 여름방학을 맞아서 집에 돌아왔을 때도 종종 그런 겸업 부탁을 받았다. 그리고 열아홉 살

때 선생님한테 목탄 사생화를 배우고 미술 서적을 읽으면서부터
비로소 이 일을 그만두었다.

지금도 고향에 있는 몇몇 집안 아저씨와 노부인들 사이에는 내
목탄 초상화의 명성이 건재하다. 그러나 그분들은 대부분 내가 근
래 그리려고 '하지 않는다' 는 것을 알아, 더는 부탁하러 오지 않는
다. 그런데 재작년엔가 한 노부인이 방금 세상 떠난 남편의 네 치
짜리 사진을 상하이의 내 집으로 보내와 초상화를 그려달라고 또
간절히 부탁했다. 나는 그 방법을 다 잊은 지 이미 오래고, 일찌감
치 화구도 치운 데다, 더는 시간도 흥미도 없었으나 노부인에게 설
명할 방법이 없어, 시아페이루(霞飛路)에 있는 어느 사진관에 사
진을 보내 스물네 치 크기로 확대해달라고 해서, 그걸 보내드렸다.
그뒤 더는 그런 일이 없었다.

만약 일찌감치 목탄 사생화를 배웠다면, 일찌감치 미술 서적의
지도를 받았다면, 나의 그림 공부가 이렇게 기구한 샛길을 헤매진
않았으리라. 아, 우스운 추억, 이 부끄러운 추억을 새삼 여기 끼적
이는 것은, 이 세상에서 그림을 배우는 사람들이 거울로 삼기를 바
라는 마음에서다. 🔳

나의 고학 경험

1919년 스물두 살 때, 항저우 저장성립 제일사범학교를 졸업했다. 초급사범학교였는데, 고향의 고등소학교를 졸업하고, 그 학교에 시험을 봐 진학해서 오 년을 이수하고 졸업했다. 그러니까 그 학교는 지금 중학교에 해당하는 수준이었지만, 소학교 교사 양성을 목적으로 했다.

여름에 초급사범학교를 졸업하고 나서, 나는 소학교 교사도 하지 않고 더 진학도 하지 않고, 그해 가을 상하이로 가서 전문학교를 세우고 전문과 교사를 했다. 지금 돌이켜 생각해보면, 우습기만 하다. 어쩌다 보니 그 길을 가게 되었고, 또 그저 우연히 사범학교에 들어갔을 뿐, 애초에 소학교 교사가 되려고 한 것은 결코 아니었다.

학교 다닐 때는 그저 머리 싸매고 공부만 했을 뿐 교육에는 그다지 흥미가 없었다. 그러다 사학년 때 갑자기 그림에 흥미가 쏠렸다. 다른 과목 수업을 모두 내팽개치고 오로지 그림 공부만 하기도 했고, 또 핑계를 대고 휴가를 내서 시후에 가서 풍경 사생을 그리기도 했다. 처음 몇 년 동안은 학기말 고사에서 일등을 한 적도 몇 번 있었지만, 졸업할 무렵엔 이미 이십등까지 떨어졌다. 그러니 졸업한 뒤에도 소학교 교사가 되는 것엔 물론 뜻이 없었고, 마음 가득한 그림에 대한 열정을 발산하고 싶었다. 그러나 내가 그림 공부를 전문적으로 하기 위해 상급 학교에 진학할 만큼 가정 형편이 넉넉하진 않았다.

한창 주저할 무렵, 마침 같은 학교 고등사범 회화수공전문과를 졸업한 우밍훼이 군과 일본에서 음악을 공부하고 막 귀국한 옛 친구 리우즈핑 군이 상하이에서 그림·음악·수공 교원을 양성하는 전과사범학교를 세울 계획을 짜고, 함께할 사람을 구하고 있었다. 리우 군은 내가 그림에 열정이 있으면서도 상급 학교에 진학할 도리가 없음을 알고, 도와달라며 나를 데리러 왔다. 나도 내 능력은 생각도 않고 선뜻 받아들였다. 내가 전과사범학교 설립자 가운데 하나가 된 것은 그 때문이다. 더욱이 이 학교에서 서양화 등의 과목을 가르친 것도 다 어거지로 그리된 것이다.

회화와 관련된 내 학식이래 봐야 초급사범학교에 있을 때 틈틈이 석고상을 놓고 목탄 사생을 몇 폭 그려본 것과 저녁에 학교 선생님께 일본어를 가르쳐달라고 부탁하여, 사범학교 장서루에서 일본 명치 시대에 출판된 『정칙양화강의(正則洋畵講義)』를 곁눈질해 보고 배운 게 전부였다.

아직도 기억하는데, 그때 나는 오직 석고 데생에만 흥미가 있었기 때문에 '충실 사생' 화법을 적극 주장하고, 회화는 자연을 충실히 모사하는 것이 제일 중요한 요체라고 생각했다. 또 중국 그림은 사실 모사에 충실하지 못한 것이 최대 결점이며, 자연에는 무궁한 아름다움이 담겨 있으므로 오직 자연 모사에 충실해야만 그 아름다움을 드러낼 수 있다고 학생들에게 강의했다. 그러고는 내가 사범학교에 다닐 때 저녁 자습을 내팽개치고 몰래 그림 교실에서 열일곱 시간을 들여 그린 비너스상 목탄화를 학생들 앞에 걸어놓고 사생에 충실할 것을 독려했다.

당시 1920년대에 내가 상하이 회화전문학교에서 그런 화풍을 독려한 것은, 지금 회상해보면, 정말이지 어울리지 않는 일이었다. 그러나 당시 환경은 내 교수법을 어느 정도 용납해주었다. 그때는 서양화를 선전하는 기관이 절대적으로 적어서, 상하이에 겨우 미술전문학교가 한 곳 있고, 전과사범학교가 두 번째 생긴 것이었다. 사회 인사들은 대부분 서양화가 뭔지 아직 몰라서, 미녀 달력이나 담배 상표가 서양화의 대표라고 생각했다. 그래서 세계 전체에서 보자면 비록 눈 가리고 아웅하는 격이지만, 중국 안에서는 내 교수법이 눈속임이나마 잘 통하는 것이었다.

그러나 결국 눈속임으로만 늘 대할 수는 없는 법이라, 나중에는 점점 나 자신의 교수법이 진부하고 파탄이 났다는 것을 절감했다. 상하이에서 서양화를 선전하는 기관이 나날이 많아지기 시작했고, 동서양에서 유학하고 귀국한 서양 화가가 있다는 얘기 또한 때때로 들렸기 때문이다. 나는 또 상하이의 일본 서점에서 미술 잡지 몇 권을 사보고, 그 안에서 최근 서양화계의 소식과 일본 미술계의 성황을 엿보고, 이전에 『정칙양화강의』를 통해 얻은 서양화 지식이 실로 너무 진부하고 협소하다는 것을 느꼈다. 비록 다른 회화 학교에서 내 것보다 더 새로운 교수법을 선보인 것도 아니고, 귀국한 미술가들이 무슨 발표를 한 것도 아니지만, 나는 나 자신에 대한 믿음을 점점 잃어, 감히 더 이상 교실에서 의기양양 눈속임으로 가르칠 수는 없었다.

나는 나 자신이 무모하게 교사직을 맡은 것을 후회했다. 언젠가 정물 사생 표본을 늘어놓다가 껍질이 파릇한 귤 때문에 마음 아팠던 적이 있었는데, 나 자신이 마치 반은 익고 반은 설은 그 귤이 되어 파릇한 껍질째 팔려와 그림 연습 표본으로 남들 앞에 서 있는 듯했다. 나는 서양화의 전모를 보고 싶었고, 나도 동서양에 유학 가서 미술가가 되어 귀국하고 싶었다. 그러나 내 환경은 유학 가는 것을 허락하지 않았다. 하물며 그때 이미 처자가 있었다. 교사를 하면서 받는 돈으로는 가정을 꾸리기에도 부족한데, 유학 갈 돈이 어디서 나오겠는가?

꽤 오랜 번뇌의 시간을 거치고, 결국 일본에 꼭 가야겠다고 결정했다. 나는 전과사범에서 일 년 반 동안 교사를 하고, 1921년 이른 봄에 자형 저인츠(周印池)에게 사백 원을 빌려(이삼 년 전에야 이 돈을 겨우 갚았다. 자형이 처음 내게 베풀어준 후의에 매우 감사한다) 가정을 버리고 혼자 도쿄로 가는 모험을 했다. 일단 갈 수 있을 때 가보고, 이후의 문제는 그때그때 따지기로 했다. 적어도 그 사백 원을 다 쓰고 귀국하기 전에 어쨌든 도쿄 미술계 현황을 한 번 훑어봐야만 했다.

그러나 도쿄에 도착한 뒤, 나를 걱정하는 많은 친척 친구들이 내 경제적 문제를 해결해주었다. 장인이 천 원을 보내기로 약속하고 기일에 맞추어 돈을 보내셨고, 전과사범 동료 우 군과 리우 군이 또한 각각 돈을 보내줘서, 결국 도합 약 이천 원을 구해 꼬박 열 달 동안 도쿄 체류비로 쓰고, 그해 겨울 돈이 다 떨어져 귀국했다. 내가 일본에 체류한 기간은 유학이라고 하자니 너무 짧고 여행이라고 하자니 너무 긴, 그야말로 어중치기였다.

내 생활 또한 어중치기였다. 그 열 달 중 처음 다섯 달 동안은 오전에는 서양화 연구회에 가서 그림 공부를 하고, 오후에는 일본어를 공부했다. 그뒤 다섯 달 동안은 일본어 공부를 그만두고, 매일 오후 음악 연구회에 가서 바이올린을 배우고, 저녁엔 또 영어를 배우러 갔다. 그런데 각 과목 시간에도 이따금 결석해서, 결석한 시간에 전람회를 보러 가거나 음악회에 가고, 도서관에 가고, 오페라를 보고, 명승지에 놀러 가고, 헌책방을 뒤지고, 야시장을 돌아다녔다. 그때 이미 무릇 학문의 깊이와 넓이는 너무나 어마어마해서 고작 열 달 공부해서는 결코 어림도 없음을 알았기에, 그저 주마간산격이나마 도쿄 예술계의 공기나 좀 마시고 귀국하자고 마음을 먹은 것이다. 다행히 국내에 있을 때 이미 일본어를 조금 했고 회화도 몇 마디 배웠기에, 도쿄에 도착한 뒤 숙사에서 차를 주문한다든가 상점에서 물건을 산다든가 하는 일들은 그럭저럭 어거지로나마 대처가 되었다.

처음 도쿄에 도착했을 때, 같은 중국 사람들을 따라 동아예비학교에 들어가 일본어를 배웠는데, 그 수준이 너무 낮고 진도가 너무 느려, 몇 주일 다니다가 그만두었다. 딴은 기상천외한 생각을 해서, 일본어를 배울 요량으로 영어 학교 초급반에 등록하여 매일 두 시간씩 강의를 들었다. 거기서는 'A boy, A dog'부터 가르치기 시작했는데, 사용하는 영어 교재가 『개명제일영문독본(開明第一英文讀本)』과 수준이 같았다. 영어라면 이미 완전히 터득했고, 내 목적은 그 일본 선생님이 내가 아는 영어를 어떻게 일본어로 설명하는지 들으면서 일본어 회화의 비결을 살짝 얻어보려는 것이었는데, 이 기상천외한 방법은 과연 성공했다.

그 영어 학교에서 한 달 동안 강의를 들으니, 과연 일본어 말하기와 듣기가 한결 나아졌다. 아울러 읽기 능력도 많이 나아졌다.

원래 나는 그저 『정칙양화강의』 같은 딱딱한 서술체 문장만 볼 줄 알았는데, 나중에는 『불여귀(不如歸)』나 『금색야차(金色夜次)』 (일본의 유명한 고대 소설) 같은 것도 읽을 수 있게 되었다. 그때부터 문학에 흥미가 생겼다.

그뒤 영어를 공부할 목적으로 다른 영어 학교에 들어갔다. 최고반에 등록했는데, 거기서는 어빙의 『스케치북』을 가르쳤다. 그때 나는 외우기 어려운 단어가 영어에 그렇게 많다는 걸 비로소 알았다(사범학교에서는 졸업할 때까지 『아라비안나이트』만 읽었다). 흥미가 깊어질수록 선생님이 너무 느리게 가르치는 게 싫었다. 그래서 헌책방에서 『스케치북』 강의록을 하나 찾았는데, 상세한 주해와 일본어 번역문이 있어, 그것이면 자습할 수 있겠다고 확신하고, 학교에서 배우는 걸 그만두고, 매일 밤 도쿄의 여관에 엎드려 『스케치북』을 자습했다.

그 책에 나오는 모르는 단어를 몇 주일 이내에 모두 도화지 한 장에 베끼기로 작정하여, 베낀 각 단어를 한 조각 한 조각 딱지로 살라서 상사에 두었다. 그리고 내일 밤 마치 점패를 뽑듯 상자에서 종이 딱지를 더듬어 뽑으면서 모르는 단어를 익혔다. 얼마 가지 않아 모르는 단어를 모두 외워서, 『스케치북』을 모두 읽을 수 있었고, 다른 영어 소설을 읽어도 아주 술술 잘 읽혔다. 영어 학교 학우를 길에서 만나 이것저것 묻다가, 그들은 전체 책의 몇 분의 일밖에 배우지 못했음을 알게 되어, 은근히 득의양양했다.

이때부터 나는 공부할 때 기계적인 방법으로 고되게 훈련하는 것이 효과가 있음을 믿게 되었다. 지식이란 것은 응용을 잘 해야지, 그 분량은 원래 유한한 것이다. 어떤 한 가지 지식을 획득하려면, 우선 범위를 정해서, 매일 얼마큼씩 공부하면 며칠이면 다 배우겠다고 셈하여 계획을 세운 다음, 무슨 큰일이 아니면 절대 중간에 멈추지 말고 마치 밥을 먹는 것처럼 매일 꾸준히 실행에 옮기면 된다.

당시 내가 공부했던 용기 그대로 계산해보니, 어떤 분야든 어렵지 않게 마스터할 수 있을 듯했다. 동서양의 유명한 문학 작품 몇 권을 며칠이면 다 읽을 수 있을 것 같았고, 독일어 · 불어 등도 모두 각종 자습서로 최단 기일 안에 책 읽는 능력을 키울 수 있을 것 같았고, 『호만 바이올린 교본』 다섯 권을 매일 네 시간만 연습하면 일 년 안에 다 배울 수 있을 것 같았다. 그림 실력을 억지로 향상시킬 수 없다는 것을 제외하면, 나머지 학문은 모두 기계적인 훈련 방법으로 그 길을 찾을 수 있을 것 같았다.

그러나 그건 모두 꿈이었다. 내가 정식으로 공부할 수 있는 시간은 겨우 열 달뿐이었으니, 그동안 해봐야 얼마나 배울 수 있었겠는가? 귀국한 뒤, 도쿄에서 건진 수확을 회상해보면, 그저 열 달 동안 목탄화를 그렸을 뿐이요, 『호만』 세 권을 연습했을 뿐이요, 그 밖에 일본어 책과 영어 책을 읽는 능력을 조금 키워 귀국했을 뿐이다. 귀국한 뒤 나는 생활비를 해결하고 빚을 갚기 위해 일자리를

책 장만은 산처럼, 책 읽는 건 흐르는 물처럼
산은 철개기 유한하지만 물은 쉬지 않고 흐른다

찾아야만 했다. 찾을 만한 다른 일자리가 없어, 그저 예전처럼 교사가 될 수밖에 없었고, 올해 가을까지 이어졌다. 십 년 동안 쉬지 않고 이 학교 저 학교에서 그림·음악 혹은 예술 이론 교사를 했다. 한바탕 심각한 감기 몸살이 내 교사 생활에 종지부를 찍게 했다. 지금은 지아싱의 누추한 고옥에서 칩거하면서 약탕관이나 찻주전자와 함께하며 이 원고를 쓰고 있다.

내가 중학교를 나온 뒤 정식으로 공부한 시기는 겨우 가련한 열 달뿐이었다. 그뒤에는 모두 정식으로 공부한 게 아니어서, 수업 이외 남는 짬에 책 몇 권 보았을 뿐이다. 그러나 나의 그림·음악 기술은 그로부터 점점 황폐해져갔다. 기술은 다른 학문과 달리 갖가지 설비가 있어야 하고 또 매일 끊임없이 연습할 시간이 필요하기 때문이다. 그림을 연구하려면 화실이 있어야 하고, 음악을 연구하려면 악기가 있어야 하고, 설비가 갖추어지지 않으면 노력할 방도가 없다. 며칠만 안 해도 필법이 생소해지고 손가락이 뻣뻣해지는 법이다. 교사 노릇을 하는 사람은 정해진 거처가 없고, 정해진 시간도 없고, 수업 준비 하기에도 바빠서, 수업 중간중간 틈을 이용하여 예술을 해보겠다는 꿈은 있어도, 매번 실행에 옮길 수가 없다. 오래 되니 더욱 심하게 황폐해졌다.

내 유화 상자와 바이올린은 오래 전부터 이미 서가의 가장 높은 층에 놓여 있고, 그 위엔 먼지가 한 치 두께도 넘게 쌓였다. 손이 근질근질할 때 붓을 들어 못 쓰는 종이에 끼적이다 보니, 우연히 만화라는 게 되었다. 입이 근질근질할 때 하모니카로 간단한 선율을 연주하면서 아이들더러 곡을 따라서 노래하게 하는 것으로, 음악에 대한 나의 기호를 그나마 달랬다. 나와 처지가 비슷하면서 예술을 몹시도 좋아하는 세상 청년들이 나의 이 자술을 들으면 한심하게 여기리라!

그러나 내게는 다행히도 위안이 될 만한 일이 또 하나 있으니, 그건 바로 독서이다. 열 달 동안의 정식 공부 기간은 내게 외국어를 읽는 능력을 주었다. 독서는 음악이나 미술처럼 설비가 필요하지도 않고, 음악이나 미술처럼 매일 끊임없는 연습이 필요하지도 않다. 그저 책 살 돈만 있으면, 비는 시간 아무 때나 읽으면 되었다. 그래서 난 비공식 공부 기간 십 년 동안 음악·미술·예술 등에 관한 책을 읽었고, 세상 이런저런 일들을 좀 알게 되었다. 나는 수업할 때 언제나 내가 읽은 책을 번역해서 강의했다. 나중에 친구가 서점을 열어서, 그 참에 그 강의 원고를 친구에게 건네 인쇄해 책으로 펴내면서, 뜻하지 않게 역저의 길에 들어서게 되었다. 그리고 지금도 여전히 독서와 역저로 생활하고 있다.

내가 정식으로 공부하던 시기를 돌이켜보면, 초급사범 시절 오 년의 기간은 그저 내게 학업의 기초만 주었을 뿐이고, 도쿄에서 열 달 동안 닦은 음악·미술 기술 연습은 이미 소용이 없게 되어버렸다. 오직 비공식으로 공부한 시절의 독서만이 지금까지 십 년 동안 줄곧 나와 함께했고, 나의 쓸쓸함을 위로했고, 내 생활을 지탱해주었다. 이는 정말 이전에는 꿈에도 생각해보지 못한 우연의 결과이다. 내 일생은 모두가 우연이다. 우연히 사범학교에 들어가고, 우연히 음악 미술을 좋아하고, 우연히 독서하고, 우연히 책을 쓰고, 앞으로는 정말이지 또 무슨 우연을 만나게 될지 모를 일이다.

이 글을 읽는 청년들이여! 내 독서 생활이 아마 행복하고 즐거우리라고 생각할지 모르겠다. 하지만 사실은 그렇지 않다. 나의 독서는 아주 고통스럽다. 여러분은 모두 정식으로 공부를 하고 있다. 정식으로 공부하면 당당히 독서를 할 수 있어, 이게 바로 행복하고 즐거운 것이다. 그러나 난 정식으로 공부한 게 아니라서, 그저 수업하고 남는 짬을 엿보아서 몰래 살금살금 책을 읽을 수 있었을 뿐이다.

교사 노릇을 하는 사람은 수업을 할 때는 당연히 독서를 할 수 없고, 회의를 할 때도 독서를 할 수 없고, 자습을 감독할 때도 독서를 할 수 없고, 학생이 수업 외 시간에 찾아와 질문을 할 때도 독서를 할 수 없고, 다음날 수업을 준비할 때도 독서를 할 수 없다. 한 시간 수업을 맡으면 바로 그 학교의 교사로서 회의에 참석하고, 자습을 감독하고, 문제를 해결하고, 수업을 준비하는 의무가 생겨서, 더 이상 자유로운 몸이 아니고, 독서을 하고 싶다고 해서 그때마다 힐 수 있는 게 아니다. 우리의 독서는 항상 교무에 잘리고, 교무에 마음이 분산되어, 도저히 정식으로 공부하는 제군처럼 전념할 수가 없다. 그래서 나는 기계적 방법으로 고되게 독서하지 않을 수 없었으니, 내 노력은 모두 어거지로 한 것이다.

학교에서 청년들이 공부하는 것을 보면, 교정의 잔디에 한가로이 앉아서, 혹은 복숭아나무 밑에서 벌·나비·제비·꾀꼬리 등과 어울려, 손에 책을 들고 공부하곤 한다. 나는 그들이 부럽다. 정말이지 고상하고 멋진 선비인 듯하다! 또 어떤 청년들을 보면 침대에서 이불 끌어안고 베개 높이 하고 누워 손에 책을 들고 공부하곤 한다. 나는 그들도 부럽다. 정말이지 책에 푸욱 빠진 대학자 같으니 말이다!

그들에게 가까이 다가가 그들이 읽는 게 무슨 책인지 물으면, 알고 보면 국·영·수 또는 역사·지리·물리·화학 등으로, 다음 날 시험을 준비하는 경우가 많았다. 그럼 나는 더욱더 부러워 죽을 지경에 이른다. 지식 습득을 목적으로 하는 그런 책들을 그렇게 경쾌하고 한적한 자세로 연구하고 있으니 말이다. 이것은 참으로 이른바 '한 번 보면 잊지 않는' 신통력이 있는 것 아닌가? 만약 내가 그런 책을 본다면, 굉장히 고생을 해야 한다. 책상에 머리를 쳐박고 갖가지 기계적 방법을 동원하여 미련한 힘을 써서, 억지로 기를 쓰고 암기해야 한다. 나의 그 미련한 방법을 하나하나 들려드리리까!

나로서는 잔디나 꽃밭에 한가로이 앉아 혹은 침대에 편안히 누워 읽을 수 있는 책은 단지 시가·소설·문예 계열 책뿐이다. 외국어나 지식 습득 계열 책을 읽으려고 하면, 반드시 미련한 방법을 써야 한다. 두 가지로 나누어 말해보라.

첫째, 한 나라의 언어에 통달하려면 세 가지 요소를 배워야 한다고 생각한다. 즉 그 언어를 구성하는 재료 방법 및 언어의 뉘앙스다. 재료는 바로 '단어'이고, 방법은 '문법'이고, 뉘앙스는 '회화'이다. 나는 이 세 가지 요소를 배울 때 기계적 방법을 동원하여 미련하게 힘을 쓰지 않으면 안 된다.

'단어'는 한 나라 말의 뿌리이다. 아무리 그 어떤 총명한 능력이 있다 해도, 단어를 외우지 않으면 결코 외국어 책을 읽을 수 없다. 학생들은 공부하는 게 재미도 따르길 원하지만, 모르는 단어를 외우는 건 무슨 재미란 게 거의 없기 때문에, 오로지 노력하는 수밖에 없다. 내 미련한 방법이란 앞에서 말한 대로이다. 『스케치북』을 읽기 위해, 먼저 『스케치북』에 나오는 모르는 단어를 하나하나 종이에 써 카드로 만들어 상자에 넣고서, 매일 꺼내 한 번씩 외우는 것이다. 다음날 또 외우기 편하도록, 확실히 외운 종이 카드는 한 곳에 모으고, 확실히 외우지 않은 종이 카드는 다른 곳에 모은다. 확실히 외운 것도 잊지 않게 매일 복습한다. 전부 외운 다음에 책을 읽어보면 통쾌하게 술술 넘어가는 걸 느낄 수 있다. 그 재미는 종이 카드를 만들어 한장 한장 꺼내어 읽던 고생을 충분히 보상하고도 남는다.

나는 영어사전을 숙독해보고 싶어서 사전의 단어를 통계 내본 적이 있다. 매일 단어 스무 개를 외우면, 얼마 안 가 다 외울 수 있을 것 같았다. 그러나 끝내 실행에 옮기지는 못했다. 정식으로 공부할 수 있는 몇 년의 세월만 있었다면, 필시 그 계획을 실행에 옮겼을 것이다. 곰곰이 생각해보니, 모든 영어 책을 자유롭게 읽는데는 사전을 외우는 것만이 가장 근본적인 좋은 방법일 듯했다. 나중에 일본에서 『일영어근일만단어』 한 권을 샀는데, 만약 그중 반은 내가 이미 아는 것이라면, 매일 단어 스무 개를 외우면 일 년이 안 되어 다 외울 수 있을 것 같았다. 그러나 그 계획은 실행해놓고 결국 중간에 그만두고 말았다. 나의 실행을 가로막은 것은 수업이었다. 『일영어근일만단어』를 외우겠다는 계획은 지금도 아직 마음속에 있는데, 실행 기회가 오기를 기다리고 있다.

일본어 공부도 역시 기계적으로 무작정 외우는 방법을 사용했다. 사범학교에 다닐 때, 저녁에 학교 선생님에게 일본어를 가르쳐달라고 부탁했다. 나중에 두꺼운 『완벽일어』라는 책을 한 권 사서, 뒤쪽에 첨부된 단어 분류를 앞에서 말한 방법대로 하나하나 암기했다. 당시에는 그저 무작정 외우기만 했을 뿐, 응용을 하지는 못했고 발음도 정확하시 않았다. 나중에 일본에 가서, 일본 사람들이 하는 말 중에서 내가 전에 무작정 암기했던 단어를 알아듣고 '아, 이게 그 단어였지!' 하면서 실증을 하게 되니, 머리 속에 더 선명하게 인상이 남아 쉽게 잊혀지지 않았다. 그때의 유쾌함도 내가 국내에서 무작정 암기하던 그 고생을 보상하고도 남았다. 그런 유쾌함은 무작정 암기하는 고생을 달게 받아들이도록 했고, 또 무작정 단어를 암기하는 것이 외국어를 공부하는 가장 근본적인 좋은 방법임을 시종일관 확신하게 했다.

'문법'을 공부할 때도 나는 역시 기계적인 미련한 방법을 썼다. 나는 문법 교과서를 보지 않았다. 나의 기계적인 방법은 '대독(對讀)'이었다. 이를테면 영어 성경과 중국어 성경을 나란히 책상에 놓고 한 구절 한 구절 대독하는 것이었다. 경험이 쌓이다 보니, 영어의 구조와 각종 어구의 뉘앙스를 실제로 이해할 수 있었다.

성경 외에도 다른 종류의 영어 명저와 명역 역시 종종 갖다놓고 대독했다. 일본에는 갖가지 영일 대역 총서가 있었는데, 왼쪽 면은 영어이고, 오른쪽 면은 일본어 번역이고, 아래에는 주해를 달았다. 나는 그런 총서에서 적지 않은 도움을 받았다. 문법이란 원래 논리에 근본을 둔 것으로, 논리적 관념만 명백하면 문법을 배우지 않고도, 'noun'과 'verb'를 나누지 않고도 영어를 읽을 수 있다. 그러나 대독을 할 때의 자세는 물론 매우 성실해야 한다. 한 구절 한 글자 대조해야 하며, 이해되지 않는 부분을 가볍게 지나쳐서는 안 되며, 전체 문장의 조직을 반드시 확실히 이해한 다음에 진도를 나가야 한다. 명작 몇 편을 성실히 대독하면 그 효과는 학교에서 몇 년 동안 영어를 배운 것과 맞먹는다고 나는 믿는다 ― 이것은 정식으로 공부하는 복을 누리지 못한 사람이 자위하는 말이라고 할 수도 있다.

학교에 들어가 선생님의 가르침을 받는 것이 자습하는 것보다

행복하다는 것은 당연하다. 학교에 들어가는 것이 행복이라는 것을 나도 알지만, 그러나 나는 행복하고는 정말로 거리가 먼지, 그 행복이 지나쳐서 싫다. 자기가 파고들지 않고 팔짱 끼고 듣기만 하면서, 선생님은 시일을 끌면서 천천히 가르친다면, 행복이야 행복이겠지만, 그러나 공부하려는 마음이 절실한 사람은 어떻게 참을 수 있겠는가? 공부하려는 재미가 사그라들지 않을 수 있겠는가? 외국어 하나 공부하는 데 오랜 시일을 끌어야 하면, 우리 인생에 질질 끌 시일이 얼마나 있는가?

언어와 문자는 학문을 하는 일종의 도구일 뿐, 학문 자체는 아니다. 도구를 배우는 데 오랜 시일을 끌어야 한다면, 이 인생에 몇 가지 학문을 연구할 수 있겠는가? 시일을 끌면서 외국어를 배우는 건 정말이지 연장만 벼르다 날 다 새는 격이다. 물론 나는 학교에 들어가 정식으로 공부하는 행복을 누리지 못했다. 그러나 지금 말한 이유에서, 나도 그런 행복을 누리길 원하지 않고, 차라리 혼자서 미련하게 노력하는 쪽을 택하겠다.

'회화' 공부, 곧 언어의 뉘앙스에 관한 공부 역시 나는 미련한 방법을 즐겨 쓴다. 외국어를 배우려면 반드시 회화를 알아야 한다. 외국인과 마주하자면 당연히 회화를 알아야 하지만, 그냥 책을 읽을래도 회화를 모르면 안 된다. 회화를 모르면 언어의 뉘앙스를 깨닫지 못하기 때문이다. 뉘앙스는 언어의 정신이 깃들인 것으로, 뉘앙스를 깨닫지 못하면 시가·소설·희극 등 문학 작품의 정신을

한 번에 열 권씩

철저히 이해하지 못한다. 그러므로 외국어를 배우려면 반드시 회화를 알아야 한다.

외국인과 함께 있는 것이 당연히 회화를 배우기에 가장 좋다. 그러나 나는 불행하게도 그런 기회가 없다. 서양에 가본 적이 없었다. 또 도쿄에 갈 때도 그전에 국내에서 먼저 회화를 자습했다. 회화를 배울 때도 역시 미련한 방법을 썼다. 그 방법은 바로 '숙독'이다. 내용이 알차고 완벽한 회화책을 하나 선정해서, 매일 한 과씩 숙독하면서, 기한을 정하여 다 읽었다. 숙독하는 방법은 더 미련해서, 내가 말을 하면 아마 웃는 사람이 많을 것이다.

나는 새 책 한 과를 매일 자습하면서 열 번씩 읽기로 규정을 정했다. 읽은 횟수를 계산하는 것도 선거 개표 방법을 따라서, 한 번 읽을 때마다 책의 하단에 연필로 획을 하나 그어, 모여서 한 글자가 되게 했다. 그런데 획을 모아 완성하는 글자는 선거 개표용의 '正(바를 정)'이 아니라, '讀(읽을 독)'이었다.

예를 들면, 첫째 날 제1과를 열 번 읽는데, 한 번 읽을 때마다 획을 하나씩 그어서, 제1과 하단에 ('讀'의 왼쪽 부수) '言'과 ('讀'의 오른쪽 윗부분) '士'가 그어졌다. 둘째 날 제2과를 역시 열 번 읽어서, 제2과 하단에 '言'과 '士'가 그어졌고, 계속해서 어제 읽은 제1과를 복습삼아 다시 다섯 번 읽어서, 제1과 하단에 ('讀'의 오른쪽 중간 부분) '四'가 더해졌다. 셋째 날은 제3과 하단에 '言'과 '士'가 그어지고, 계속해서 전날의 제2과를 복습하여, 제2과 하단에 '四'가 더해지고, 또 계속해서 전전날 제1과를 복습하여, 제1과 하단에 '目'이 더해졌다. 넷째날은 제4과 하단에 '言'과 '士'가 그어지고, 계속해서 제3과 하단에 '四' 하나가 더해지고, 제2과 하단에 '目'이 더해지고, 제1과 하단에 '八'이 더해져서, 넷째날이 되어서야 제1과 하단의 '讀'이 비로소 완성되었다.

이렇게 해 나가서 모든 과마다 하단에 '讀'이 하나하나 완성되었다. '讀'은 총 22획이니까, 모든 과를 도합 스물두 번 읽게 되는 셈이다. 즉 새 책을 열 번 읽고, 다음날 다섯 번 복습하고, 셋째날 또 다섯 번 복습하고, 넷째날 또 두 번 복습하게 되는 것이다. 그래서 내 옛날 책에는 모두 연필로 쓴 '讀'이란 글자가 있는데, 모든 과마다 하단에 '讀'이 온전하게 써 있으면, 이미 숙독했음을 나타낸다.

이 방법은 좋은 점이 있다. 나홀로 나누어 여러 차례 반복하며 복습을 하므로, 숙독하기 쉽다. 나는 이 기계적 방법을 완전히 믿어서, 매일 중이 불경을 외듯 미련하게 읽었다. 그러나 이 방법대로 읽어 내려가면, 앞 부분 각 과가 내 입술에서 저절로 슬슬 암송되어 나와, 나로서는 또한 일종의 유쾌한 기분을 느끼며, 이 유쾌함은 또 미련하게 읽는 고생을 충분히 보상하고도 남아, 시종일관 이 미련한 방법을 절대 포기하지 않고 좋아하게 된다.

회화를 숙독한 효과를 영어에서는 실증해볼 기회를 얻지 못했지만, 일본어에서는 이미 실증해보았다. 국내에서는 그저 미련하게 읽기만 했으므로 발음과 어조는 정확하지 못했지만 회화의 자료는 이미 완비된 셈이었다. 그래서 일단 일본 사람이 말하는 것을 들으면, 나 자신이 이미 갖추고 있는 자료에서 그 발음과 어조를 고치는 것이 어렵지 않았고, 일본에 도착해서 처음부터 배우기 시작하는 것에 비해 진보가 대단히 빨랐다. 회화뿐 아니라, 나는 종종 대독한 명저 중에서 내가 가장 좋아하는 단문 몇 편을 선택하여, 몇 단으로 나누어서, 지금 말한 미련한 방법으로 날마다 숙독했다. 예를 들면 스티븐슨과 나쓰메 소세키의 작품은 내가 가장 즐겨 숙독하던 자료였다. 외국어와 문학 작품에 대한 나의 이해는 모두 이 숙독 방법으로 조금씩 증진된 것이다. 때문에 나는 시종일관 미련한 방법을 바꾸지 않고 더 좋아했다 ― 이상은 나의 외국어 학습법이다.

둘째, 지식 계열 책을 읽는 방법에 대해서도 역시 나는 나름대로 견해가 있다. 지식 계열 책은 그 목적이 주로 사실을 보고하는 것에 있다. 우리가 역사·지리·물리·화학 등의 책을 읽는 것도 역시 사실을 알고자 힘이다. 한 가지 사실은 반드시 체계가 있게 마련이다. 분야와 종류를 나누고 근원과 뿌리를 따진 뒤 지식 계열 책 하나가 만들어진다. 이런 책을 읽는 첫번째 요점은 그 사실 체계를 파악하는 것이다. 다시 말하면 독자 역시, 국부에서 착수하지 말고, 근원과 뿌리를 따져서 그 사실의 체계를 암기해야 한다는 것이다.

예를 들어 지리를 공부한다면, 반드시 근원과 뿌리를 따져서, 세계는 모두 몇 대륙으로 나뉘고, 대륙마다 몇 나라가 있고, 나라마다 산천의 형세는 어떠한가 등을 탐구해야 한다. 그렇게 다 읽고 나면 지리란 학문의 전체 줄거리가 머리 속에 섭취되어, 비록 세계 각국 각 지역의 세세한 실정은 아직 자세히 모른다 해도, 지리가 무엇을 하는 학문인가에 대해서는 이제 알게 된다. 이와는 반대로, 큰 것에서 시작하지 않고, 자잘하게 국부적인 것을 기억하는 데만 힘쓴다면, 설령 히말라야 산맥 높이가 몇 미터이고 나일 강 길이가 몇 킬로미터라는 것은 욀 수 있을지 몰라도, 역시 그저 단편적 지식에 불과할 뿐, 지리를 공부했다고 할 수는 없다. 그래서 체계를 파악하는 것이 지식 계열 서적을 읽는 첫째 요점이다.

똑똑하고 기억력 좋은 사람은 책 하나를 읽더라도 곳곳에서 그 체계에 주의를 기울이면서 자기 머리 속에서는 분야와 종류를 분류하고 정연한 조리를 엮어낸다. 비록 그 책에서 세세하게 서술한 부분을 아직 보지 못했어도 이에 대한 상세한 서술은 전체 체계에서 어느 분야 어느 조목 아래 자리하는지 그리고 전체 중에서 얼마나 중요한지 정도 등을 알 수 있다. 이는 마치 책 전체의 일람표를 독자 머리 속에 그리는 것과 같다. 지식 계열 서적을 읽는 가장 좋은 방법은 이것이라고 난 생각한다.

그러나 나는 그렇게 똑똑하지도 못하고 기억력도 그리 좋지 않다. 내 머릿속은 너무 좁아, 일람표를 그리지 못한다. 만약 내가 잔디나 꽃밭에 앉아서 혹은 침대에 누워서 지식 계열 책을 읽는다면, 뒤를 읽을 무렵이면 앞의 것을 잊어버리고 말 것이다. 결국 조리도 불분명하고 마음이 번잡하고 산란하여, 독서의 재미가 완전히 사라질 것이다. 그래서 나는 또 미련한 방법을 사용하지 않을 수가 없다. 내 머리 대신 공책을 이용하는데, 책의 전체 일람표를 공책에 그린다. 그래서 책을 읽을 때면 엄청 고생을 한다.

나는 꼭 공책과 필기구를 준비하여 책상에 머리를 파묻고 읽어야 한다. 요점 부분을 읽으면 공책에 표를 그려넣고, 중요한 부분을 읽으면 공책에 개요를 정리한다. 뒷부분을 읽을 때도 앞부분의 개요 적은 것을 가끔 들춰보아, 지금 읽는 장과 절이 전체에서 어떤 위치를 차지하는지 알아둔다. 다 읽으면 책은 치워두고 공책의 일람표를 몇 차례 복습한다. 그 일람표에서 다시 요점을 추려서 내 머리 속에 지극히 간단한 일람표를 그린다. 그러면 그 책을 다 읽은 것으로 친다. 나는 지식 계열 책을 읽으려면 반드시 그 내용을 간추려서 공책에 일람표를 그려야 한다. 그래서 십 년 동안 많은 공책이 쌓였고, 몇 차례 이사하면서 잃어버리기도 했지만, 낡은 서가에는 반 자 정도 높이의 공책 더미가 아직도 남아 있다.

나는 정식으로 학교를 다니며 공부하는 복이 없어, 세상의 이런저런 일을 안 것은 모두 독서를 통해서였다. 그런데 독서를 할 때는 언제나 앞서 말한 기계적인 미련한 방법을 동원해야 했다. 그래서 잔디밭이나 복숭아나무 아래 한가로이 앉아 벌·나비·제비·

꾀꼬리 등과 어울려 영어 · 수학 교과서를 읽는 청년 학생들을 보면, 혹은 침대에서 이불 끌어안고 베개 높이 하고 누워 역사 · 지리 · 물리 · 화학 교과서를 읽는 청년 학생들을 보면, 정말이지 회의가 일 만큼 부럽기만 하다!

1930년 11월 13일, 지아싱에서

손님

천성이 진솔한 사내가 친구 집에 손님으로 갔다가 집에 돌아오
던 저녁, 고개 푹 숙이고 기가 죽어 내 방으로 뛰어들어오더니 아
무 말 없이 등나무 침대에 누워 꼼짝도 하지 않았다. 그 꼴을 보니
아주 피로한 듯, 마치 하루 종일 중노동을 하고 돌아온 듯했다. 그
와 나눈 문답이다.

"오늘 초대 받아 가더니만, 취했나?"

"아니, 술 안 마셨어, 한 방울도 안 마셨다구."

"그런데 왜 이렇게 파김치가 되었어?"

"주인에게 너무나 융숭한 '환대'를 받아서라구."

나는 놀라 웃으며 말했다. "이상도 하구만! 초대받아 가서 주인의 우대를 받았으면 편안하고 기분 좋아지, 왜 반대로 이렇게 파김치가 되어, 죽도록 두들겨 맞은 것 같은가?"

그는 씁쓸하게 웃으며 말했다.

"차라리 두들겨 맞는 게 낫겠어. 앞으로 다시는 그런 우대는 받고 싶지 않아."

그때 나는 그가 자신의 이야기 상자를 열어주길 기다린다는 것을 알았다. 그래서 펜을 내려놓고 책상 위의 원고지를 밀어놓은 채, 의자를 돌려 그를 마주보았다. 담배에 불을 붙이며, 흥미진진하다는 듯 그에게 물었다.

"무슨 융숭한 대접을 받았다는 거야? 자! 얘기 좀 들려줘 봐!"

그는 고개를 들어 책상 위의 원고지를 보고 말했다.

"원고 쓰느라고 바쁜 거 아니야? 말하자면 긴데 괜찮겠어?"

"아니야, 저녁 내내 자네 말을 들을 작정이야. 아울러 자네가 오늘 우대받느라 고생한 것을 위로할 방법을 생각해봐야지."

그는 웃더니, 등나무 침대에서 몸을 일으켜 앉았다. 찻쟁반에서 국화차 한 잔을 갖다 한 모금 마시고, 천천히, 그날 친구 집에 손님으로 갔다가 융숭한 대접을 받은 경과와 정황을 하나하나 들려주었다.

그의 이야기는 이러했다.

어둑한 대청에 들어서니, 사방이 쥐죽은 듯 아무도 없었네. 내가 일부러 발소리를 좀 내고 또 기침을 몇 번 했건만, 그래도 안에서는 사람이 나오지 않았어. 도리어 바깥 곁채에서 한 사람이 걸어 들어오더군. 그 집 일꾼으로, 문지기 같았어. 그는 나를 쏘아보며, 무슨 일이냐고 물었지. 나는 아무개 선생을 찾아왔다고 말했어. 그가 '명함요!' 하고 말하기에, 나는 명함이 없는지라, '명함을 가져오지 않았소. 나는 아무개라는 사람으로, 아무개 선생이 나를 아니, 가서 좀 말해주겠소' 하고 대답했지. 그는 위아래로 한번 훑어보더니, '좀 기다려요' 한마디하고는 긴가민가하며 들어가더군.

　잠깐 서서 기다리는데, 주인이 천천히 안쪽 복도에서 걸어 나오는 것이 보이더군. 나를 알아볼 만한 거리까지 오자 느린 걸음이 갑자기 빠른 걸음으로 바뀌면서, 주인이 두 손을 모아 쥐고 입으로는 '어서 오세요, 어서 오세요!' 하고 소리높여 외치며, 한 걸음 한 걸음 나를 향해 황급히 달려오는데, 그 모습이 어찌나 기세등등한지 나는 놀라 뒤로 나자빠질 뻔했네. 만약 그가 외치는 소리만 '어서 오세요, 어서 오세요'에서 '잡아라, 잡아라'로 바꾼다면, 그 광경은 필시 내가 그 집 대청에 있는 청동 향로를 훔쳤다고 의심해 달려와 나를 붙잡아 공안국에 넘기려는 것 같았지. 다행히 주인은 내 곁으로 달려와 나를 붙잡지는 않았고, 그저 연신 손을 모으고, 허리를 굽히며, 거의 머리가 땅에 닿도록 인사할 뿐이었네만. 나도 주인이 하는 대로 따라 손을 모으고, 허리를 굽히고, 머리가 땅에 닿도록 인사를 하여, 답례를 하는 수밖에 없었지.

새옷

모두 허리 굽혀 인사하는 것이 끝나자, 주인은 소매 속에서 왼손을 꺼내 가리키며 '앉으세요! 앉으세요!' 했네. 주인의 왼손이 가리킨 것은 줄 맞춰 배열한 팔선 의자였어. 의자 두 개마다 마주보는 중앙에 차탁 하나씩을 끼워놓아, 마치 성벽 위에 죽 늘어선 내벽 같았지. 난 맨 바깥쪽 의자를 골라 앉았네.

그 이유는 첫째, 가깝고 편함을 노린 것이었지. 둘째, 그 집 대청에는 빛이 어둑하여, 맨 바깥쪽 의자만 똑똑히 보일 뿐 안쪽 의자는 모두 어둠 속에 묻혀 똑똑히 보이지 않았네. 맨 바깥쪽 의자에도 먼지가 꽤 앉은 것으로 보아, 혹시 안쪽 의자는 먼지와 때가 더 많이 끼어 새로 지어 입은 내 담청회색 장삼이 마치 모던 파괴단이 염산을 뿌린 듯 더럽혀지지 않을까 걱정스러웠기 때문이지. 셋째, 외부 손님인 내가, 마치 쥐가 쥐구멍을 파듯 남의 집 안 깊고 어두운 내부로 틈입해 들어가 앉는 것은 어울리지 않을 듯했네. 그리고 넷째, 맨 바깥쪽 의자의 바깥쪽 바닥에 타구가 하나 놓여 있어, 담배 꽁초를 버릴 때도 좀 편리할 것 같았지.

나는 그 좋은 자리를 점찍고, '앉으세요, 앉으세요, 앉으세요' 하는 주인의 목소리가 연신 들리는 가운데 잽싸게 발을 놀려 고지를 점령하듯 앉았네. 하지만 주인은 반대를 표시하며, 굳이 나더러 '상석에 앉기를 청하더군'. 곧, 나더러 저 안쪽에 있는, 혹시 먼지와 때가 더 많이 끼어 있을지도 모르는, 근처에 타구도 없는 의자에 앉으라는 것이었네. 나는 내가 점찍은 의자에 엉덩이를 깊숙이

묻으며 자리를 양보하고 싶지 않다는 뜻을 나타냈어. 그래도 주인은 반드시 내 자리를 빼앗고 말겠다는 듯이 내 팔을 힘껏 밀었지. 결국 나는 주인에게 떠밀려 안쪽 의자로 물러났고, 내가 점찍은 자리는 주인에게 점거당했네.

서로 자리뺏기를 하는 동안 우리 두 사람은 대청에서 서로 욕을 하듯 한바탕 소란을 떨었고, 그 모습은 마치 싸우는 것 같았지. 새자리에 먼지나 때가 있는지 살펴볼 여유도 없었고, 또 손님 신분으로 의자가 깨끗한지 어떤지 고개를 숙여 자세히 관찰하기도 민망하더군. 나는 일체를 돌아보지 않고 앉았네. 그런데 앉고 나니, 뭔가 아주 불편하더군. 의자 상판에 꼭 뭔가 있는 듯 의심이 들었지만, 감히 움직일 엄두가 나질 않았네. 내 느낌에, 그 의자에는 적어도 바깥쪽 의자와 마찬가지로 먼지가 꽤 있었고, 나는 새로 지어 입은 내 담청회색 장삼으로 그 두 의자를 문질러 닦아준 꼴이었지. 조금이라도 때가 덜 묻게 하려면, 엉덩이가 의자판에 꼭 붙어 있도록 힘을 주어서, 혹여라도 움직여서 마찰이 일어나지 않도록 하는 수밖에 없었지. 차라리 힘이 좀 들더라도 엉덩이는 그대로 두고 허리를 틀어서 주인과 얘기하는 것이 더 나았단 말일세.

한창 얘기를 나누다 보니, 엉덩이에 무언가 차가운 느낌이 들더구만. 억지로 웃는 얼굴을 하고 있었지만 — 왜냐하면 그 순간은 '당연히' 웃어야 하는 순간이므로 — 마음속으로는 괴롭다고 외쳤다네. 손으로 좀 더듬어보고 싶었지만, 내 손이 더 더럽혀질까 봐,

또 감히 그러지 못하고 주저주저했지. 그러면서 갖가지 추측을 해보았네. 혹시 대들보에서 늘어져 내려온 거미 한 마리가 내 엉덩이 밑에 깔려서 내장이 다 흘러나온 건 아닐까? 아니면 콧물이나 피 섞인 가래가 아닐까? 좌불안석 난처했지만, 감히 손으로 더듬어보지 못했어.

결국 한참 뒤에야 살그머니 손을 넣어 더듬어보았지. 손가락 끝에 차갑고 축축한 덩어리 하나가 느껴지더군. 살그머니 더듬어 꺼내 보니, 색이 아주 복잡 오묘한 것이, 마치 흰색 · 검은색 · 담황색 · 파란색이 한데 섞인 오색 치약 같았어. 에라 모르겠다, 살그머니 의자 옆 바닥에 떨구었네. 그러나 마음속으로는 새로 지어 입은 내 담청회색 장삼에 틀림없이 오색 물이 들었을 거라는 의혹과 염려가 들었네. 그러나 주인은 내 심사는 아랑곳없이, 한창 각종 웃음 소리를 남용해가며 근래 잘 나가는 자기 얘기를 들려주었다네. 난 엉덩이 밑의 물체가 신경 쓰여, 마음속으로는 눈살을 찌푸리고 싶었네. 하지만 잘 나가는 그의 얘기를 찡그린 얼굴로 듣기 난처하어, 그저 억지로 웃는 표정을 지을 수밖에 없었지. 억지로 웃는 깃도 참 힘들더군. 오래도록 입 양쪽 근육을 힘껏 늘어뜨리자니, 경련이 왔어. 잠깐씩 틈을 보아 손으로 얼굴 근육을 주무르면서 웃는 얼굴을 가장하여 그의 말을 계속 들어야만 했네.

사실 그가 하는 말을 자세히 듣지는 않았네. 오래 듣자니, 그가 다음 할 말을 미리 짐작할 수 있었기 때문이지. 나는 그저 되는 대

손님

153

로 대꾸하면서, 눈으로는 슬그머니 주위를 둘러보며, 내 엉덩이 밑에 있는 것이 도대체 무엇인지 이리저리 따져보았네. 그러다 그 집 대들보에 제비집이 있는데, 제비가 들락날락하며 날아다니다 바닥에 똥을 떨어뜨리는 것을 보았네. 그 색깔은 바로 내 엉덩이 밑에 있는 물체와 비슷했어. 나는 비로소 알았지. 새로 지어 입은 내 담청회색 장삼을 더럽힌 것은 바로 제비똥이라는 것을 말이야.

그때 장삼을 입은 사람들 한 무리가 밖에서 들어왔다네. 주인의 친구나 이웃이었지. 내가 멀리서 온 손님이라, 주인은 특별히 그들을 초대해 나와 자리를 함께하게 했던 거야. 대부분이 내가 모르는 사람이라, 주인은 몸을 일으켜 소개를 해주었다네. 그는 마치 한 자루 칼처럼 왼팔을 곧게 뻗었네. 그리고 그 칼로 새로 온 사람들을 하나하나 잘라가며, 입으로 설명했지. '이분은 아무개아무개 선생입니다, 이 사람은 아무개아무개 군입니다…….' 하지만 그가 말을 다 마쳤을 때는 이미 그 사람들의 성이나 이름은 하나도 기억나지 않더구만. 그가 '칼' 쓰는 법이 하도 유별나, 그의 말에는 신경을 못 쓴 게지.

아주 이상했어! 손님을 소개할 때 왜 집게손가락으로 가리키지 않고 꼭 손을 칼처럼 쓰는 것일까? 또 묘한 게 있었네. 왜 집게손가락으로 가리키면 모욕하는 것 같은데, 손을 칼처럼 하여 이리저리 가리키면 훨씬 예의 있게 보이는 걸까? 이것은 아마 조형 미술에 근거가 있는지도 모른다고 생각했네. 다섯 손가락을 모두 편 손은 그 모양이 집게손가락 하나만 달랑 편 손보다 훨씬 아름답고, 평화롭고, 공경스럽기 때문이 아닐까? 이렇게 하면 합장하는 예절의 절반에 해당하잖아. 합장을 '합십(合十)' 이라고 하니까, 이것은 '합오(合五)' 쯤 되겠군. 합장은 읍을 한 번 하는 것인데, 이것은 읍을 반쯤 하는 것이니, 당연히 훨씬 예의바른 거야. 반대로, 집게손가락 하나만 달랑 편 손은 이정표나 '소변은 여기서' 같은 팻말에 그리는 거잖아. 만약 (집게손가락만 편 손으로) 손님을 가리킨다면, 마치 손님을 무슨 변소로 취급하는 것과 같으니, 이 얼마나 모욕이겠어! 난 이런 생각을 하느라고 정신이 없어서, 또 우리 주인의 예의바른 모습에 감탄하여, 결국 주인이 소개하는 손님 이름은 깡그리 잊어버렸다네. 다만 그들의 성이 모두 백가 성에 실린 것들이며, 이름자 중에는 '생(生)' 이니 '경(卿)' 이니 하는 게 꽤 많았다고 기억할 뿐이네.

주인은 불어난 손님들에게 팔선탁자 하나에 자리를 잡도록 청했네. 난 이번에는 스스로 자리를 정하지 않고, 주인에게 결정을 일임하여, 그 결과 왼쪽에 혼자 한쪽 면을 차지하고 앉게 되었다네. 탁자 위에는 접시 네 개가 놓여 있었는데, 그중 둘에는 과자가 담겨 있고, 하나에는 씨가, 나머지 하나에는 앵두가 담겨 있었어.

하인이 쟁반에 차를 내와, 주인이 몸을 일으켜 쟁반의 차를 하나씩 손님에게 내주었네. 손님들은 차를 받으면서, 어떤 사람은 몸을 일으켜 손을 뻗어 찻잔을 맞받으며 입으로 연신 '감사합니다, 감사합니다' 하고 말하고, 또 어떤 사람은 가운데 세 손가락으로 탁자 가장자리를 '탁, 탁, 탁, 탁' 두드리며 입으로 연신 '고맙습니다, 고맙습니다' 하더군. 마치 손이 자기 몸을 대표하고 탁자를 바닥으로 간주하여 바닥에 업드려 머리를 조아리는 것 같았네. 나는 맨 처음 차를 받은 손님으로, 그저 고개를 좀 끄덕이며 간단하게 응했는데, 다른 사람들이 삼엄하게 예의를 차린 것을 보니 내가 너무 오만하게 여겨졌지. 난 내 태도가 그 분위기에 어울리지 않는 것 같아, 쭈뼛쭈뼛 불안해지기 시작했다네.

주인이 두 번째로 차를 보충해줄 때, 나는 태도를 조금 고쳐서, 나 역시 손을 뻗어 찻잔을 맞받았네. 그 거동이 두 가지 뜻을 나타낼 수 있다고 생각했지. 곧 하나는 '됐습니다, 됐습니다' 하는 사양의 뜻이고, 또 하나는 그 손으로 읍을 반쯤 하며 고맙다고 하는 뜻이었지. 하지만 불행하게도 기교가 신통치 않아서, 손으로 주인의 시선을 가로막아, 어두운 대청에서 나나 주인이나 모두 잔 속에 차가 얼마나 찼는지 보기가 쉽지 않았다네. 주인은 그저 차를 따르기만 했고, 이윽고 탁자 위에 차가 넘쳐흘러 새로 지어 입은 내 담청회색 장삼을 적셨고, 나는 그제서야 부랴부랴 손으로 막았다네. 그리고 손발을 허둥거리며 행주를 찾아 옷을 닦았다네. 주인은 내 옷을 특히 걱정하여 매우 미안해하는 기색이 있고, 몸소 닦아주려고 했어. 나는 마음속으로는 아주 괴로웠지만, 얼굴로는 그저 억지로 웃으며 연신 '괜찮습니다, 별일 아닌걸요' 하고 말했다네. 사실은 '별일'이었는데 말이야! 새로 지어 입은 내 담청회색 장삼에 또 파초선만한 찻물이 들었으니 말이야!

주인은 그 사건을 거울 삼아, 그뒤로 차를 보충해줄 때 손을 뻗어 찻잔을 맞받는 손님이 있으면 흉금을 탁 털어놓는 듯한 말투로 '괜찮습니다, 모두 그냥 계세요!' 하고 말했고, 손님들은 모두 그 말뜻을 알았다는 듯 손가락으로 탁자를 '탁, 탁, 탁, 탁' 두드리는 것으로 바꾸었다네. 확실히 꽤 좋은 방법이었지. 시선을 가로막지 않을 뿐 아니라, 일정한 소리와 동작이 있어서 훨씬 정중했어. 하물며 손의 모양이 마치 조그만 사람과 똑같았으니 말이야. 가운뎃손가락은 머리 같고, 집게손가락과 약지는 손 같고, 엄지와 새끼손가락은 발 같고, 손바닥은 몸과 같아, 입으로 '고맙습니다' 말하면서 가운뎃손가락으로 '탁, 탁, 탁, 탁' 두드리자니, 정중하게 '오체투지' 하고 '이마가 땅에 닿도록' 굽신굽신 절하는 듯했으니!

주인이 담배를 나누어 주는데, 참석한 사람 중 담배를 피우는 사람은 주인과 더불어 모두 대여섯이었고, 나도 그중 하나였지. 주인은 성냥개비 하나를 그이 불을 붙이더니, 먼저 내 담배에 불을 붙여주었어. 성냥불이 내 눈 앞에서 맹렬히 타오르는데, 황망한 나머지 정말이지 어떻게 사양할 방법도 모르고 그저 허둥지둥 담배를 내밀어 불을 붙였네. 그런데 주인은 서둘러 이미 삼분의 일이 타들어간 성냥을 가지고 내 오른쪽에 앉은 손님의 담배에 불을 붙여주려고 했어. 그 손님은 한창 씨를 깨물고 있었는데, 손을 뻗어 주인

莫郞亭先生遺象　子愷畫

아무개 선생 초상

의 팔을 밀치며, 입으로는 연신 '먼저 태우시죠, 먼저 태우시죠〔自來, 自來〕' 하고 외쳤다네. '自來'는 '성냥〔自來火〕'의 준말이 아니라 양보를 나타내는 것으로, 주인 '자신〔自〕'이 먼저 '붙이라〔來〕'(바로 담뱃불을 붙이라)는 뜻이었지. 주인은 완강하게 '자기 먼저 붙이려고' 하지 않고, 입으로는 계속 '자, 자, 자'를 외쳐대며, 팔선탁 하나만큼 떨어진 거리에서 이미 반도 채 남지 않은 성냥개비로 그 손님에게 기어이 담뱃불을 붙여주려고 했다네.

두 사람 중간에 앉아, 속 모르는 그 성냥개비는 갈수록 짧아지는데 두 사람의 옥신각신이 해결되지 않는 것을 보면서, 이상하게도 내 마음이 조급해졌어. 게다가 주인은 연소의 법칙도 제대로 모르는 듯, 불이 붙은 쪽을 계속 아래로 향했기 때문에 성냥개비는 더욱 빠르게 타들어갔다네. 다행히도 그 손님은 오래지 않아 굴복을 표시하고, 한창 깨물던 씨를 뱉고, 손발을 허둥대며 찻잔 옆에서 담배를 집어들고, 일어나, 몸을 굽혀, 불을 붙였다네. 그때 주인 손에 있던 성냥개비는 삼분의 일도 채 남지 않아, 불꽃에서 그의 손톱까지 거리는 거우 씨 한 톨 정도밖에 되지 않았어.

그런데 뜻밖에도, 주인은 또 그 거의 다 타들어간 성냥개비로 세 번째 손님에게 담뱃불을 붙여주려고 했다네. 세 번째 손님도 미처 대비하지 못한 듯, 담배를 들고 있지 않았지. 그는 주인의 '손가락이 타들어가려고 하는 위급한 상황'임을 보고, 아예 담배 들 생각도 못하고 손을 내저으며 '제가 알아서 피우죠, 제가 알아서 피우

손님

죠' 하고 소리쳤어. 하지만 주인은 여전히 강경하여, 그가 알아서 피우게 하려고 하지 않았지. 결국 그 세 번째 손님의 담배에 불을 붙이는 것은 마치 화재 현장에서 구조를 하듯 아주아주 다급하게 이루어졌다네. 그는 황급한 나머지 찻잔을 하나 엎었는데, 다행히 차가 많이 들지는 않아, 두 번째 범람을 겪지는 않았다네.

다만 나는 숨을 죽이고 조용히 지켜보다가 거의 정신이 나갈 지경이었는데, 그제서야 비로소 한숨을 돌렸어. 주인은 성냥을 쥔 손가락을 힘껏 몇 번 비비더니, 다시 성냥개비 하나를 그어 네 번째 손님 담배에 불을 붙여주었어. 그 사건이 진행되는 동안, 난 주인의 손가락이 데어 아프지 않을까 걱정되었고 또한 손님들의 거동이 황망한 것에 동정이 갔다네. 그런 주인과 손님 노릇이란 정말 어렵다고 생각했어. 담배를 피우는 것은 원래 한가롭고 유유자적한 일이잖은가. 한데 그런 주인과 손님 사이에서는 불이 난 현장에 있듯 위험천만하게 이루어졌으니 말이야.

그날 나는 다른 몇몇 손님들과 주인 집에서 밥을 한 끼 먹었다네. 내 통계에 따르면, 식사 자리에서 모두 세 번 소동이 있었네. 첫번째 소동은 자리 때문이었지. 다툼의 원인이 된 자리는 안쪽을 바라보는 자리였어. 그 자리는 확실히 좋았지. 다른 세 쪽은 모두 두 사람이 한 쪽에 앉아야 하지만, 안쪽을 향해서는 혼자 앉을 수 있었어. 다른 쪽 자리는 모두 아주 어두웠고, 안쪽을 향한 자리가 가장 밝았지. 게다가 안질 때문에 광원을 마주하고 오래 앉아 있지 못하는 나로서는 빛을 등지고 앉는 그 자리가 더욱 좋았다네. 나는 그 좋은 자리를 봐두었다가 맨 먼저 가서 앉았다네. 하지만 주인은 곧바로 나를 끌어내, 왼편의 안쪽 자리로 끌고 가, 내 몸을 의자에 완강하게 밀어 앉혔다네. 그 자리는 제일 어둡고 또 아주 좁았지만, 그저 참고 받아들이는 수밖에 없었지. 그 자리는 '동북향'이라고 하는 최고 상석이요, 게다가 오늘 나는 멀리서 온 손님이고, 다른 손님은 모두 주인이 나를 위해 초대한 것이었으니까 말이야. 주인이 나를 '동북향'으로 쫓아 보낸 뒤 또 다른 손님과 한바탕 밀고 당기고, 앉았다 달아나고, 대략 오 분 정도 소동을 벌이고 나서야 비로소 자리가 정해졌다네. '자, 자, 자' 모두 '술을 권하고' '음식을 들어어'.

　두 번째 소동은 술 때문이었네. 주인은 마치 의무 양조장을 연 듯, 손님에게 다다익선 술 마실 것을 권했다네. 때로는 강권하는 수단을 쓰기도 하고, 때로는 속이는 수단을 쓰기도 하면서. 손님 중 어떤 사람은 술잔을 탁자 밑에 감추고, 어떤 사람은 술잔을 가지고 달아났지. 결국 어떤 사람은 주인이 부어주는 술에 취해, 타구 위에 엎드려 토악질까지 했다네. 그런데도 주인은 그를 보살피면서 다른 사람들에게는 더 마시라고 자꾸 권했어. 마치 이미 한 사람을 '뻗게' 하였으니 몇 사람 더 뻗게 해도 상관없다는 듯이 말이야. 나는 다행히 술을 마시지 않기로 예명해, 차를 술로 대신하여 그 요용돌이에 빨려들지 않았고, 뻗을지 모르는 두려움을 겪지 않아도 되었네. 하지만 오랫동안 구경만 하는 것도 지겨워, 먼저 밥을 먹겠다고 청했다네. 나중에는 다른 손님들도 모두 밥을 먹었지.

세 번째 소동은 이 밥 때문이었네. 하지만 이것은 현재 세상 도처에서 일어나는 밥 먹는 문제의 소동과는 그 상황이 완전히 정반대였다네. 한쪽은 밥을 먹도록 강권하고 다른 한쪽은 먹지 않으려고 하는 것이었지. 처음에는 쌍방이 각기 이유를 내세워 서로 변론하더니만, 나중에는 밥그릇을 빼앗아 한쪽은 억지로 밥을 더 주려 하고, 상대는 더 먹지 않으려 하고, 혹은 한쪽은 억지로 한 그릇 가득 떠주려 하고, 상대는 반 그릇만 담으려고 했어. 한 톨 한 톨 땀의 결실인 진주 같이 새하얀 쌀이 그 사회에서는 전연 그 가치를 잃어, 거의 개도 먹지 않으려고 하는 물건으로 변했다네. 나는 술도 마시지 않았고 배도 고팠던 참이라, 평소대로 두 그릇 반을 먹어서, 거기서는 밥 먹을 책임을 가장 많이 완수한 사람이었네. 주인의 책망을 받지는 않았어. 해서 그들의 다툼을 이전처럼 그냥 구경만 했지. 그 다툼의 상황은 그야말로 진기하였다네. 도처에서 먹을 밥이 없는 중국의 사회 상황과 강렬하게 대비가 되더구먼. 그런 상황이 단지 예의 그 주인의 대청에서만 벌어진다는 것이, 또 단지 그 한 끼 먹는 시간에만 한정된 것이 아쉬웠네. 만약 오늘 주인의 구호와 실천이 전 인류에 널리 퍼져 유행한다면, 필시 세계 도처에 그의 사당이 건립될 것이요, 죽은 뒤에는 또 세계 도처에 동상이 건립될 텐데 말이야.

이런 형국을 보자니, 이전에 자네한테서 본 적이 있는 유토피아를 묘사한 일본 만화가 떠오르더군. 그 만화의 세계에서는 금은과 돈이 남아돌아 도처에서 쓰레기통에 버려졌지. 청소부들이 한 수레 가득 돈을 싣고 해변으로 밀고 가 불태웠어. 도중에 또 어떤 사람은 뒷문을 열고 한 삼태기 가득 금딱지를 꺼내 와 막무가내로 쓰레기 수레에 부으려고 하지만, 청소부에게 거절당했지. 신작로에는 거지들이 서 있는데, 모두들 광주리 가득 돈을 들고 애걸복걸하며 행인들에게 나누어 주고, 행인들은 한결같이 멀리 피했지. 오늘 자리에서 밥 먹기를 거절하며 다투는 주인과 손님들을 보니, 이들도 그 만화에 집어넣을 자격이 충분하단 생각이 들더군. 그들에게 유토피아로 이사가서 살게 한다면, 더 이상 좋은 일이 없을 게야.

나는 책임지고 흰 쌀밥 두 그릇 반을 먹어, 비록 주인의 책망을 받지는 않았지만, 위를 상해 체하고 말았다네. 내가 자리에서 맨 처음 밥을 먹은 사람이라, 주인은 하인더러 내 곁에 서서 지켜보면서 밥을 보태주게 했지. 하인은 아마도 주인의 훈련을 잘 받은 듯, 엿보는 것에 비상하도록 충실했다네. 내가 밥을 반 그릇 정도 먹자, 그때부터 몸을 조아리며 내 가까운 곳에 서 있더니, 내 일거일동을 감독하고, 내 밥그릇을 주시하여, 내가 다 먹기를 조용히 기다렸지. 밥이 삼분의 일 정도 남자, 그는 더욱 가까이 서서, 더욱 엄하게 감독하여, 마치 그의 손이 꿈틀꿈틀 내 밥그릇을 빼앗아가려는 듯했네. 그런 감독 아래, 나는 밥을 빨리 먹지 않을 수가 없었네. 아직 세 입 정도 남았는데도 그의 손은 벌써 내 밥그릇 가에 걸쳐 있어, 그저 두세 숟갈을 한 입에 삼켜서, 그가 내 밥그릇을 빼앗아가게 하는 수밖에 없었다네.

이렇게 황급하게 흰 쌀밥 두 그릇 반을 집어넣으니, 내 위는 적체되고, 살살 아파서, 차도 넘기지 못하겠더군. 하지만 그래도 말할 수가 없었어. 아픔을 참으며 잠시 앉아서, 또 몇 차례 억지로 웃는 표정을 짓고, 비로소 작별을 고할 수 있었지. 배를 타고 집에 돌아오니, 이미 등을 켤 시각이 되었건만 위의 적체는 아직도 사라지지 않아 저녁도 먹을 수 없었다네. 약방에 달려가 소다 가루를 조금 사서 저녁 대신 먹고, 곧바로 침대에 쓰러졌지. 황혼이 되어서야 위가 조금 풀려서, 억지로 몸을 일으켜 자네한테 이렇게 달려와 한숨 놓는 걸세. 하지만 내 몸과 사지는 여전히 천근만근일세. 하루 종일 억지로 웃느라고 얼굴 근육도 아리고 아프구면. 아무튼 앞으로 이런 환대는 더는 받고 싶지가 않네!

그는 말을 마치고, 다시 등나무 침대에 드러누웠다. 나는 담배와 성냥을 그의 손에 쥐어주며 말했다.

"그래, 자네가 지금까지 말한 것을 적어두지. 만약 그걸 기고해서 원고료가 들어오면, 비스킷, 우유, 초콜릿, 비파를 한 아름 사다가, 자네를 위한 위로회를 열어줌세."

1934년 5월 여행 도중

모깐산 반쪽 유람기

그저께 저녁, 아홉 시에 잠자리에 들었다가, 마치 뭔가 간절하면서도 잡힐 듯 말 듯한 기분에 이리 뒤척 저리 뒤척일 뿐, 잠을 이루지 못했다. 열두 시 쯤이나 되었을까, 이미 하룻밤 다 자서 이제 날이 밝았다고 가정하고, 정식으로 옷을 입고 침대에서 내려와 책상 머리맡에 가서, 끝내려 했으나 미처 못 끝낸 원고를 계속 썼다. 두 시 반까지 해서 결국 원고는 다 썼지만, 무척 피곤했다. 그래서 이번에는 하루를 보내고 이제 밤이 되었다고 가정하고, 다시 옷을 벗고 잠자리에 들었다. 몸을 눕히자마자 곯아떨어졌다.

다음날 새벽 곤히 자는데, 누군가 귓가에 대고 속삭였다.

"Z 선생 오셨어! Z 선생 오셨어!"

누이 목소리였다. 나는 잠이 덜 깬 몽롱한 눈으로 벌떡 일어나 옷을 걸치고 Z 선생을 맞이하러 내려갔다.

"단잠을 깨웠네그려!"

"원래 벌써 일어났어야지. 어제 원고 하나 다 썼는데, 거의 새벽까지 쓰는 바람에 늦게 일어났다네. 이거 참 손님이 오는 것도 모르고……."

그리고 이런저런 한담을 나누었다. 그는 어젯밤 항저우에 도착해서, 한밤중에 남의 집 문을 두드리기가 뭐해서 그냥 여관에서 묵고, 오늘 날이 밝자마자 나를 찾아와 함께 모깐산으로 L 선생한테 놀러 가자고 할 셈이었다. 그는 내가 어젯밤에 원고 한 편을 다 완성해서 오늘은 마음껏 놀 수 있음을 알고 몹시 기뻤는지, 신바람이 나서 소리쳤다.

"운 때가 맞았네, 운 때가 맞았어! 내가 오늘 올 줄 알았던 것 같으이!"

나도 그의 말을 흉내내 맞장구쳤다.

"운 때가 맞았네, 운 때가 맞았어! 자네가 오늘 올 줄 알았던 것 같잖아!"

우리는 여유롭게 한담을 나누고, 차를 마시고, 죽을 먹고, 나설 채비를 했다. 내가 제익했다.

"어제 자네가 항저우 도착한 시각이 밤중이라서 시후(西湖)를 못 봤을 거 아냐. 오늘은 시후를 먼저 좀 가보지."

"난 항저우에서 나고 자랐잖아. 시후는 지겹도록 봤어. 바로 모깐산으로 가자구."

"그런데, 모깐산 가는 차가 몇 시에 출발하던가? 알고 있어?"

"몰라. 아무튼 터미널이 멀지 않으니까, 일단 가보자구. 운 때가 맞으면 타고 가고, 오후에 출발한다면 시후에 놀러나 가지."

"그것도 좋지, 좋아."

그는 가져온 가방을 들고, 나는 빈손으로 문을 나섰다.

인력거가 우리를 터미널까지 데려다 주었다. 저만치 보자니, 터미널 안에는 차를 기다리는 사람이 하나도 없었다. 다만 한 터미널 직원이 창 밖으로 얼굴을 빼꼼히 내밀고 다급히 물었다.

"어디까지들 가세요?"

"모깐산 가는데, 몇 시 차가……?"

직원은 내가 말을 미처 끝내기도 전에 매표소를 가리키며 허둥지둥 소리쳤다.

"빨리 표 사세요. 막 떠나요."

저만치 터미널 안쪽 승차장 입구를 보니, 모깐산에 가는 차가 이미 부릉부릉 출발하려고 했다. 나로선 좀 당황스러웠다. 원래 나는 요 며칠 모깐산 가는 차는 오후에 출발하는 것으로 알고 있었고, 지금은 단지 시간이나 좀 물어보려고 그와 함께 갔을 뿐이었다. 그래서 빈손으로 문을 나섰고, 수첩도 가져가지 않았다. 그러나 지금은 정말로 '운 때'였으니, 어떻게 그냥 놓칠 수 있겠는가? 나는 표를 사서 허둥지둥 Z 선생을 이끌고 차에 올라탔다. 차는 곧바로 푸른 들판을 향해 움직였다.

자리를 잡고 나서, 우리는 서로 보며 웃었다. 나는 그가 무슨 말을 할지 알 것 같았다. 과연 그는 또 신바람이 나서 소리쳤다.

"운 때가 맞았네, 운 때가 맞았어! 일 분만 늦게 도착했어도 못 탔을 거 아냐!"

나도 맞장구쳤다.

"죽 한 숟가락만 더 먹었어도 못 탔을 거 아냐! 오줌 한 번만 더 누었어도 못 탔을 거 아냐! 운 때가 맞았네, 운 때가 맞았어!"

차 소리가 우리 말소리보다 크게 울려서, '운 때가 맞았다'는 말을 더는 못하게 되자, 우린 그저 서로 쳐다보며 웃었다.

한 반 시간쯤이나 달렸을까, 갑자기 차 앞쪽에서 '끼이익' 소리가 나더니, 끝없는 푸른 들판 한가운데 누런 먼지가 날리는 길에서 차가 멈춰섰다. 운전사는 '니기미' 한마디 소리치더니, 뛰어내려가 살펴보았다. 승객 중 누군가 목소리 낮춰서 말했다.

"고장이군."

운전사와 매표원이 차 앞쪽을 살펴본 뒤 번갈아서 연신 '니기미, 니기미!' 소리쳤고, 그래서 우리는 차가 확실히 탈이 났다는 것을 알았다. 승객들은 너도나도 몸을 일으켜 차에서 내려, 차 앞쪽에 빙 둘러 모여 구경하면서, 운전사에게 물었다.

"차가 어떻게 됐어요?"

"앞쪽 바닥의 나사가 빠졌어요!"

말하면서 운전사는 차 뒤쪽 길에서 잠시 뭔가를 찾아보더니, 그러고 나서는 누런 먼지 날리는 길가에 뒷짐을 턱 지고 서서 멀리 푸른 들판을 바라보았다. 그 모습이 마치 무슨 운치 있는 '시인' 이라도 된 것 같았다. 승객이 달려가 물었다.

"허, 참, 대체 어떻게 된 거요? 차는 갈 수 있는 거요, 없는 거요?"

운전사는 고개를 돌리더니 침울한 얼굴로 말했다.

"꼼짝도 못해요!"

승객들이 웅성웅성거렸다.

"고장이 났다구! 아니 이걸 어쩐다?"

어떤 사람은 사방 푸른 들을 한바퀴 죽 둘러보고 쓴웃음 지으며 말했다.

"오늘은 여기서 점심을 때워야겠군."

한바탕 웅성웅성하더니, 어떤 사람이 한창 경치를 구경하던 운전사를 끌고 와서, 자기가 승객 대표라도 된 듯한 태도로, 어떻게 수습할 것인지 운전사에게 정식으로 물었다.

"나, 참, 그럼 어쩐다는 거요? 고칠 수 있는 거요, 없는 거요? 설마 우리를 여기에 '방생' 하려는 건 아니겠지?"

옆에 있던 사람이 운전사의 팔을 끌고 가며 말했다.

"어이! 좀 고쳐봐요, 고쳐봐! 어쨌든 우리를 태워다 줘야 할 거

가을 구름

아니오."

그렇지만 운전사는 고개를 저었다.

"나사가 빠진 건 수리할 방법이 없어요. 여기서 기다리다가 다른 차가 지나가면, 수리할 사람을 보내달라는 편지를 공장에 전달해 달라고 부탁하는 수밖에는요. 어쨌든 여기서 밤을 새게 하지는 않을 겁니다."

승객들은 '밤을 샌다' 는 말을 듣자, 이게 보통 고장이 아니라 꼼짝없이 몇 시간은 지체될 것임을 알았다. 또 한바탕 웅성거렸다. 그러나 운전사는 그저 푸르른 들판 쪽을 바라보며 경치만 감상할 뿐이었다. 승객들도 어찌할 도리가 없었다. 그래서 모두들 어슬렁어슬렁 흩어졌다. 사람들은 걸으면서 운전사를 손가락질하며 욕을 했다.

"고치지도 못해, 운전밖에 할 줄 몰라, 이런 밥통!"

그 '밥통' 은 처음에는 승객들에게 그냥 비웃음당하고 욕을 먹더니, 나중에는 저 멀리 피하여 한 걸음 한 걸음 길가 녹음 속으로 들어가, '고개 들어 저 멀리 바라보는가' 하면 '외로운 소나무 어루만지며 이리저리 거니는' 등 그 태도가 갈수록 유유자적해졌다.

항저우로 돌아가는 차가 지나가기를 기다려, 공장에 편지를 전해달라고 부탁해서, 공장에서 수리하는 기술자를 보내, 차를 다 고쳐서, 다시 출발하기까지, 대략 두 시간은 걸렸을 것이다. 그 두 시간 동안 황량한 교외의 길에선 아마도 이제껏 없었을 왁자지껄한

광경이 연출되었다. 갖가지 차림의 승객들 ─ 장사꾼, 노동자, 양
장 차림과 모던 차림 아가씨, 할머니, 아이, 제복 입은 학생, 군복
입은 군인, 그리고 외국인 ─ 이 그 고장난 버스 주위에서 이리저
리 둘러보고 배회하는 꼴이 마치 농촌을 부흥시키기 위해 민간에
파견된 각 계층 대표자 같았다. 처음에는 어머니 곁을 차마 떠나지
못하는 아이들처럼 모두 차 옆에 붙어 서 있었다. 차 앞쪽을 한 번
쓰다듬어보고 한숨을 내쉬는 사람도 있었고, 타이어를 발로 몇 번
걷어차며 욕을 하는 사람도 있었다. 마치 나사를 찾아내서 즉각 끼
워넣어 차가 다시 움직이게 하려는 듯, 몸을 굽혀 차 앞쪽 밑면 나
사가 빠진 곳을 들여다보고, 또 이곳저곳 검사해보는 사람도 있었
다. 제일 우스운 건 군인이었다. 그는 권총과 탄알을 가지고 기세
등등하게 차 옆에 서서, 분에 겨워 욕을 하며, 마치 차더러 빨리 움
직이라고 권총을 뽑아 위협이라도 하려는 듯했다. 그러나 권총으
로는 나사를 어떻게 마음대로 할 수 없음을 아는 듯, 결국 뽑지는
않았고, 그저 '씨팔' 몇 마디 욕만 할 뿐이었다. 덩치만 컸지 아무
쓸모 없는 그 뼈쓰는 사람들이 자기더러 '니기미' '씨팔' 욕을 해
대도 그저 묵묵히 길가에 서 있을 뿐이었다. 마치 자기 잘못을 아
는 듯, 그저 참고 받아들일 뿐이었다. 외모는 처음 그대로였다. 날
렵한 앞머리, 짤막한 네 다리, 엄청나게 큰 뱃가죽, 곁에 걸친 최신
형 노란 외투, 그야말로 생기 넘치는 모습이다. 그러나 그 속에 손
가락만한 조그만 나사 하나가 모자란다는 이유로, 갑자기 황야의

길가에 쓰러져, 사람들의 욕을 있는 대로 다 먹는 것이었다.

한바탕 욕을 하고 난 승객들은 이미 죽은 자식 부랄 만지기라는 걸 깨달은 듯, 모두 사방팔방 들판으로 흩어졌다. 풍경을 감상하는 사람도 있고, 풍수지세를 따지는 사람도 있고, 조용히 밭두둑 사이에 쭈그리고 앉아 똥을 누는 사람도 있었다. 순식간에 상황이 돌변하여, 마치 차가 고장난 사건을 모두 잊고 소풍 나온 무리로 변한 듯했다. 나와 Z 선생은 원래 놀러 나온 것이어서, 만사를 운 때에 맡길 뿐, 그다지 초조하지는 않았다. 도시 승객 두 사람이 길가에 선 초가 두 채 근처로 걸어가는 게 보였다. 그 광경이 강렬한 대조를 이루었다. 우리도 초가집 쪽으로 구경하러 갔다. Z 선생 말이 또 튀어 나왔다.

"이것도 운 때일세, 운 때라구! 아니면 우리가 이런 초가집을 구경할 기회를 언제 얻겠나?"

그는 초가집 문가에 한가로이 앉아 있는 노부인과 이야기를 나누기 시작했다.

"여긴 몇 가구나 삽니까?"

"우리 두 집이라우."

"그럼 시장 다니기 불편할 텐데, 물건 사러 어디로 가나요?"

"시장에 가려면 삼 리 밖 ○○까지는 가야지. 하지만 우린 물건 살 일이 별로 없다우. 시골 사람들은 먹을 것만 있으면 그만이지."

"이건 무슨 나무죠?"

農家

농가

"앵두나무, 재작년에 심은 건데, 올해 벌써 먹음직한 열매가 달렸다우. 보슈, 가지 끝에 벌써 적잖게 열렸지."

나와 Z 선생은 그 집 문 앞 앵두나무에 다가가 구경했다. 과연 벌써 새파랗게 조그만 알이 주렁주렁 가지 가득 열려 있어, 모두 감탄을 금치 못했다. 나는 빨갛게 익은 앵두만 먹어보았을 뿐 가지에 막 열린 새파란 앵두는 본 적이 없다. 그저 '빨갛게 익은 앵두, 파랗게 자란 파초'라는 (완성된 모습에서 보는) 색깔 대조의 미감만 알았을 뿐, 앵두가 어떻게 빨개지는지는 몰랐다. 한 달 뒤 도시의 창 밑에서 보게 될 양푼에 가득 담아 파는 싱싱하고 예쁜 과일들이, 바로 이런 황량한 농촌의 초가집 앞 나뭇가지 위 파릇파릇한 조그만 알에서 자라 새빨갛게 변한 것들이리라. 나는 또 고향의 위앤위앤탕(緣緣堂)이 걱정되었다. 재작년에 집 앞에다 내 손으로 작은 앵두나무를 심어서, 작년 봄에 가지와 잎이 무성했는데, 열매는 열리지 않았다. 혹시 올해 이맘때쯤 푸릇푸릇한 작은 알이 가지에 열리진 않았을까? 아무 까닭 없이 위앤위앤탕을 떠나 항저우로 와 객지 생활을 하는 것이 한갓 미물이지만 그것들에게 좀 미안했다. 하지만 그렇게 해서 위앤위앤탕과 앵두가 지금 이렇게 감미로운 추억을 내게 줄 수 있다는 것이 다행이라면 다행이다. 아침부터 저녁까지 내 눈앞에 보였다면, 내게 이런 호감을 주지는 못했을 게다. 이게 내 약점이요, 또한 모든 사람들이 함께 지닌 약점이다. 아니, 약점이 아니라, 인간의 본성 중 하나이다. 사람들은 본디 눈앞에 있는 상태보다 눈앞에 없는 상태를 좋아한다. 또 아름다움의 조건 중 하나일 수도 있겠다. 상상이 현실보다 훨씬 아름다운 법이다. 이 푸릇푸릇한 앵두를 보니 또 갑자기 옛사람의 노랫말 한 구절이 떠올랐다.

"앵두 열매 맺히면 봄은 다 간 것, 쌍쌍이 나비가 금가루 날리며 날고, 달밤에 작은 누각 서쪽에서 자귀가 운다네."

뭉클 감상이 솟았다. 나는 앵두나무 앞에서 넋을 놓고 멀리 하늘 끝을 맴도는가 하면 삶의 근본 문제에까지 넘나들며 깊이 생각에 잠겼다. 그때 Z 선생과 노부인이 무슨 말을 했는지 전혀 알 턱이 없다.

둘은 이미 오랫동안 알고 지낸 사이처럼 이야기를 나누고 있었다. 노부인은 우리더러 당신 집에 들어가서 잠깐 앉아 있으라고 했다. 우린 들어가지는 않고 그냥 입구에서 집을 구경했다. 더 들어갈 필요 없이, 입구에만 서 있어도 집 안을 한눈에 볼 수 있었기 때문이다. 노부인 집 안에는 부뚜막 하나, 침대 하나, 탁자 하나, 긴 걸상 몇 개, 그밖에 생활에 필요한 몇 가지 자질구레한 것들이 있었다. 숨김없이 모든 것이 드러나 있었다. 옷은 몸에 걸친 게 다였고, 있는 것이라곤 하나같이 먹고 자는 데 필요한 최소한의 설비였고, 그밖에 좀 관상하거나 갖고 놀 만한 것이라고는 하나도 없었다. 그러자 또 우리 집이 떠올랐다. 항저우에서 세 들어 사는 가구 딸린 집에 불과하건만, 그저 잠시 머물 예정이건만, 이 노부인의 영원한 집과 비교하면 말할 수 없이 요란한 살림이었다. 글쓰는 책상이 있어야지, 의자, 유리창, 베란다, 전등, 책, 문방구, 게다가 또 벽을 장식하는 서화까지, 정말 너무 요란하다! 스스로에게는 야박하고 남에게는 너그러운 것을 몸소 실천해온 Z 선생도 그 노부인의 집을 보고는 매우 탄복했다. 그래서 나는 또 누군가 유랑 걸식하는 두타(頭陀)를 주제로 읊었던 시 두 구를 떠올렸다.

"모든 것은 내 소유가 아니니라, 미련을 버리고 떠나자."

노부인의 집은 아직은 '소유한' 것이므로, 아직은 그 사립문이 없으면 안 되고, 아직은 미련을 버리고 떠나지 못한다. 요란한 생활을 보낼 수밖에 없었던 나와 Z 선생이 보고 탄복한 것일 뿐, 사실 우리 생활은 모두가 요란하다고 할 수 있다. 내가 고향에서 본 바에 따르면, 농부나 노동자의 집은 의식주에 필요한 최소한의 설비 외에는 다른 물건이 거의 없었다. 우리 고향에서는 거개가 그런 집이다. 또 우리 나라에선 그런 향(鄕)·진(鎭)이 대대수다. 간소하고 누추하게 살아가는 대다수 사람 중에서, 우리는 요란하게 살아가는 사람이다. 이렇게 요란한 호강을 누리는 우리가 세상에 대해서 그에 마땅한 무슨 공헌을 했는가? 우리 국가의 기초는 그래도 이 간소하고 누추하게 살아가는 대다수 농민, 노동자들 위에 건설된 것이다.

저만치 보자니 고장난 차 곁에 사람들이 다시 모여들어 이야기를 나누고 있어서, 우리는 노부인과 작별하고 차 곁으로 갔다. 알

모간산 방폭 유람기 •

고 보니 무슨 소식이 있는 게 아니라, 그저 승객들이 기다리다 지쳐 차 곁으로 돌아와서 다시 몇 마디 욕을 하면서 짜증을 달래는 것이었다. 누군가 운전사를 책망했다.

"왜 아직 기술자가 안 오는 거요?"

"아예 편지를 전해달라고 부탁한 그 차를 타고 터미널까지 가서 전화했으면 훨씬 빨랐을 거 아냐!"

그러나 운전사는 아무 대꾸도 않고, 항저우 방향으로 길게 뻗은 길 한 끝을 그저 바라보기만 할 뿐이었다. 승객들도 다 같이 때때로 그 방향을 바라보는 것이, 마치 큰 가뭄에 구름 끼기만 기다리는 것 같았다. 나도 사람들을 따라 그 쪽을 몇 차례 바라보았다. '드넓고 푸르른 하늘 아래 끝없이 뻗은 길'의 인상이 지금까지도 내 눈에 역력하여, 그림으로라도 그려낼 수 있을 정도다. 그때 우린, 병든 차를 즉각 수리하여 승객 싣고 가던 길을 다시 가게 해줄 수 있도록, 나사와 수리 공구를 챙긴 가방을 든 기술 좋고 힘 센 기술자를 실은 조그만 차가 지평선에서 나는 듯 달려오기를 애타게 기다리는 중이었다. 조난당한 배가 드넓은 바다에서 표류하며 구조선이 오기를 애타게 기다리는 것과 다를 바 없었다. 좀 부끄러운 생각이 들었다. 똑같은 사람이면서, 우린 그저 탈 줄 밖에 모르고, 운전사는 그저 운전할 줄 밖에 모르니 말이다.

한참 만에, 아주 한참 만에, 저쪽 지평선 위로 검은 점 하나가 솟아 오르더니, 점점 커졌다.

"온다, 와!"

그 순간 우리는 한바탕 유쾌한 소란을 떨었다. 그러나 다가온 것은 아주 예쁜 신식 소형차로, 병든 우리 차 곁을 나는 듯이 통과하여 저 멀리 사라져버렸다. 휘발유와 향수 냄새만 어렴풋이 남긴 채……. 우린 그 으리으리한 차가 사라질 때까지 전송하듯 바라보다, 다시 고개 돌려 우리의 검은 점이 나타나길 기다렸다. 한참 만에, 아주아주 한참 만에, 과연 지평선 위로 검은 점이 또 솟아올랐다.

"이번에는 틀림없을 거야!"

누군가 이렇게 외쳤고, 모두 목을 길게 빼고 바라보았다. 그러나 운전사가 말했다.

"아뇨. 저건 츠앙싱 가는 차예요."

과연 그 검은 점은 점점 커지면서 노란 점으로 변했고, 결국 버스로 변하여 우리 병든 차 뒤에 멈춰 섰다. 운전사가 불러 세운 것이었다. 우리를 구해줄 방법은 없는지, 우선 승객 몇 명을 나눠 태우고 갈 수는 없는지 물어보기 위해서였다. 그 차 운진사가 차에서 내려 우리 병든 차를 진찰해보더니, 고개를 젓고는 자기 차에 올랐다. 승객들이 너도나도 그 차에 비집고 타려고 했지만, 차는 이미 빈자리가 하나 없이 꽉 차 모두 거절당해 내려왔다. 매표원이 문을 닫자 차는 곧바로 출발해버렸다. 차에 탄 사람들이 유리창 안에서 웃으며 우리를 돌아보았다. 누런 먼지 날리는 길가에 서서 눈썹을 찌푸리고 그들을 보내며, 함께 타고 가지 못하는 우리 자신이 너무나 불쌍하다는 생각이 들었다.

이렇게 '저 멀리 하늘 끝 걸린 배가 귀향하는 배인 줄로 몇 번이나 오인' 하고 나서, 마침내 우리 구세주가 도착했다. 다 낡아빠진 조그만 덮개차였다. 몸이 온통 지저분한 한 사람이 안에서 걸어나왔다. 파란색 노동자 멜빵옷을 입고, 온몸이 기름때에 절어 있었다. 묶지 않은 회색 모자를 머리에 쓰고 있었는데, 청백색 얼굴 여기저기에 기름때가 묻어, 멀리서 보면 모자하고 구별이 안 되었다. 발에는 고무창을 댄 큰 가죽 신발을 신고, 손에는 짐가방을 하나 들고 있었다. 그는 덮개차에서 내려 우리 병든 차 앞쪽으로 성큼성큼 걸어왔다. 모두 경의를 표하듯 그에게 길을 양보했다. 또 그가 솜씨를 발휘하는 걸 보려고 그를 뒤따라 차 앞쪽으로 갔다. 그는 차 앞쪽에 가서 하늘을 향해 땅바닥에 드러눕더니, 머리를 차 밑으로 집어넣었다. 내가 반쯤 옆에서 보니까, 눈에 보이는 모습이 마치 교통사고 났을 때의 끔찍한 모습과 같았다. 얼마 뒤 그가 머리를 빼내고 몸을 일으킨 다음, 고개를 저으며 말했다.

"이런 나사는 없어요. 가져온 게 다 하나도 안 맞아요."

승객과 운전사는 모두 다급해졌다.

"어쩌죠? 나사를 몇 가지 좀 더 가져오지 그랬어요?"

그는 또 고개를 저으며 말했다.

"이런 나사는 공장에도 없어요. 주문해서 만들어야 해요."

이 말을 들은 사람들은 정말로 당황스러웠다. 몇 사람은 거의 울 지경이었다. 그런데 기술자에게 갑자기 무슨 생각이 떠오른 듯, 운전사에게 말했다.

"나무로 만들죠!"

운전사는 울상으로 얼굴이 일그러졌다.

"나무요? 칼은요? 그것도 안 가져왔잖아요."

기술자는 사방 들판을 둘러보더니 단연코 말했다.

"여기 사람들에게 알아봅시다."

그러더니 짐을 내려놓고 그 두 초가집으로 서둘러 달려갔다. 그는 부엌칼과 단단한 장작개비를 하나 빌려 돌아와, 차 옆에서 깎기 시작했다. 초가집 노부인이 단단한 장작개비를 새로 하나 갖고 와서, 먼저번 장작개비는 속이 비어 못 쓸 것 같아 다른 것을 가져왔다고 말했다. 기술자가 칼로 몇 번 깎자, 과연 그가 가져온 건 속이 텅 비었는지라, 노부인 손에 든 것을 받아 다시 깎기 시작했다. 그때 둥글게 둘러서 지켜보던 승객들은 모두 기술자와 노부인에게 감사하는 듯했다. 아무리 근사한 옷을 입은 도시 사람이라도, 귄총을 찬 승객이라도 그때만은 그 더러운 기술자의 도움을 받아야 했고, 당당한 항저우 자동차 공장도 그때만은 황량한 농촌의 노부인에게 도움을 청해야 했고, 물질 문명이 가장 발달한 도시에서 온 자동차도 그때만은 최소한의 설비밖에 없는 그 초가집에서 공구를 빌려다 써야 했다. 승객은 운전사에게 의지하고, 운전사는 기술자에게 의지하고, 기술자는 결국 시골 사람에게 의지했다.

기술자가 초가집 노부인이 제공한 공구와 재료로 대용 나사를 만들어, 우리 병든 차에 끼우자, 과연 병이 깨끗이 나았다. 운전사는 그 높디높은 주인공 자리에 다시 앉아 시동을 걸었다. 승객들이 너도나도 차에 올라 각자 원래 자리로 돌아가 편안하게 자리잡자, 차는 곧바로 앞으로 움직였다. 그때 봄바람이 얼굴을 스치고 봄빛이 눈앞에 가득 비추자, 다들 득의양양해서 앞길에 펼쳐진 풍경을 감상할 뿐, 그 지저분한 기술자나 초가집 노부인은 더는 생각하지 않았다.

나는 Z 선생과 오후에 무사히 친구 L 선생 집에 도착하여, 며칠 놀다가 항저우로 돌아왔다. 원래 '모깐산 유람기'를 쓰려고 했는데, 돌이켜보니 쓸만한 일이라고는 오직 갈 때 길에서 있었던 이 일뿐이어서, 제목에 '반쪽'이라는 두 글자를 덧붙인 것이다. 워낙 촉박하게 차에 오른지라, 스케치북을 못 가져가서, 도중에 Z 선생의 필드 북을 빌려서 스케치를 했다. 이제 그림 두 폭을 붓으로 다시 그려 지금 여기 덧붙여서, 우리 병든 차, 지저분한 기술자, 초가집 노부인에 대한 인상을 보존해두고자 한다.

1935년 4월 22일 항저우에서 🖃

수험생 인솔

올 가을에는 손수 심은 나팔꽃 피는 것도 기다리지 않고 버려둔 채, 아이들을 인솔하여 항저우로 시험을 보러 갔다.

나팔꽃을 심고, 덩굴이 기어오르도록 도와주고, 꽃피고 열매 맺는 것을 지켜보는 것이 과거 가을날의 즐거움이었다. 비록 올 가을에도 예선처럼 직접 심기는 했지만, 그것들에 대한 감정이 이전만큼 좋지는 않았다. 그것들의 약점을 알았기 때문이다. 나팔꽃들은 오로지 위로 기어오르려고만 하고, 맹목적으로 높은 것을 좋아한다. 그래서 기어올라가기 좋게 담벼락에 대못을 한 줄로 박고 대못에 줄을 묶어주었다. 하루 이틀 자고 나니, 늘어선 맨 위쪽 대못까지 벌써 기어 올라가서, 대못을 더 추가해야 했다. 결국 사다리를 옮기면서 대못을 더 박아주었다. 계속 추가하다 보니, 그 곁을 떠날 때쯤에는 담벼락에 이미 대못이 일고여덟 줄 박히고, 나팔꽃 덩굴은 파초보다 더 높이 솟아 버들가지 끝과 나란하여, 담 꼭대기와 불과 서너 자 차이밖에 나지 않았다. 그래도 더 기어올라가려고 하는 걸 보면, 구름까지 뚫고 올라가야 만족할 듯했다. 그래서 난 그것들이 지겨워져, 꽃피고 열매 맺는 것도 기다리지 않고 그 곁을 떠나서, 소학교 졸업생들을 인솔하여 항저우로 시험을 보러 갔다.

이 소학교 졸업생 중에는 내 딸도 있었고, 친척이나 친구의 자녀도 있었다. 인솔자도 부모, 친척, 교사 등 꽤 여럿이었다. 나는 명색은 수험생 인솔자지만, 사실 중요한 책임은 없었고, 모든 것을 지휘하는 다른 사람이 있었다. 다만 집에 핀 나팔꽃에 흥미를 잃어서, 다른 곳에서 초가을의 풍류를 즐기고 싶어서, 수험생 인솔을 핑계 삼은 것이었다. 그래서 나는 제법 한가로운 기분으로 그들이 시험치는 것을 곁에서 그냥 보기만 해도 무방했다.

배를 타고 문을 나서던 날, 고향 마을에는 이미 가뭄기가 돌았다. 운하 양쪽 물가에는 체조 대열처럼 수차가 늘어서, 삐걱거리는 소리가 귀에 끊이지 않았다. 마을 농부 전체가 출석하여 수차를 밟았다. 씨는 다 뿌렸지만 아직 채 마르지 않았어도 출석해야 했고, 씨도 다 뿌리고 완전히 다 말랐어도 출석해야 했고, 씨를 전혀 뿌리지 않았어도 출석해야 했다. 어떤 수차에는 할머니, 아낙네, 열두세 살 아이까지 출석했다. 이것은 흔한 물대기 광경이 아니라 그야말로 장관이었다. 사람과 자연이 분투하는 장관이었다. 나는 선창에서 그 소리를 듣고, 그 광경을 보고, 감동해 마지않았다. 그러나 시험 보러 가는 아이들은 그런 것은 눈에도 귀에도 들어오지 않는 듯, 오직 『진학안내』『중학입학시험해제』 같은 책에만 머리를 처박고 있었다. 나는 소리쳤다.

"아니! 이제 와서 부처 다리 껴안아봐야 소용 없어! 이 수많은 사람들이 일하는 것 좀 봐! 이런 건 백 년에 한 번 볼까 말까 한 광경이라구. 자, 다들 보라구!"

그러나 아이들은 양쪽 물가를 한번 힐끗 보고는 책으로 눈을 돌려, 여전히 책에 머리를 처박았다. 도리어 나중엔 시험삼아 내게 갖가지 질문을 던졌다.

"천산갑은 뭘 잘 먹나요?"

"예수가 탄생한 때는 중국에서 무슨 시대예요?"

"무연화약은 뭘로 만드나요?"

"노르웨이 해안선은 몇 마일인가요?"

나는 완전히 곤경에 빠져, 한 문제도 대답하지 못했다. 그리고 어른 티를 내며 아이들에게 말했다.

"그런 문제는 안 나올 거야!"

아이들은 모두 웃으면서 내게 손가락질하며 말했다.

"에이, 모르시는구나! 못 맞추겠죠! 못 맞추겠죠!"

나는 줄곧 부끄럽기는 했지만 화를 내진 않고 그저 혼자 웃으며

이 사람은 의관만 갖추고 참새만 겁줄 줄 알고…

선창에 기대어 담배 연기를 들이마셨다. 조금 있다 아이들 중에서 누군가 나한테 가르쳐주려는 듯 이렇게 말했다.

"천산갑은 개미를 잘 먹어요⋯⋯!"

나는 그저 수차 밟는 것만 구경할 뿐, 아이들이 하는 말은 아랑곳하지 않았다. 아이들도 그저 책에 머리를 파묻을 뿐, 육지에 오를 때까지 줄곧 나를 상관하지 않았다.

기차에 올라타서도 그들은 또 책을 꺼내 보았고, 여관에 도착해서도 그랬고, 시험 보러 가기 전날 밤까지 계속 그랬다. 여관에서 우리는 또 몇몇 친구의 자녀를 만났다. 그 아이들도 시험 접수하러 온 것이었다. 그래서 모두 함께 있었다. 시험 당일 나는 아이들 소란에 다섯 시에 깨서, 일찌감치 일어나 인솔을 했다. 많은 남녀 아동들이 각각 문방구를 옆에 끼고, '천산갑은 개미를 잘 먹는다'와 같은 지식을 뱃속 가득 채우고, 인력거를 타고 시험을 보러 갔다. 몇몇 열두세 살 여자아이들은 근심 가득한 얼굴로 차에 오르는데, 마치 형장으로 압송당하는 것 같아, 보고 있자니 정말 불쌍하기도 했다.

저녁 무렵, 아이들이 팔짝팔짝 돌아왔다. 방에 들어서자 한데 모여 이야기하기 시작했다. 이 문제가 어려웠느니, 저 문제가 쉬웠느니, 네 답이 맞았느니, 내 답이 틀렸느니, 분분한 의견이 하늘 가득 들끓어올랐다. 한참 동안 이야기를 나누더니, 결국 누구의 얼굴에는 만족이 드러나고, 누구의 얼굴에는 실망이 드러났다. 그러나 말로는 다들 떨어질 것에 대비하고 있었다. 남자아이가 소리 높여 '어쨌든 난 떨어질 거야!' 하고 외쳤고, 여자아이는 한스럽게 '죽어도 붙기는 틀렸어!' 하고 말했다.

아이들은 각각 한 학교만 시험 보는 게 아니라, 두 학교를 보는 아이도, 세 학교를 보는 아이도 있었다. 대체로 성립 학교는 모두들 공통으로 시험을 본다. 그 다음으로 시립 · 공립 · 사립 교회에서 세운 학교들은 각각 개인의 선택에 따라서 다르다. 그러나 대다수 수험생과 학부모의 관념 속에서는 방금 말한 순서대로 항저우 학교의 순위를 매기는 듯했다. 자기 실력으로는 부족하다는 것을 뻔히 알면서도, 성립 학교는 열 명 중 한 명이 붙을까 말까 한다는 것을 뻔히 알면서도, 차라리 접수비와 사진 한 장 값 일 원을 더 들일지언정, 한번 운에 부딪쳐보는 것이다. 만의 하나 붙는다면 좀더 높이 올라갈 수 있기 때문이다. 성립 학교의 '성(省)'이란 글자가 그들에게는 무한한 향기를 발산하는 듯, 입에 담기만 하면 누구나 흠모와 선망을 금치 못한다.

시험을 마치고 발표하기까지 며칠 동안, 수험생들 사이의 공기는 매우 침울하다. 몇몇 여학생은 그야말로 편안히 자지도 먹지도 못하고, 차도 밥도 마음이 없다. 그들은 온갖 생각과 상상을 자꾸자꾸 말로 토해낸다. 만족스럽게 시험을 본 듯한 아이는 어떤 때는 아주 자신이 있는 듯 성립 학교의 교복이 어떤 모양인지 알아보다가도, 어쩌다 누군가 '열 명 중 한 명만 붙는대, 성적이 좋다고 전부 다 붙는 게 아니래' 이런 말이라도 들으면, 갑자기 기가 팍 죽어서 다른 학교 학생 모집 요강을 알아보러 다닌다. 시험을 잘 못본 어떤 여학생은 비록 입으로는 '죽어도 붙기는 틀렸어' 하고 말하고 다니면서도 그래도 손가락 꼽으며 발표 날짜를 따지는 걸 보면, 결코 아직 절망한 건 아니라는 걸 엿볼 수 있다. 세상에 요행을 만나는 예가 적지 않으니, 만의 하나 붙는다면 그야말로 죽었다가 다시 살아난 듯할 것이다. 그 기쁨이 어찌 더욱 크지 않겠는가! 그러나 그들은 그것이 꿈같은 일이라는 것을 때때로 문득 깨닫기라도 하듯, '발표가 며칠 남았지?' 하고 묻고는 곧바로 '나하고는 상관없는 일이지만' 하고 뒷말을 잇는다.

　나는 아침저녁으로 그들의 분분한 토론을 듣는 것말고, 낮에는 순전히 밖으로 돌아다녔다. 친구를 방문하기도 하고, 그림을 보러 다니기도 했다. 어느 학교 합격자 발표를 하는 날, 마침 내가 발표를 보러 함께 갈 차례가 되었다. 발표를 보는 순간 다들 너무 긴장할 것 같아서, 직접 가서 보라고 하기도 뭐하고, 그렇다고 내가 대신 보러 가고 싶지도 않아서, 긴장을 누그러뜨리는 한 가지 방법을 생각해냈다. 나는 일 반 학생들과 학교 근처 찻집에 앉아 있고, 담당 선생님 혼자 가서 보고 와 알려주는 방법이었다.

　그러나 이 방법도 긴장을 누그러뜨리는 데는 한계가 있었다. 선생님이 간 지 한 십오 분쯤이나 지났을까, 모두 눈을 동그랗게 뜨고 선생님이 돌아오기만 기다렸다. 누군가는 선생님이 간 방향으로 목을 길게 빼고 바라보고, 누군가는 아예 문간에 나가 기다렸다. 한참을 기다리는 동안, 선생님이 사라졌던 그 방향은 모든 눈이 주시하는 곳으로 변하고, 찻집에 오는 사람마다 수많은 작은 눈동자의 시선을 받아야만 했다.

그중 혹시 모시 장삼이라도 입은 사람이 들어올라치면 아이들은 더욱 뚫어지게 바라보고 간이 콩알만해지는 통에, 하마터면 벌떡 몸을 일으킬 뻔하기까지 했다. 오랫동안 기다려도 오지 않자, 그 선생님은 결국 아무 죄도 없이 아이들의 원수가 되었다. 어떤 여학생은 몰래 '정말 죽겠구만' 욕을 했고, 어떤 남학생은 그 선생님이 버스에 치여 죽었을 거라고 추측하기까지 했다. 그러나 선생님은 죽지 않았고, 결국 모시 장삼을 펄럭이며 갔던 저쪽 방향에서 천천히 뚜벅뚜벅 돌아왔다. '왔다, 왔어' 한마디 외침에 모두가 조용해지고, 모든 눈이 그 입술에 집중되어, 목소리가 떨어지길 기다렸다. 그 몇 초 동안 긴장된 공기는 나의 이 펜으로는 도저히 묘사하지 못하겠다.

'누구는 붙고' '누구는 떨어지고', 선생님 입에서 하나하나 판결이 내려졌다. 한마디 한마디 말이 마치 마른하늘의 날벼락 같아, 거의 귀를 막고 싶을 지경이었다. 이 마른하늘의 날벼락을 맞은 아이 중 누구는 얼굴이 창백해지고, 누구는 얼굴이 새빨개지고, 누구는 망연자실하고, 누구는 손발을 어쩨야 좋을지 모르고, 누구는 울고, 그러나 웃는 아이는 없었다. 결국 반은 붙고 반은 떨어졌다. 나는 크게 숨을 한번 몰아쉬고, 우는 아이를 달랠 방법을 생각했다. 제멋대로 말을 만들어내, 그 학교는 이러쿵저러쿵 안 좋으니 떨어졌다고 결코 애석할 필요 없다는 식으로 말을 했다. 그렇게 말하니 뜻밖에도 울던 아이가 과연 웃었고, 붙었다고 좋아하던 아이는 조금 회의가 생기는 듯했다. 아이들 마음이 본디 이렇게 여리니, 나는 마음속으로 살그머니 웃었다. 그들에게 이런 마른 하늘의 날벼락을 맞게 하다니, 얼마나 잔혹한 일인가!

그 다음부터 각 학교가 합격자를 발표할 때마다, 나는 일부러 피했다. 그런 우스꽝스런 긴장을 더는 맛보고 싶지 않아서였다. 하지만 듣자 하니 나중에는 많이 누그러졌다고 한다. 어린 담이나마 몇 번 놀라고 나니까 조금 무덤덤해졌기 때문이다. 오래지 않아 학생들이 모두 한 학교씩 건져냈다. 그래서 보증인을 찾느라고, 학비를 납부하게 하느라고, 며칠 동안 바빴다. 그때 여관에서 들리는 말이라고는 온통 '우리 학교는 이게 어떻고, 우리 학교는 저게 어떻고' 이런 말들뿐이었다. 그러나 이 '우리' 라는 말에는 친밀감 정도에 차이가 있었다. 대체로 성립 학교에 붙은 아이가 말하는 '우리' 는 친근하면서 조금 뻐기는 투였다. 성립 학교에 붙지 못하고 자기들 사이에, 이른바 그저 그런 학교에 들어갈 수밖에 없는 아이는 대체로 무덤덤하게 '우리' 라고 말했다. 그 아이들은 다음 학기에 다시 성립 학교 시험을 볼 작정을 하면서, 언젠가는 올라가고야 말겠다고 결의를 다졌다.

수험생 인솔 •

귀향할 때는 떠나올 때보다 훨씬 가뭄이 심해져서, 수로가 통하지 않아, 기차에서 내린 다음 삼십 리 길을 걸어가야 했다. 학교에 합격한 아이는 모두 기고만장하여 짐을 가지러 집으로 달려갔다. 일꾼에게 짐을 부리자마자 서둘러 별밤에 다시 길을 떠나 기차 역까지 가서, 차를 타고 입학하러 항저우로 갔다. 성립 학교에 붙은 아이는 더 신이 나서, 달리면서도 힘든 줄 몰랐고, 학용품을 마련할 때도 돈이 아깝지 않았다. 마치 합격만 하면 무궁한 앞날이 보장되어 평생 동안 부귀영화를 누리고 먹고 쓰는 것이 다할 날이 없을 것만 같았다.

　가뭄은 나를 항저우에 붙들어두었다. 나는 길을 오래 걸을 수가 없었다. 해서 우리 아이들더러도 집으로 돌아갈 필요 없이 그냥 있으라고 하고, 집안 사람더러 짐을 보내달라고 부탁하는 편지를 인편에 전했다. 짐이 도착했을 때, 나팔꽃 소식도 같이 왔다. 내가 심은 나팔꽃은 이상 가뭄 때문에 아직 꽃이 피지 않았다고 한다. 누이가 보낸 편지 내용이다.

　"네가 간 다음에 대못을 몇 줄 더 박았단다. 지금은 높이 기어오르긴 했어. 거의 담장 꼭대기까지 닿으려고 하지. 하지만 가뭄이 너무 심해서, 가지와 잎이 모두 말라버려 높이 기어올라봤자 소용이 없구나. 보아하니 올해에는 꽃도 열매도 틀린 것 같아."

　　　　　　　1934년 9월 10일 시후 차오시안시(招賢寺)에서 🀫

얼굴에만 표정이 있는 것이 아니다. 눈밝은 사람의 눈에는 얼굴 표정과 마찬가지로 이름 없는 모양, 의미없는 배열에도 모두 뚜렷하고 다채로운 표정이 있다. 중국의 서예가 바로 그렇듯이.

가을

　나이 첫머리에 '서른'이란 두 글자가 따라다닌 지도 벌써 두 해
가 되었다. 달관이란 걸 모르는 나로서는 이 두 글자에서 적잖은
암시와 영향을 받는다. 몸집이나 기운은 스물아홉 살 때와 전혀 차
이가 없을 텐데, '서른'이라는 관념이 머리를 덮어씌우니 마치 양
산을 펼쳐서 온몸이 어둑한 그림자에 휩싸인 듯하다. 또 마치 일력
에서 입춧날 한 장을 찢었을 때처럼, 태양의 뜨거운 위세도 아직
누그러들지 않았고 수은주도 떨어지지 않았는데 그저 막바지 위
세요 한물 간 더위처럼 느껴지는 것이, 대지의 절기가 이제부터 가
을로 접어들어 머지않아 서리가 내리고 낙엽이 떨어질 것만 같은
느낌이 든다.

사실 지난 두 해 동안 내 심정은 가을과 가장 잘 어울리고 맞아 떨어졌다. 예전과는 다른 경우이다. 예전에는 그저 봄만을 그리워 했다. 나는 버들과 제비를 제일 좋아한다. 특히 이제 막 노릇노릇 물이 오르는 여린 버들을 좋아한다. 살던 집을 '버들의 집〔小楊柳屋〕'이라고 이름붙인 적도 있고, 버들과 제비를 그린 적도 많으며, 호리호리하게 잘생긴 버들잎을 따다 두꺼운 종이에 갖가지 눈썹 모양으로 붙이고 그런 눈썹을 가진 사람의 얼굴 모습을 상상하면서 그 밑으로 눈, 코, 입 등을 그려 넣은 적도 있다.

정월에서 이월로 넘어갈 무렵 이른봄이 올 때면, 버드나무 가지 가느다란 줄기에 자그만 연두 구슬이 맺혀서 보일 듯 말 듯 하늘거릴 때면, 내 마음은 광희로 가득차고, 그 광희는 또 그대로 초조함으로 변해서 늘 되뇌곤 했다.

"그래, 봄이 왔구나! 가만 있으면 안 되지! 어떻게 맞을까? 어떻게 즐길까? 어떻게 하면 봄을 영원히 붙잡아둘까?"

"좋은 시절 아름다운 풍광 즐길 날 얼마나 될까?" 이런 시구를 보면서 진심으로 감동한 적이 있다. 옛사람들은 모두 봄을 헛되이 보내는 것을 탄식하였으니, 그들의 전철을 밟지 말아야지! 내 손에 들어오기만 하면 절대 그냥 지나치지 않으리라!

특히 옛사람들이 가장 깊이 안타까워했던 한식·청명 때가 되면, 마음속 초조함은 더욱 심해졌다. 그날이면 늘 그 아름다운 계절에 충분히 보답할 만한 일을 벌이려 했다. 시를 짓거나, 그림을

그리거나, 통음을 하거나, 유람을 하려고 했다. 비록 대부분 실행에 옮기진 못했지만, 또는 실행에 옮겼더라도 아무 효과 없이 도리어 술에 찌들고 사고를 쳐서 불쾌한 회상과 맞바꾸기도 했지만, 그러나 나는 낙심하지 않았고, 봄은 늘 애틋했다.

내 마음은 오직 봄이 있는 것만 알 뿐, 다른 계절은 모두 봄의 예비나 봄을 기다리는 휴식 시간으로 간주하여, 그것들의 존재와 의미에 전혀 주의를 기울이지 않았다. 더욱이 가을에 대해서는 별 느낌이 없었다. 여름은 봄 뒤에 이어지니까 지나친 봄으로 간주하면 되고, 겨울은 봄에 앞서니까 봄의 준비로 간주하면 되는데, 봄과 전혀 관계없는 가을만은 지금까지 내 마음속에서 차지할 자리가 없었다.

내 나이가 입추를 알린 뒤, 지난 두 해 동안 심경도 완전히 방향을 바꾸어 가을로 변했다. 그러나 상황은 이전과 다르다. 가을에 지난날처럼 광희와 초조를 느끼는 건 결코 아니다. 가을이면 그저 심경이 매우 조화로움을 느낀다. 이전에 봄을 대할 때처럼 광희와 초조가 없을 뿐만 아니라, 늘 가을 바람, 가을비, 가을색, 가을빛에 빨려들어 가을에 융화되면서, 잠시 내 존재를 잊는다.

또 봄에 대해서도, 결코 지난날 가을에 대해 그랬던 것처럼 무감각하지도 않다. 오히려 지금은 봄을 매우 혐오한다. 삼라만상이 회춘할 때마다, 온갖 꽃이 어여쁨을 다투고, 벌·나비가 소란 떨고, 초목과 곤충 등이 도처에서 뒤질세라 생식에 애쓰는 것을 보면, 이

천지간에서 용렬하고 욕심 많고 무치하고 어리석은 것이 이보다 더한 것이 없는 듯하다. 게다가 맹춘 때 버드나무 가지에 은은한 초록 구슬이 매달린 것을 보면, 복숭아나무 가지에 방울방울 붉은 반점이 생긴 걸 보면, 무엇보다 우습고 불쌍한 생각이 들곤 한다. 도리어 꽃술에게 이렇게 깨우치고 싶어진다.

"아니! 너 또 이 낡은 곡조를 반복하는구나! 네 조상을 무수히 보았는데, 하나같이 너처럼 이렇게 세상에 나와서, 하나같이 잘되려고 노력하고, 다투어 영화를 누리려 했다가, 얼마 못 가 초췌해져 진흙과 먼지로 변하지 않은 것이 없더라. 너는 어째서 아직도 이 낡은 곡조를 반복하는 것이냐? 너 또한 이 뿌리에서 자라나 요염한 듯 어여쁜 듯 웃고 찡그리다, 사람들이 짓밟고 자르고 꺾어버리는 고통을 초래하여, 네 조상의 전철을 밟아 먼지로 될 것을……."

사실 서른 번이나 봄을 맞고 보낸 사람이면, 꽃이 피고 지는 것도 이미 지겹게 본 터라 감각이 무디어지고 열정이 식어서, 처음 세상 구경하는 소년 소녀처럼 꽃의 환상적 자대에 유혹되이 찬양하고 감탄하고 사랑하고 애석해하는 경우는 더 없을 것이다. 하물며 천지 만물 중에서 영고, 성쇠, 생멸, 유무의 이치를 벗어날 수 있는 건 하나도 없다. 과거의 역사가 이를 훤히 증명하므로, 새삼 더 얘기할 필요도 없다.

예로부터 무수한 시인이 가는 봄을 마음 아파하고 지는 꽃을 안

타까워하며 천편일률로 말을 동원했으나, 이런 효빈(效顰)도 이제 싫증이 난다. 세간의 생영과 사멸에 대해서 한마디 쓰라고 한다면, 생영에 대해선 쓸 것이 없을 것 같고, 차라리 일체의 사멸을 찬탄하게 될 것 같다. 전자(생영)의 탐욕, 우매, 겁약에 비하면 후자(사멸)의 태도는 얼마나 겸손하고, 통달하고, 위대한가! 이 때문에 나는 봄을 버리고 가을을 취하련다.

나츠메 소세키가 서른 살 때 말했다.

"인생 스물에는 사는 게 이익이라는 걸 알았고, 스물다섯에는 밝음이 있는 곳에 반드시 어둠이 있음을 알았고, 서른이 된 지금으로서는 밝음이 많은 곳에 어둠 또한 많고 기쁨이 짙을 때 슬픔 또한 그만큼 짙다는 걸 알게 되었다."

지금 나는 이 말에 깊이 동감하면서도, 또한 서른의 특징은 단지 이것뿐만이 아니라, 더욱 특별한 것으로 죽음에 대한 체감을 들 수 있다고 생각한다. 청춘 시절에는 연애가 뜻대로 안 되면 습관적으로 죽느니 사느니 하는 말들을 한다. 그러나 이것은 '죽음'이 있음을 아는 것에 불과할 뿐, 체감은 아니다. 마치 얼음물 마시고 부채 휘둘러대는 여름날에는 난로를 에워싸고 이불 끌어안는 겨울밤의 재미를 체감할 수 없는 것과 같다.

아무리 삼십여 차례나 추위와 더위를 겪어본 사람이라 할지라도, 뜨거운 햇볕 아래에서는 일광욕하는 재미를 알지 못한다. 난로 에워싸고, 이불 끌어안고, 일광욕하는 것은 여름에는 단지 공허한 지식일 뿐이어서, 앞으로 그런 일이 꼭 있으리라는 것을 아는 것에 불과할 뿐, 그 재미를 몸으로 느끼지는 못한다. 가을에 들어서, 뜨거운 햇살이 위세를 다하여 점점 물러나고, 땀에 전 피부가 점점 수축되고, 홑옷을 걸치면 으슬으슬 한기가 오고, 플란넬을 만져야 쾌적함이 느껴지는 즈음이 되어서야, 난로 에워싸고 이불 끌어안고 일광욕하는 것에 대한 지식이 바야흐로 체험의 세계에 녹아들어 체감으로 변한다.

내 나이가 입추를 알린 뒤, 심경에 일어난 가장 특별한 일은 바로 이 '죽음'에 대한 체감이다. 예전에 나는 사려가 깊지 못했다! 봄이 영원토록 이 세상에 머물 거라 생각했고, 사람이 영원히 청년으로 머물 거라 생각했고, 죽음이란 것은 전혀 생각도 못했다. 또 인생의 의의는 오직 '사는' 것에만 있으며, 나의 삶이 가장 의미 있고, 결코 죽지 않을 것처럼 생각했다.

지금에 이르러서야, 가을빛의 자애로운 보살핌과 죽음의 영묘한 양육에 힘입어 비로소 사는 것의 애환과 고락이 천지간에서 억만 번 반복된 낡은 곡조여서 그다지 아까워하고 애석해할 게 없다는 것을 알게 되었다. 단지 이 삶을 평안히 보내고 탈출하기를 바랄 뿐이다. 간질에 걸린 사람처럼…… 병중에 자빠지고 발작하는 것이야 그리 따질 게 있겠는가? 그저 병에서 벗어나길 바랄 뿐이다.

막 붓을 놓으려는데, 문득 서창 밖에 먹구름이 가득 밀려오고 하늘 저편에서 번갯불이 번쩍하는가 싶더니, 우릉우릉 천둥 소리가 울리고 우박 섞인 가을비가 한바탕 쏟아진다. 아! 입추가 지난 지 며칠 되지 않아, 가을의 마음이 아직 노련하지 않고 어리고 여려서 변덕스럽기 짝이 없으니, 두렵구나. 🔲

잡감 열세 가지

1

화단에 편도 싹 세 줄기가 돋아났다. 빈 터에 옮겨 심고, 대나무로 버팀대를 만들어 지탱해주었다. 매일 아침 가지와 잎을 다듬어주며, 기분 좋게 뻗어가는 것을 보니 자연스럽게 재미가 생겼다.

ㄱ 줄기는 마치 촉수처럼 놀라운 능판력을 티고났다. 그러나 결국은 눈이 없어서, 그저 맹목적으로 위로 뻗어가기만 한다. 때로는 대나무의 갈라진 틈 사이로 끼여 들어갔다가 돌아나오지 못해, 보고 있노라면 웃음이 나온다. 또 때로는 길다란 한 줄기가 혼자 버팀대를 벗어나서 흔들흔들 공중으로 뻗어나간 것이, 마치 더듬더듬 벽을 찾지 못하는 장님 같아서, 보고 있노라면 가련하다. 이런

저런 때는 내가 가서 도와줘야 한다. 한달 정도 도와주니 버팀대 가득 줄기와 잎이 무성하여, 버팀대 밑에서 더위를 식히며 이야기를 나눌 만했다.

어느 날 아침, 콩 버팀대 위에 마른 잎과 축 늘어진 덩굴이 갑자기 한 무더기 생긴 것을 보고 깜짝 놀랐다. 자세히 살펴보니, 땅에 닿은 한 줄기대에 상처가 생긴 것이었다. 완전히 잘리지는 않았지만 그저 실낱처럼 끊어지지만 않아서 뿌리 양분이 통과하지 못하고, 그 줄기대에 딸린 가지와 잎이 모두 말라, 그 일족의 멸망을 보게 된 것이다.

그 모양이 어찌나 처참한지, 세상의 온갖 불행이 연상되었다.

2

쉽게 잊지 못할 의자가 하나 있다. 앉는 부분이 엉덩이 모양으로 패고 중간에는 또 볼록하게 돋아, 앉으면 마치 석고 모형을 뜬 것처럼 엉덩이가 정밀하게 그 모양에 꼭 들어맞는다.

대체로 중국식 기물은 형식을 위주로 하여, 몸을 형식에 맞춘다. 그래서 의자 등받이와 앉는 판이 직각을 이루고, 옷소매는 손가락까지 덮을 만큼 길다. 서양식 기물은 몸의 실용을 위주로 하여, 실용에 따라 형식이 생긴다. 그래서 양복을 맞추려면 치수를 재야 하고, 가위 손잡이의 두 구멍도 손가락 횡단면 모양을 그대로 따라서 만들었다. 엉덩이 모양으로 판 의자는 서양풍 물건임이 틀림없다.

그러나 그것은 서양풍의 극단까지 간 것으로, 너무 지나쳤다. 지나치면 반드시 폐단이 따르는 법. 그런 의자는 결국 실용에 맞지 않고, 보기에도 민망하다. 나는 그걸 볼 때마다 늘 무슨 형구로 오인한다.

3

산책을 하다가, 조용하고 외진 길가 잡초 사이에서 커다란 열쇠를 주웠다. 아주 꼼꼼하고 견고하게 만들어져, 튼튼한 돈궤에 채운 자물통에나 맞을 듯했다.

누구의 손에서 무슨 까닭으로 이 잡초 사이에 떨어졌을까? 나는 '길에 떨어진 것이 있어도 줍지 않는다'는 옛 교화를 입지 못했고, 그걸 잃은 주인이 찾으러 올 때까지 길가에 앉아 기다릴 수도 없었고, 하지만 또 그 물건을 내 주머니 속에 넣고 싶지도 않아서, 마치 들꽃 한 송이 꺾은 것처럼 그냥 손에 든 채 길을 걸었다.

문득 『수호전』 내용 중 우타이 산에서 술짐을 지던 자가 부르던 노래가 떠올랐다.

"지우리 산 앞 옛 전쟁터, 낡은 창칼 주워들은 목동……."

이 두 구절에 무슨 의미가 있는 것도 같다. 만약 내가 그 목동이라면, 낡은 창칼을 주우면 필시 무한한 감개가 일었을 것이다. 그 창칼의 손잡이는 옛날 누가 잡았던 것일까? 창칼의 날카로운 끝은 그 옛날 누구의 피와 살을 먹었을까? 또 그것들이 활약하여 얼마나 많은 사람의 목숨을 해쳤을까?

아마 지금 내 심정이 '목동이 낡은 창칼을 주웠을 때' 와 똑같을 것이다. 이 커다란 열쇠가 돈궤의 자물통 구멍에 채워져 활약을 하면서 또한 적지 않은 사람의 목숨을 해쳤을지도 모르는 일인 것이다.

4

십 년 전 상자에 담아두었던 오래된 물건을 꺼내 하나하나 들여다보니, 절로 옛일이 떠오른다. 마치 물건 하나하나가 주인공인 그림자극 한 토막을 보는 듯하다.

결국 그 속에서 유화용 나이프를 꺼내고, 나머지는 예전대로 담아 뚜껑을 닫아서 침대 밑에 쑤셔 넣었다. 그러나 무슨 유화를 그리려고 이 칼을 꺼낸 건 아니다. 그저 고구마나 무를 깎아 먹고 싶어서다.

이 칼은 십 년 전쯤 도쿄의 한 고물상에서 산 것이다. 하지만 어쩌면 일찍이 유명한 화가를 따라다니다 값비싼 유화 물감을 지휘하여 국전 일등상 작품을 만들어내 들끓는 영광을 누렸을지도 모를 일이다. 그러한 칼에게 지금 고구마나 무를 자르고 깎게 하니, 참으로 모욕을 주는 것이리라. 그러나 고구마나 무에 담긴 인생의 재미 또한 유화에서보다 한층 풍부할지도 모르니, 한번 맛보게 한들 어떠리.

5

십여 년 전 한때 자주색 물감으로 글씨 쓰는 게 유행한 적이 있다. 서양 연꽃 너댓 푼어치 사서 물에 타면 자주색 물감이 큰 병으로 한 병 나왔는데, 수시로 먹갑에 넣어두면 오랫동안 쓸 수 있었다. 나도 잠시 써본 적이 있는데, 먹을 가는 것보다 확실히 간편한 것 같았다. 그러나 난 얼마 안 가 안 쓰게 되었다. 색깔이 좋지 않아, 오래 보면 지겨웠다.

나중에는 다들 점점 사용하지 않아, 곧 그 유행은 사그라들었다. 아무리 써도 질리지 않는 것은 결국 검정과 파랑 두 가지뿐이다. 동양 사람들은 글씨 쓸 때 검은색을 사용한다. 빨강 · 노랑 · 파랑 삼원색을 같은 양씩 혼합하면 검은색이 된다. 삼원색이 모두 충분히 구비되면 안정되고 원만한 느낌을 가져다주는 것이다. 세상 모든 색이 삼원색에서 나오니, 검은색에는 세상 모든 색이 담겨 있는 셈이다. 서양 사람들은 글씨 쓸 때 파란색을 쓴다. 파란색은 삼원색 중 찬 색으로, 자극이 적으며 침착하고 안정되어, 가까이 하기에 가장 좋다. 그래서 파란색으로 글씨를 쓰면 사람들이 아무리 보아도 질리지 않는다.

자주색은 빨강과 파랑 두 색을 합하여 만든다. 삼원색이 고루 충분하지도 않고, 성향 또한 자극적이어서 늘상 쓰기에는 적절하지 않다. 그러나 그때는 바로 한상 백화눈을 제장하던 조기였고, 자주색은 꽃이 활짝 핀 것을 상징하니, 결코 우연이 아니다.

6

아이들은 무엇에든 푹 빠진다. 그런데 이 아이는 유난히 더하다. 어떤 놀이에 열중해 있을 때는, 밥을 먹으려면 대여섯 번은 불러야 오고, 두세 숟갈 먹고 가버린다. 놀다가 어쩔 수 없이 소변을 보러 가면, 우선 반만 싸고, 바지춤을 부여잡고 돌아와 한시름 놀다가, 다시 가서 나머지 반을 싼다. 책을 보다 의문점을 발견하면, 곧바로 책을 들고 나를 찾아, 화장실까지도 들어온다. 의문이 풀리면 그대로 가버려, 슬리퍼 한짝을 내 눈앞 바닥에 종종 빠트리고 간다. 그러고는 양말로 휘저으며 일고여덟 걸음 가다가 눈치채고는 신발을 찾으러 앙감질로 돌아온다. 또 몇 주 동안 열심히 기차를 만들더니, 몇 주 동안은 열심히 장기를 두고, 또 몇 주 동안은 열심히 『왕윈우대사전(王云五大詞典)』을 찾더니, 지금은 한창 귀뚜라미를 잡느라고 정신이 없다. 그러나 무엇이든 일단 흥미가 가시면 제쳐두고 더는 찾지 않는다. 열중할 일이 없어 하루 종일 재미없이 하루를 일 년처럼 보낼 때는 '배고파! 배고파!' 소리치고 다니지만, 사실 뭘 먹고 싶은 것도 아니다.

7

한 사람이 양 두 마리를 끌고 가는 그림을 그린 적이 있는데, 줄을 두 개 그렸더니, 누가 가르쳐주었다.

"줄은 하나면 돼요. 한 마리만 끌고 가면, 뒤의 놈들이 다 따라가

생이별? 사별?

요."

내 경험이 일천하다는 걸 문득 깨달았다. 나중에 유심히 관찰해보니, 과연 그랬다. 앞에서 양 한 마리를 끌고 가면, 뒤의 수십 마리 양이 모두 따라갔다. 도살장으로 가든 어디로 가든, 무리와 떨어져 따로 살 길을 찾는 양은 한 마리도 없었다.

오리도 그렇다는 걸 나중에 알았다. 오리 모는 사람이 오리 수백 마리를 물에 풀어놓으면, 줄로 묶지 않아도 오리 떼가 스스로 따라다니며 한 무리로 뭉쳤다. 뭍에 올라올 때, 오리 모는 사람이 한두 마리만 몰아 올려보내면 나머지가 모두 뭍으로 따라 올라왔다. 사통팔달의 항구에서든 어디에서든 무리와 떨어져 자기 길을 가려는 오리는 한 마리도 없었다.

양치는 사람과 오리 모는 사람은 그들의 이런 모방성을 이용해 각자의 임무를 완수한다.

8

중국 약을 사 가지고 오면 아이들은 꼭 약첩 여는 것을 구경하려고 몰려든다. 조그만 봉지를 하나하나 열 때마다 아이들은 놀라 소리치곤 한다.

때로는 다 함께 외치기도 한다. '아니! 호박씨 한 봉지잖아!'

때로는 모두 웃기도 한다. '하하! 뼈다귀 네 개 아냐!'

때로는 매우 신기해하기도 한다. '으잉! 이건 서양 인형 머리카락이네?

또 때로는 놀라 펄쩍 뛰기도 한다. '으악! 매미가 엄청 많아!'

이렇게 외치는 소리를 들으며 환자는 찌푸린 얼굴이 웃음으로 바뀌기도 한다. 왜 자기는 병이 들어 호박씨·뼈다귀·서양 인형 머리카락·매미 같은 걸 먹어야 하는지 스스로 우스운 것이다. 처방전을 보는 것도 병환 중의 한 가지 소일 거리쯤은 된다. 처방전 앞면의 진맥 내역은 대체로 재미가 없지만, 뒷면의 약 이름은 굉장히 재미있다. 이번에 내가 먹은 것 중에 '지모(知母)'라는 것도 있고 '여정(女貞)'이란 것도 있어, 이름에 남다른 재미가 있었다. 또 '은화(銀花)' '들장미' 등 마치 새로 출판된 책 제목 같은 것도 있었다.

외국 약을 먹으면 이런 재미가 없다. 중국은 수천 년 동안 신비롭고 운치 있는 나라였는데, 약 한 첩에서도 그 특색이 뚜렷하게 나타난다. 중국에 구경 오는 외국인은 중국 약 몇 첩쯤 먹어보고 돌아갈 일이다.

9

명나라 때 귀유광은 『항척헌기(項脊軒記)』란 글에서 방에 틀어박혀서 오랫동안 책을 읽던 얘기를 쓰면서 '발자국 소리로 누군지 분간할 수 있다'고 말했다. 내가 요즘 오랫동안 이피 누워 있다 보니, 역시 발자국 소리로 누군지 분간할 수 있었다. 방문 밖은 계단

저녁 바람 쐬기

인데, 누군가 계단을 오르거나 내려가면, 누구의 발소리인지는 물론이고 같은 사람의 발소리라도 무슨 일로 오는지 구분할 수 있었다. '쉬 아줌마가 약 갖다 주러 오나?' 싶으면 과연 그랬고, '오관이 신문을 갖다 주러 오나?' 싶으면 과연 그랬다.

예전에 지아싱에서 살 때는 종일토록 대문을 걸어 잠가놓았다. 방이 안쪽 깊숙이 있어서 문을 두드려도 잘 들리지 않았기 때문에, 문에 방울줄을 매달아놓았다. 손님이 와서 줄을 당기면 안에 있는 방울이 울리고, 그러면 사람이 나가 문을 열었다. 그러나 손님이 아주 드물어, 기껏해야 몇 사람이었다. 방울 소리를 듣다 보니 금세 익숙해져서, 방울 소리로도 누가 왔는지 구분할 수 있었다. 이따금 개구쟁이나 할 일 없는 사람이 문을 지나치다, 손이 근질거리거나 혹은 이상한 심리로, 무단으로 방울줄을 몇 번 당기고 도망을 쳐서 문 여는 사람이 몇 번이나 허탕을 쳤지만 얼마 뒤부턴 더 이상 속지 않았다. 방울 소리에 담긴 무언가 허둥대는 느낌을 알아채, 신경을 안 쓰고 그냥 있으면 되었기 때문이다.

10

어느 한여름 저녁, 날씨가 유난히 덥고 찐득거렸다. 마당에서 바람 쐬는 사람들은 각각 몇 길씩 떨어져, 묵묵히 앉아 부채만 흔들어댔다. 부채 흔들리는 미미한 소리와 어쩌다 나오는 신음 소리말고는 아무 소리도 들리지 않았다. 모두들 더위의 위세에 짓눌려 꼼짝도 못했고, 무슨 말을 해야 할지도 몰랐다.

그 착 가라앉은 찐득한 고요와 침묵이 약 반 시간 동안 계속되었다. 그런데 갑자기 담 밖 골목에서 어느 또렷하고 맑고 힘찬 소리가 날아와 정적과 침묵을 깼다.

"오늘 밤 정말 덥네! 이야, 정말 덥네!"

마당에 있던 사람들이 약속이나 한 듯이 따라 외쳤다.

"정말 덥네!"

이어서 누군가 움직이기 시작하고, 혹은 일어서고, 혹은 기지개를 켜서, 모두 한숨을 놓은 듯했다. 더위의 위세도 그 외치는 소리에 놀라 잠시 물러간 듯했다.

11

손님이 찾아와 함께 식사할 때면 종종 실례를 범하곤 한다. 어떤 손님은 어찌나 더디 식사를 하는지 한 톨 한 톨 밥알을 세면서 입에 넣는 듯한데, 나는 두 그릇 먹는 데 겨우 오륙 분밖에 안 걸리니 보조가 맞지 않는다.

밥을 빨리 먹는 습관은 어릴 때 학교 기숙사에서 생활하면서 길러진 것이다. 그 학교에선 일정이 아주 빠듯하여, 식사 후 시간에 피아노 연습을 해야 했다. 나는 매끼 손 씻는 것까지 합하여 십 분만에 마치는 습관을 길렀다. 지금은 이미 학교를 떠난 지 오래라 그러지 않아도 되는데도 그 습관은 여전하다. 나는 종종 스스로 소의 되새김질과 비교해본다. 소는 산과 들에서 자유로이 먹이를 찾는데, 맹수의 공격을 피하기 위해 우선 풀을 되는 대로 삼켜 위에 집어넣은 다음 동굴로 돌아가 토해내어 다시 잘게 씹어먹는 것이 습관이 되었다. 이제 소는 가축이 되어서 사람들이 우리에 넣고 먹여 그럴 필요가 없음에도 그 습관은 여전하다.

아마도 소는 야생 시대 산에서 누리던 자유를 그리워하여 그 습관을 고치지 않으려고 하는 게 아닐까.

12

새로 담배 한 개비에 불을 붙여 서너 모금 빨다가 타구에 두드려 재를 털었다. 그런데 아뿔사, 너무 세게 두드렸는지 눈같이 하얗고 길다란 아름다운 장초가 타구 속에 뒤집어져 '치익' 외마디 비명을 지르며 오수에 빠져 죽고 말았다.

나는 멍하니 타구를 바라보며 두 마디 탄식을 내지르고, '한번 실족하여 불귀의 객이 된 천고의 한'을 느낀다. 이것은 동전 두 개를 잃어버린 것보다 훨씬 아픈 느낌이다. 담배는 사람의 손을 거쳐 만들어지고 또 직접 내 생활에 혜택을 주기에, 나는 이 물건 자체에 본래부터 가격과 무관한 애착을 느끼곤 했다. 이 전이면 성냥 스무 갑을 살 수 있다. 이치대로 따지자면 이 전을 잃어버린 것은 성냥 스무 갑을 태워버린 것과 같다. 그러나 이 전을 잃어버리면 그리 아깝지 않은데, 성냥 스무 갑을 태워버리는 것은 차마 하지 못한다. 그러면 하늘이 내려준 물건을 왜 그리 함부로 없애느냐고 남들이 뭐라고 하지는 않을지라도, 자기 스스로가 성냥에게 미안한 것이다.

13

양 가게를 연 친구가 양에 관한 얘기를 해주었다. 그의 가게에는 죽이지 않는 늙은 양이 한 마리 있는데, 그놈 공이 꽤 크기 때문이란다. 시골에서 양 떼를 모아 도살을 하려면 상하이로 가야 하는데, 종종 양 떼가 배에 오르지 않으려 한단다. 그러면 이 늙은 양을 끌고 나선다. 늙은 양은 양 떼에 몇 마디 소리를 지르고 용감하게 강가로 가 훌쩍 뛰어 먼저 배로 뛰어든다. 그러면 양 떼는 늙은 양이 배에 오른 것을 보고 모두 그대로 따라 하여, 행여 뒤질세라 앞다투어 배로 뛰어든다. 양 떼가 모두 배에 오르면, 사람들은 다시 늙은 양을 강가로 끌고 내려와 우리로 돌려보낸다. 양을 실을 때마다 꼭 이 양에게 인도를 시켜야 한다. 늙은 양은 이런 공이 있어서 자기 목숨을 보전할 수 있었다.

하지만 이 죽이지 않는 늙은 양이야말로 원래 죽어 마땅한 '배신양'이 아니겠는가.

1933년 9월

집

난징에 있는 친구 집에서 여관으로 돌아오고, 난징 여관에서 항저우의 셋집으로 돌아오고, 항저우 셋집에서 스먼완의 위앤위앤탕 본가로 돌아오고, 그 때마다 어떤 느낌이 떠오른지라, 아래와 같이 차례대로 써본다.

난징에 있는 친구 집에 있을 때는 아주 기분이 좋았다. 주인이 오랜 친구이고, 소년 시절에도 함께 지낸 적이 많았기 때문이다. 나중에 생계 때문에 뿔뿔이 흩어져서, 모두 모습은 좀 늙고, 마음은 좀 식고, 태도는 좀 뻣뻣해지고, 말수는 좀 적어졌지만, 마음 저 밑바닥 한 점 영혼의 불씨는 아직 간직하고 있어, 말하는 가운데 자주 서로를 드러냈다. 이는 우리의 해후를 이상하리만치 따스하게 만들었다. 게다가 주인의 생활 수준이 나와 비슷하고, 집 안 살림살이도 우리 집과 비슷했다. 평소 내게 필요한 것, 일 전 두 푼짜리 찻잎, 크고 향이 좋은 담배, 누군가 끓인 물을 넣어놓은 보온병, 필요할 때 쓸 수 있게 손 닿는 데 놓인 이쑤시개, 몸에 딱 맞는 등나무 의자, 빛이 알맞게 들어오는 조그만 창 등이 그의 집에 모두 있어, 그 집 서재에 앉아 있으면 마치 내 서재에 앉아 있는 듯했다. 게다가 그의 부인은 접대를 잘 하여, 진정 어린 다정함을 손님에게 표시했고, '우대의 학대'를 하는 일이 절대로 없었다.

'우대의 학대'란 내가 손님으로 갔을 때 늘 받으면서 제일 무서워하는 것이다. 이를테면, 반 치도 안 되는 성냥으로 담뱃불을 붙여주다 피차 당황하여 어쩔 줄 모르다 내 수염이 거의 타버린다든가, 내가 좋아하지 않는 채소를 내 밥그릇에 잔뜩 쌓아주어 젓가락을 댈 수 없게 한다든가, 내 밥그릇을 강제로 빼앗아 밥을 더 퍼주어 밥이 없게 한다든가, 보따리를 감추어 못 가게 한다든가 하는 것들이다. 이런 접대는 설령 성의에서 나온 것이라 할지라도 나로서는 축객령으로 받아들이니, 이런 것을 통칭하여 '우대의 학대'라고 한다.

이번에 내가 묵은 집의 부인은 그런 악습이 전혀 없어, 그저 내가 마음대로 집어갈 수 있는 곳에 모자라지 않게 담배와 라이터를 둘 뿐 라이터로 내 수염을 태우거나 하지 않았고, 그저 내가 마음대로 가져갈 수 있는 곳에 깨끗한 채소를 놓아둘 뿐이었고, 내가 마음대로 더 퍼다 먹을 수 있는 곳에 밥통을 놓아둘 뿐 억지로 먹게 하지 않았으며, 내가 떠나려 했을 때 그저 진심 어린 만류를 했을 뿐 억지로 감금하지는 않았다. 나로선 이것이 가장 성의 있는 우대라고 생각한다. 이는 나를 아주 기분 좋게 했다. 손님더러 편히 지내라는 말을 영어로 'at home'이라고 하는데, 나는 이 주인 집에서 손님으로 있으면서 정말로 '집에서처럼 편했다'. 그래서 아주 기분이 좋았다.

그러나 거긴 결국 내 '홈'이 아니어서, 밥을 먹고 나서 잠깐 얘기하던 도중, 내가 묵던 여관이 생각났다. 여관에 있으면 마음대로 가고 서고 앉고 누울 수도 있고, 마음대로 종업원을 시키고, 돈의 힘을 빌려 마음대로 내 요구를 만족시킬 수도 있다. 주인의 보살핌을 받아야 하는 손님 생활에 비하면 훨씬 자유롭다. 밥을 먹고 나면 작별해야 하는 손님 생활에 비하면 여관에서 너댓새 머무는 것이 결국 훨씬 영구적이다. 그래서 주인의 서재 배치가 비록 적절하고 주인의 접대가 비록 친절하고 주도면밀해도, 나는 늘 불안안 마음이다. 이른바 '시원한 정자는 아무리 좋아도 오래 있을 곳이 아닌' 것이다. 밥을 먹고 나서 잠깐 얘기하다, 나는 작별을 고하고 집으로 돌아왔다. 여기서 말하는 '집'은 바로 나의 여관이다.

친구 집에서 여관으로 돌아오니, 아주 흡족했다. 이 여관은 다음에 말하는 각각의 접에서 내 마음에 쏙 들었기 때문이다. 첫째, 값도 그만하면 싸고, 대규모의 '꼴불견'이 없다. 생긴 것이 추악하고 앉거나 눕기에 부적합한 홍목(紅木) 의자라든가, 화가 치밀 정도로 도저히 봐줄 수 없는 무늬를 한 구리 침대라든가, 돈은 엄청 들였으면서 실용적이지도 않고 도저히 봐줄 수도 없는 공예품이라든가, 나는 이런 것들을 통칭하여 대규모의 꼴불견이라고 한다. 이런 꼴불견을 만든 사람은 머리와 안목은 보잘것없으면서도 돈은 무지 많다. 벼락부자나 무식한 거상, 관직에 올라 돈을 번 군벌 등이 그 예이다. 꼴불견들을 보려면 이런 사람들의 집을 방문하면 된다. 내 여관은 값이 싸서 당연히 가구도 많지 않다. 꼴불견이 — 추악한 가구 형식, 부적합한 방 배치, 느닷없는 벽 장식, 별로 정이 안 가는 찻잔이나 찻주전자 같은 것들 — 이 있다 하더라도 모두 소규모 꼴불견이라, 오십 보 백 보인 듯해도, 대규모 꼴불견에 비하면 그래도 결국은 조금 나은 것이고, 적어도 어쨌든 하늘이 내려준 물건을 이렇게 아무렇게나 함부로 써서 망쳐도 되는가 하는 억울하고 원통한 느낌이 들지는 않는다.

둘째, 여관 종업원은 아주 성실하지만, 내가 여관에 돌아갔을 때 외투를 벗겨주지도 않고, 내가 세수할 때 수건을 건네주지도, 담배를 피울 때 라이터를 켜주지도 않고, 내가 그에게 무슨 일을 시킬 때 '예- 예-' 하고 대답하지도 않는다. 그래서 난 자고 일어나고 먹고 싸는 모든 생활에서 집에 있을 때와 거의 다름없이 아주 자유로움을 느꼈다. 우리 집에도 그런 성실한 일꾼이 하나 있기 때문에, 나는 여관 종업원을 내 일꾼으로 간주해도 무방했다.

셋째, 여관에 묵으면 접대하는 사람이 없어서, 일체의 행동이 모두 내 마음대로다. 문을 나서면서 누구에게 허리 굽혀 '안녕히' 라고 인사할 필요도 없고, 돌아와도 나에게 말을 거는 사람이 없다. 아침에 일어나 누구에게 '좋은 아침' 하고 인사할 필요도 없고, 저녁 취침이 늦건 이르건 남의 눈치를 받지 않는다. 친구 집에 손님으로 가면, 비록 아주 안락하기는 하지만 여관에 묵는 것만큼 자유롭지는 않다. 그 집 식구를 만나면 그래도 몇 마디 할 말을 떠올려 대화를 주고받아야지, 그냥 못 본 척하는 건 좋지 않다. 설령 억지로 웃는 표정을 지을 필요는 없다고 해도, 역시 좀 따뜻한 표정을 해야지, 무표정한 얼굴이면 좋지 않다.

무표정한 얼굴은 마치 흉한 인상처럼 보인다. 그러나 나는 무표정이 가장 자연스럽고 편안한 표정이라고 생각한다. 가만히 생각해보면, 평소 혼자 방안에 틀어박혀 책을 보거나 글을 쓸 때 얼굴 표정은 늘 엄숙하다. 혼자 웃거나 혼자 즐거워하는 시간을 갖기는 지극히 힘든 일이다. 만약 혼자 있을 때의 표정을 누굴 만나는 자리에 갖다 놓는다면, 내게 무슨 불쾌한 일이 있어 표정이 무뚝뚝하다고 남들이 생각할 것이 분명하다. 이는 필시 나 한 사람만 그런 게 아닐 것이다. 가장 예쁜 사교나 교언영색을 잘하는 사람이라 할지라도 자기 집에 돌아가거나, 혹은 방 안에 있거나, 혹은 침대에 있으면, 아마 두 손으로 얼굴을 좀 문지르며 얼굴 근육의 피로를 푼 다음 무뚝뚝한 얼굴로 눈썹을 찌푸리며 하루 동안 일을 생각

우리 집

하고 내일의 전략을 짜볼 것이 틀림없다. 그 누구를 막론하고 남을 만날 때의 얼굴에는 어느 정도 부자연스러움이 있으며, 그 표정 근육에는 다소간 힘이 들어간다. 가장 자연스럽고 편안한 것은 오직 얼굴을 무뚝뚝하게 하고 혼자 있을 때이다. 그래서 난 고독벽이 발작할 땐 친구 집에 손님으로 있는 것보다는 여관에 묵는 것이 자연스럽고 편안하다고 생각한다.

그러나 여관도 결국 우리 집은 아니어서, 며칠 묵고 나자 항저우의 셋집이 떠올랐다. 거기엔 내가 일상 생활을 할 때 쓰는 기물이 있고, 내 책과 문방구가 있고, 또 내가 고용한 일꾼이 있다. 여관 기물을 빌려 쓰고 종업원을 대하는 것에 비하면 훨씬 자유롭다. 너댓새 잠시 묵고 떠나는 여관 생활에 비하면 결국 훨씬 영구적이다. 그래서 여관 침대에서 자면 뭔가 좀 들뜨고, 여관 의자에 앉으면 뭔가 좀 불안정하고, 여관 수건을 쓰면 뭔가 좀 격막이 있는 느낌이 든다. 비록 내가 그 방의 주권을 완전히 가지고 있더라도, 마음 밑바닥이 늘 좀 불안하다. 너댓새 묵고 나서 계산을 치르고 집으로 돌아왔다. 여기서 말하는 집은 바로 나의 셋집이다.

난징 여관에서 항저우 셋집으로 돌아오니 아주 자유로웠다. 나는 이 몇 년 간 고향 집에서 너무 오래 칩거하다 보니, 주변 모든 것에 싫증났고, 재미가 메말라 없어졌고, 마음이 울적했다. 환경을 좀 바꾸고 재미를 붙여보려고 고향에서 가까우면서 이런저런 볼거리가 많은 항저우에 잠시 셋집을 마련했다. 나로선 재미는 생활의 중요한 양분으로, 그 중요성이 거의 빵에 가깝다. 남들은 빵을 얻으려고 재미를 희생하거나, 혹은 돈을 모으려고 재미를 억제한다. 나는 지금 다행히도 그 두 길을 가지 않아, 아직은 빵 반쪽 덜어 약간의 재미와 맞바꿀 수 있다.

그래서 그 셋집은 제2의 우리 집이나 한가지다. 거기에 있으면 손님으로 갔을 때의 구속도 없고, 여관에서 묵을 때의 불안한 마음도 없다. 내가 좋아하는 일상 음식을 일꾼더러 만들라고 할 수도 있고, 저녁 시간에는 학교에서 돌아온 아들 하나 딸 하나와 같이 먹을 수도 있다. 일꾼더러 좀 도와달라고 해서 방의 배치를 바꿔보아 분위기를 새롭게 할 수도 있다. 밥 먹고 자기 전에 축음기를 켜서 새로 사온 레코드 판을 들어볼 수도 있다. 창 앞 등 밑 내 책상에서 내가 좋아하는 책을 읽거나 내가 쓰고 싶은 원고를 쓸 수 있다. 비록 월말에는 또 방 값을 치러야 하지만, 값이 여관처럼 비싸지는 않고, 여관처럼 그렇게 똑 부러지게 거래하지도 않는다. 매일 방 값이 몇 전 몇 푼이라고 따져볼 수는 있지만, 시일이 한참 지나 매달 한 번 지불하니, 사는 것과 방 값을 내는 것이 마치 상관없는 다른 일인 것만 같아, 그냥 방 값을 지불하는 것 같기도 하고 그냥 그 방에서 사는 것 같기도 하다. 이런 여러 이유로, 여관에서 셋집으로 돌아오자 매우 자연스럽게 느꼈다.

그러나 셋집도 결국 내 집은 아니다. 객지 생활이 권태로울 때마다 고향의 위앤위앤탕이 생각난다. 거기에는 내 고향의 모든 것이 있고, 나의 친한 친구가 있고, 내 집이 있고, 내 서재가 있고, 내가 직접 심은 파초·앵두·포도가 있다. 남의 집을 세 내어 간단한 기물을 사용하는 것에 비하면 훨씬 자유롭다. 잠시 세 내 묵다가 언제라도 해약할 수 있는 셋집 생활에 비하면, 결국 훨씬 영구적이다. 셋집에서는 뭔가 좀 수리하거나 장식하려면 이래저래 따져봐야 한다. 마당에 뭔가 좀 심으려고 할 때마다 역시 마음이 편치 않다. 그래서 고향 집이 생각난다. 수리나 장식을 못하거나 마당에 뭔가를 심지 못하는 건 그래도 그 다음 문제다. 내가 걱정하는 것은 그 시설을 장구하게 사용할 수 있느냐 하는 것이다. 셋집 침대에서 자면 여관에서처럼 그렇게 들뜬 느낌은 없지만, 셋집 의자에 앉으면 여관에서처럼 그렇게 불안정한 느낌은 없지만, 그런 가구들은 단지 셋집 땅 위에 늘어놓은 것일 뿐, 집에 있는 물건처럼 뿌리를 내려서 고정된 느낌은 없다. 객지 생활에 권태로운 심정이 강렬해지기 시작하면서, 셋집을 떠나 집으로 돌아왔다. 여기서 말하는 집은 바로 내 고향 집이다.

셋집을 떠나 고향 집으로 돌아오니 마음이 아주 편안하다. 주인이 돌아왔으니, 파초가 허리 굽혀 인사하고, 앵두가 고개를 끄덕이고, 포도송이는 특별한 환영의 표시로 잎을 몇 장 날려왔다. 두 아이가 달려와 내 옷을 잡아끌고, 일꾼은 집을 청소하느라 바쁘고, 아내는 채소와 고향의 두부말림과 겨울나물과 붉은쌀밥을 볶느라 바쁘다. 창 밖에는 고향의 하늘이 있고, 문밖에는 눈에 익은 행인

집

225

들이 스먼완 토박이말을 하며 지나간다. 또 갖가지 등짐장수가 물건 사라고 외치는데, 그 소리가 하나같이 익숙하다. 이제야 흔들리며 표류하던 배에서 뭍으로 올라와 실제 땅을 밟은 느낌이다. 여기는 가장 자유롭고 영구적인 나의 본가요, 내가 돌아와 묵을 곳이요, 내 집이다. 셋집에서 집으로 돌아오니 마음이 너무 편하다.

그러나 깊은 밤 인적이 끊어질 때쯤, 침대에 누워 앞서 말한 여러 가지 느낌을 돌이켜보니, 마음이 또 불안해진다. 여기도 내 진정한 본가는 아닌 듯하고, 내가 진정 돌아가 묵을 곳, 진정한 나의 집은 여전히 아닌 듯하다. 우주의 원소가 잠시 결합하여 이루어진 내 몸, 태초 이전부터 갖가지 인연이 서로 모이고 합해져 이곳에서 내가 태어났다. 우연인가? 우연이 아닌가? 우연이라면 나는 또 왜 이 허망한 몸과 땅에 연연하는가? 우연이 아니라면 누가 조물주인가? 그를 찾아야 한다. 그를 찾아가서 나의 진정한 본가를, 진정 내가 돌아가 묵을 곳을, 진정한 집을 찾아야 한다.

이렇게 생각하니 지금 나는 우주의 원소가 잠시 결합한 껍데기를 가지고 태초 이전부터 갖가지 인연이 서로 모이고 합해져 이루어진 곳에 잠시 묵고 있을 뿐, 돌아갈 '집'이 없다. 돌아갈 '집'이 없다면 가는 곳마다 '집'이라고 해도 무방할 것이다. 지금까지 말한 여러 차례 불안한 마음은 모두 내 망념에서 생긴 것이다. 생각이 예 이르자, 그제서야 나는 아주 편안한 마음으로 잠이 들었다.

1936년 10월 28일

  얼굴

사람들이 얘기하고 토론하는 자리에선, 그들이 하는 말의 뜻을 들으려고 하기보단, 그 얼굴의 변화를 보는 게 훨씬 재미있다. 또 얼굴의 변화를 통해 각각의 심리를 더 깊이 이해할 수 있기도 하다. 복잡 미묘한 감정이야말로 흔히 그저 어떤 의미를 내포한 말로 표현되는 게 아니라, '표정을 만드는' 얼굴에 역력하게 드러나기 때문이다. 그뿐 아니다. 입으로는 '그렇소' 하면서도 얼굴에는 명명백백 '아니오'란 것이 드러나는 괴이한 일까지 있다. 총명한 이라면 누군가의 말을 듣고서가 아니라 그저 안색만 보고도 그 심리를 정확하게 꿰뚫을 수 있다. 그러나 내가 이 총명한 이처럼 되고 싶은 건 아니다. 그저 사람의 얼굴을 마치 하나의 조각판처럼 보는 것이 좋을 뿐이다.

얼굴을 보다 보면, 얼굴은 당연히 현재와 같아야 한다고 생각하게 된다. 그러나 자세히 응시하면, 얼굴은 참으로 이상한 것임을 느낀다. 누구나 똑같이 한 평면에 눈 둘·눈썹 둘·입 하나·코 하나가 배열되어 있지만, 저마다 모양이 다르다. 같은 얼굴에도 또한 희노애락·질투·동정·냉담·음험·당황·부끄러움…… 등 천만 가지 표정이 있다. 사전에 수록된 감정과 관련된 형용사를 얼굴에서 모두 드러낼 수 있다. 그렇게 수많은 차이가 나는 원인을 따져보아도, 결국 몇 치 넓이 조각판 모양과 색깔의 변화에 지나지 않는다.

오관을 놓고 보면, 얼굴 표정에서 아무런 소용이 없는 것은 귀라고 해야 할 것이다. '인류의 야수적 형상을 가장 잘 드러낸 것이 귀'라던 한 문학가의 말이 떠오른다. 예전에 큰 종이를 한 장 가져다 가운데에 둥글게 구멍을 내서 한 친구의 귀에 걸고, 오로지 귀만의 생김새를 본 적이 있다. 한참 보고 있자니, 그게 귀라는 걸 모르고, 갈수록 무섭게 느껴졌다. 아마도 귀가 줄곧 구레나룻 뒤쪽에 숨어 있어 평소 얼굴 표정의 무대에 등장하지 않기 때문일 것이다. 오직 일본의 문학가 아쿠타가와 류노스케만이 '조가비처럼 영롱하고 새하얗다'며 중국 여인의 귀에 경의를 나타낸 적이 있다. 그러나 귀가 아무리 아름다워도 역시 구레나룻 뒤쪽에 자리한 옥란화라고나 할까, 장식물에 불과할 뿐 표정하고는 아무 관련이 없다.

사실 귀는 얼굴 가장자리에 있어, 단지 얼굴이라는 부조판의 두 고리 손잡이 정도나 될까, 부조판의 범위 안에 들지는 못한다.

　얼굴이란 부조판 안에서, 얼굴 중의 북극성이라고 할 만한 것이 코다. 중앙에 떡 하니 고정되어, 눈썹 · 눈 · 입 등이 한결같이 코를 중심으로 활동하며 갖가지 표정을 만든다. 눈썹은 위쪽에 위치하여, 형태는 비교적 간단하지만 눈과 표리 관계를 이루고 있어서 눈의 반주자 역할을 한다. '얼굴 표정'의 주요 선율을 연주하는 주인공은 눈과 입이다. 눈과 입은 성질이 다르다. (옛날 동진 시대 유명한 화가인) 구카이지(顧愷之)는 '실감나게 그렸느냐 못 그렸느냐의 관건은 바로 눈에 달려 있다'고 말했다. 그래서 그는 사람을 그릴 때마다 몇 년 동안 차마 눈을 그려넣지 못했다고 한다. 이렇게 보자면, 가장 풍부하게 표정을 연출하는 것이 눈이다.

　그러나 입도 만만치 않다. 초상화가 실제 그 사람을 닮았는지 아닌지가 흔히 입에 의해 결정되곤 한다. 분필로 칠판에 임의로 얼굴을 하나 그려놓고, 입의 모양 · 크기 · 두께 · 곡선 · 방향 · 위치 등을 조금 바꿔보면, 갖가지 완전히 다른 표정이 나온다. 그러므로 얼굴 표정에서는 눈과 입이 마찬가지로 중요하다. 눈은 '색깔'과 관계가 있고, 입은 '모양'과 관계가 있다. 눈은 그 위치를 옮기지는 못하지만, 푸른 눈 · 하얀 눈…… 여러 색의 눈이 있다. 입은 비록 색은 없지만, 오관 중에서 모양과 위치의 변화가 가장 다양하다. 얼굴을 하나의 가정으로 보면, 입은 남자, 눈은 여자이다. 두

THEY ARE THE EYES OF EQUALS

—TURGENIEV—

평등

가지가 항상 어울리며, 이 가정의 여러 생활 모습을 만들어낸다.

　좀더 깊이 들어가서, 얼굴 구조의 본질 문제를 생각해보면 어떨까? 신이 인간을 창조한 것이라면, 신은 인간을 창조하면서 어떤 이치로 얼굴을 만들었을까? 아니면 임의로 만들었을까? 오관의 모양을 만들고 위치를 배열한 방법은 필연이었을까? 우연이었을까? 생리적으로 말하면, 아마도 실용적 원칙에 따랐을 게다. 이를테면 눈을 보호하라고 눈썹을 눈 위에 배치했다거나 미각을 도우라고 코를 입 위에 배치했다거나……. 그러나 조형적으로 말하면, 꼭 그렇게 일률적일 필요가 있을까 싶다. 실용적으로 편한 또 다른 배열법이 있었더라도, 우리는 마찬가지로 그것이 얼굴임을 인정하고 그 표정을 알아볼 수 있었을 것이다.

　갖가지 동물의 얼굴도 또 다른 실용적인 원칙을 따라서 모양을 만들고 위치를 배열한 것이다. 그러나 우리는 동물의 얼굴에서도 마찬가지로 표정을 볼 수 있다. 동물의 얼굴은 근육이 대부분 잘 움직이지 않기 때문에, 사람 얼굴만큼 표정이 풍부하지 못할 뿐이다. 개의 얼굴을 자세히 보면, 갖가지 개의 생김새도 다르다는 깃을 알 수 있다. 우리는 평소 각 개의 차이를 말살해버리고, '개'라는 한 가지 개념으로 아우르곤 한다. 개의 개성을 존중하면서 심혈을 기울여 그 모습을 관찰하려는 사람을 만나기 쉽지 않다. 어린 시절 처음 상하이에 가서, 서양 사람을 처음 보았을 때도 그랬다. 그 얼굴이 그 얼굴인데다. 제복 입은 조계(租界) 경찰들은 두말할

얼굴

231

나위가 없었다. 어머니는 매년 상하이에 한두 차례 오시는데, 서양 사람을 보실 때마다 '이 냥반 또 보는구만' 하고 말씀하신다. 사실 서양 사람이나 인도 사람이 나를 보아도 아마 똑같을 것이다. 이것은 각각 황인종과 백인종으로 인종이 다르기 때문이다. 우리가 일본 사람이나 한국 사람을 볼 때는 이런 느낌이 없다.

이런 인종의 차이를 의식하지 않고 분별하려는 마음을 넓혀 나가 금수에까지 이른다면, 금수의 모습도 분별하여 알아볼 수 있을 게다. 내 생각에 사람 얼굴 모양과 위치도 반드시 지금 같아야 하는 건 아니며, 우연히 이렇게 배열된 것뿐이다. 설령 달리 배열되었다 해도 마찬가지로 표정이 있을 것이다. 다만 현재 상태의 얼굴을 보는 것에 이미 오랫동안 익숙하여, 이런 얼굴 표정을 분별하여 알아보는 능력이 특히 풍부하고 섬세하게 된 것일 뿐이다.

특별히 눈이 잘 훈련된 예술가, 특히 화가들은 얼굴 표정 식별력을 넓혀 나가, 자연계 일체의 생물과 무생물에서도 갖가지 표정을 잘 본다. 여기서 '의인화'의 시각이 생긴다. 복사꽃에서 웃는 얼굴을 보고, 연꽃에서 화장한 얼굴을 본다. 독일의 이상파 화가 뵈클린(Böcklin)은 파도를 묘사하면서, 큰 파도가 작은 물결을 삼켜버리는 것을 상징하여 마왕이 연약한 여자를 따라가 덮치는 모습으로 그려냈다. '의인화'의 극치가 아닐 수 없다. 화가가 아닌 보통 사람이라도, 얼굴 표정 보는 법을 일체 자연계에 응용하면 만물의 표정을 볼 수 있다.

한 아이가 하는 말을 들은 적이 있다.

"피아노 덮개를 여니까, 입 안 가득 가지런하고 새하얀 이가 보이는 누구누구하고 똑같네요."

"잉크병은 이웃집 뚱뚱한 아줌마 같아요."

나는 그 아이의 풍부한 조형성에 탄복했다. 아이는 어른에 비해 개념이 약하고 직관이 강하다. 그래서 무얼 보면 의인화 인상이 더욱 많고, 만물의 진상을 잘 본다. 예술가는 바로 아이의 이런 직관적인 감성을 배운다. 예술가는 자연에서 생명을 봐야 한다. 풀 한 포기 나무 한 그루에서 자기를 발견해야 한다. 그래서 동화된 마음이 일체의 자연에 이르도록 넓혀나가, 일체의 자연을 정(情)이 있는 것으로 아울러야 한다.

이렇게 말하고 보니, 얼굴에만 표정이 있는 것이 아니다. 눈밝은 사람의 눈에는 얼굴 표정과 마찬가지로 이름없는 모양, 의미없는 배열에도 모두 뚜렷하고 다채로운 표정이 있다. 중국의 서예가 바로 그렇듯이.

1929년

예전부터 글을 한 편 쓰고 나면 늘 '시아 선생님이 이걸 보시면 뭐라고 하실까' 생각하곤

했다. 바로 시아 선생님의 지도와 격려 덕에 글을 쓰게 되었기 때문이다. 오늘 이 글을 다

쓰고 나서 또 본능적으로 '시아 선생님이 이걸 보시면 뭐라고 하실까' 생각하니, 누 술기

뜨거운 눈물이 원고지 위에 무겁게 떨어진다.

보하오의 죽음

보하오는 내가 열여섯 살 때 항저우사범학교에 다닐 때 같은 반 친구이다. 보하오는 나와 같은 해에 사범학교에 합격했다. 그해 입학한 예과 신입생은 모두 팔십여 명인데, 갑과 을 두 반으로 나뉘었다. 무슨 묘한 인연인지는 모르겠지만, 나와 보하오는 같이 갑반에 배당되있다. 전교생은 사오백 명으로 모두 열 반으로 나뉘었는데, 자습실은 반 차례대로 하지 않고 사감 선생님 뜻에 따라 섞어서 배당했다. 그래서 각각 스물네 명으로 이뤄진 자습실에는 예과부터 사학년까지 각 반 학생이 모두 있었다. 서로 의견을 교환하면서 학문을 갈고 닦으라는 교육 방침에 따른 것이었다.

처음 학교에 들어갔을 때에는, 사람이고 지역이고 무척 낯설었고, 눈을 들어 어딜 봐도 친한 사람 하나 없어 서글펐다. 내 영역은 지정된 자리 하나뿐이었고, 내가 소유한 모든 물건은 서랍 하나에 들어 있었다. 그밖에는 모든 것이 낯선 광경이요, 모르는 학우뿐 — 그것도 먼저 학교에 들어온 상급생이 다수였다. 그들은 거리낌 없이 이야기하고 크게 웃으며 주전부리를 했다. 때론 묘한 눈빛으로 몇몇 신입생을 주시하며 우리가 알아듣지 못하는 암호 같은 말을 끼리끼리 몇 마디씩 하는 것이, 마치 비웃거나 조롱하는 듯했다. 이런 분위기가 너무나 어색했던 나는 그저 우두커니 앉아 있었다. 비스듬한 맞은편에도 누군가 우두커니 앉아 있었는데, 모양새를 보아하니 그도 신입생이었다. 난 그와 얘기하기 시작했고, 그가 바로 내가 처음 사귄 친구, 보하오였다. 이름은 양지아쥔이고, 위야오 사람이었다.

자습실 윗층은 침실이었다. 자습실은 방마다 스물네 명이 들어갔고, 침실은 방마다 열여덟 명씩 들어갔는데, 이용자를 배정하는 순서는 같았다. 마치 갑·을·병·정의 십천간과 자·축·인·묘의 십이지지를 배합하듯 배정하다 보니 점점 차이가 생겨서, 같은 자습실 사람이 꼭 같은 침실에 배정되는 건 아니었다. 나와 보하오가 그랬다. 우리 둘의 침대는 한 자나 두꺼운 담벽을 사이에 두고 떨어져 있었다.

당시 우리가 침대에 있는 것은 거의 잠자는 시간뿐이었다. 매일 밤 아홉시 반에 출입문을 열고 열시에 소등하는 것이 침실 규칙이었기 때문이다. 학생들은 일단 침실에 들어가면 곧장 침대로 들어가야 했다. 다음날 여섯시와 일곱시 사이에 침실 책임자가 복도를 왔다갔다하며 호르라기를 불어 모든 학생들이 침대에서 나오게 한 다음 곧바로 출입문을 잠궜다. 이때부터 저녁 아홉시 반까지 하루 종일 우리가 돌아갈 곳이라고는 반쪽짜리 책상(자습실에서는 두 사람이 한 책상을 같이 썼음)과 의자 하나뿐이었다. 그래서 우리는 이 감미로운 휴식 공간인 침대를 무척 그리워했다.

하지만 차라리 어둠 속에서 더듬더듬 침대에 들어갈지언정, 잠자기 몇 분 전 불이 켜진 짧은 시간 동안 우리는 곧바로 침대에 들어가지 않고 늘 몇몇 친구끼리 침댓가에 모여 담소를 나누었다. 나와 보하오는 불행하게도 벽을 사이에 두고 떨어져 있어서 침대를 맞대고 담소를 나눌 수 없었다. 그래서 늘 방문 밖 복도로 나가서 창가에 기대어 이야기를 나누었다. 때로는 소등할 때까지 이야기가 이어져서, 주위의 침묵에 우리 말소리가 유난히 도드라지면 보하오가 나지막히 '모두들 자는데 우리만 깨어 있네' 하고 읊조리며 헤어져서 어둠 속에서 각자 침대에 들곤 했다.

보하오가 나보다 나이가 조금 많았던 것 같은데, 확실히 기억나지는 않는다. 지금 돌이켜보면, 보하오는 그때 겨우 열일고여덟 살이었지만, 깊이 있고 냉철한 두뇌의 소유자요 생각이 비범하고 탁월해서, 어느 모로 보나 똑똑하고 개성이 강한 소년이었다. 그때 나는 정말이지 아무것도 모르는 어린 초등학생과 다를 바 없어서,

암송하기

가슴에 아무런 포부 없고 눈앞에 정한 자기 길도 없이 그저 인습과 전통을 종처럼 충실히 따를 뿐이었고, 학교에서는 사람이 운전하는 대로 작동하는 공부하는 기계나 마찬가지였다.

내가 보하오와 어울린 건 그의 그릇을 알아줄 만한 식견이 있어서가 아니라 그저 내가 제일 먼저 사귄 친구였기 때문이다. 그가 나를 버리지 않은 건, 이제 생각하면 역시 나를 맨 먼저 알았기 때문이지, 나와 뭔가 통해서가 결코 아니었다. 아무리 잘 봐줘도 나는 영락없는 어린애면서도 그나마 공부는 열심히 하려는 아이로 보였을 것이니, 그래서 나하고 말하는 걸 좋아했을 뿐이리라.

그렇게 대화를 나누면서 우리 사이는 점점 깊어졌다. 한번은 보하오에게 내가 시험 본 상황을 얘기해주었다.

"난 이번에 세 학교를 시험 봤어. 제일중학하고 갑종상업, 그리고 이 사범학교."

"왜 세 군데나 봤어?" 그가 물었다.

나는 솔직하게 말했다.

"소심해서 그렇지 뭐! 떨어져서 그냥 귀향하는 것도 낭패 아냐? 작은 학교에서 최우등생으로 졸업하긴 했지만, 이런 큰 학교에 와서 시험을 보니, 붙을지 떨어질지 알 수가 있어야지? 다행히 운이 좋았지. 상업학교는 일등으로 붙었고, 중학교는 팔등으로 붙었고, 여기는 삼등으로 붙었어."

"그런데 왜 여기로 온 거야?"

"어머니가 선생님을 찾아가 상의했는데, 선생님께서 사범학교가 좋다고 하셔서, 그래서 여기로 온 거야."

보하오는 날 보고 웃었다. 나는 그 뜻을 모르고, 도리어 득의만면했다. 조금 있다 보하오는 슬그머니 경멸하는 태도를 보이며 말했다.

"꼭 그래야 되는 거야? 너 자신이 확고한 의식이 있어야지! 그럼 네가 여기 온 건 진심이 아니야, 사범학교에 뜻이 있어 온 게 아니라구."

나는 대답하지 않았다. 사실 당시 내 마음속에는 오로지 어머니 말씀, 선생님 가르침, 교칙 이런 것만 있을 뿐, 그 밖에 무슨 확고한 의식이니, 진심이니, 포부니 하는 것은 전혀 꿈도 꿔본 적이 없었다. 그의 말은 나를 자극하여, 문득 스스로를 깨닫게 했다. 처음에는 자신의 태도가 확실히 진심이 아니었음을 깨달았고, 다음으로는 자신의 비겁이 가련하다는 것을 깨달았고, 마지막으로 방금 그에게 내 시험 성적을 자랑한 것이 얼마나 부끄러운 짓인지를 깨달았다. 어쨌든 난 이미 마땅히 자각했어야 할 소년이었다. 보하오의 말은 나의 자각을 촉성시켰다. 그날부터 나는 보하오에게 외경의 마음을 품게 되었다.

보하오는 학교에서 제정하고 전교생이 복종하는 기숙사 규칙을 늘 못마땅해했다. 한번은 내게 이런 말을 한 적도 있다.

"우리는 사람이 아니야. 닭이나 오리 떼야. 새벽에 마당으로 내

보냈다가 밤에 조롱으로 들여보내 문을 잠그는……."

저녁 아홉시 반이 되어, 수많은 학생들이 침실 출입구에서 서로 밀치면서 침실 책임자가 문을 열기를 기다릴 때면 보하오는 '죄수를 풀어줘라!'고 말하곤 했다. 그러나 당시 우리는 침실 출입구를 열고 닫는 것이나 전등을 켜고 끄는 것이나 모두 날이 새고 저무는 것처럼 절대 어길 수 없는 정해진 규율로 보았다. 침실 책임자는 아무나 침범할 수 없는 권위를 지닌 천사와 같아서, 누구 하나 감히 불평을 품거나 원망의 소리를 낼 수 없다고 생각했다. 나조차 보하오의 말을 그저 우스갯소리로 받아들였으니, 전체 사오백 명 학우에게 공포해도 결코 무슨 영향을 끼칠 리 없었다. 게다가 나라는 학생은 절대 복종하는 착한 학생이었다.

그런데 어느 날인가 오후에 마치 학질에 걸린 듯 몸이 갑자기 으슬으슬했다. 그러나 그때는 침실 출입구를 굳게 닫아건 시간이라, '옷을 가져온다'는 건 생각도 못하고 그저 자리에 엎드려 있었다. 보하오가 내 상태를 알고는 물었다.

"왜 옷을 더 가져다 입지 않는 거야?"

"침실 출입구가 닫혀 있잖아!"

"그런 게 어디 있어? 여기가 진짜 감옥은 아니라구!"

그는 내 대신 침실 책임자한테 가서 문을 열어달라고 한 다음 옷과 이불을 갖다 주었고, 또 양호실까지 데려가 푹 잠을 자게 해주었다. 가는 길에 보하오가 말했다.

"그렇게 소심해서 복종만 할 필요는 없어. 모든 일에는 순리가 있는 거야. 우리가 정말 무슨 군인이나 죄수는 아니잖아?"

어느 날 수업을 하는데, 선생님이 차례대로 출석을 불러서 '양지 아쥔'을 불렀건만, 대답하는 사람이 없어서 호명이 끊겼다. 선생님이 반장에게 물었다.

"양지아쥔은 왜 또 안 온 거야?"

"모르겠습니다." 반장이 말했다.

"또 무단결석이군. 가서 불러와."

선생님은 화가 머리끝까지 나서 말했다.

반장은 마치 포졸처럼 명령을 받들어 범인을 잡으러 갔다. 우리 전체 사십여 명은 정숙하고 단정하게 앉아 있었고, 선생님은 여전히 얼굴에 노기가 서린 채 뒷짐을 지고 강단에 서 있었다. 교실에 엄숙한 분위기가 쫙 깔렸고, 우리는 범인이 등장하기만 기다렸다. 얼마 되지 않아, 반장이 빈손으로 돌아와 말했다.

"안 온다는데요."

사십여 쌍 눈동자가 일시에 선생님의 얼굴에 집중되었다. 선생님은 콧구멍으로 '흥' 소리를 한번 내뱉더니 연필을 들어 출석부에 무시무시하게 동그라미 표시를 했다. 그러고는 책을 펴고 수업을 시작했다. 우리 사이 공기는 갈수록 더 엄숙해져, 마치 모두가 그 '흥'에 무슨 비법이 담겨 있는지 맞춰보는 듯했다.

수업이 끝나자, 너도 나도 보하오를 보려고 우리 자습실로 몰려

갔다. 모두들 호기심과 연민이 서린 눈빛으로 보하오에게 물었다.

"왜 수업에 안 들어왔니?"

보하오는 그저 책상 위의 『소명문선(昭明文選)』을 뒤적거리며 웃고는 대답하지 않았다. 누군가 진심으로 충고했다.

"몸이 아프다고 말하지 그랬어?"

보하오는 『소명문선』을 덮으며 대답했다.

"아프지도 않은데 어떻게 거짓말을 해?"

모두들 웃고는 가버렸다. 나중에 내가 찻물을 받으러 가는데, 도중에 웬 학우들이 우리 반장을 둘러싸고 그가 하는 말을 듣고 있었다. 그들 옆으로 다가가자니 반장 말소리가 들렸다.

"출석부에 커다란 빵떡이 그려지면…… 학감이 걔를 불러오라고 사람을 보내서……."

몇몇이 듣다가 혀를 찼다. 또 누군가 말하는 게 들렸다.

"앞으로…… 유급되거나, 아니면 제적당할지도……."

"게다가 그동안 학비도 물어내야……" 또 다른 목소리였다.

나는 '흥'이 결국 무슨 작용을 하는지, 큰 빵떡이 무슨 효과가 있는지 몰랐지만, 이렇게 여론이 분분한 상황을 보니, 보하오가 무척 걱정되었다.

그날 밤 나는 또 복도 창가에 기대어 보하오와 이야기를 나누었다. 그 때문에 하루 종일 걱정한 나는 보하오에게 간절히 권했다.

"너 왜 수업에 안 들어오는 거야? 출석부 네 이름 밑에 큰 빵떡이 그려졌대. 유급당할지도 모르고, 제적당할지도 모르고, 학비를 물어내야 할지도 모른대."

보하오는 조용히 말했다.

"그 선생 수업은 정말 들어가고 싶지 않아. 사실 다른 아이들도 출석부 빵떡과 성적 조정이 무서워 할 수 없이 수업을 듣는 거야. 난 그렇게는 못해. 그 선생이 하는 것은 무엇이든 필요없어."

"너 같은 괴짜는 전교에 하나도 없을 거야!"

"이게 바로 내가 나인 이유라구!"

"……."

무단 결석으로 양지아쥔의 이름은 얼마 안 가 전교를 뒤흔들었고, 모두 그건 특이한 대사건이라고 생각했고, 교사들도 저마다 주의를 기울였다. 보하오는 줄곧 사감·학감의 소환과 질책을 받았다. 그러나 보하오는 태연자약했다. 소환당할 때마다 결연히 갔다가 히히 웃으며 돌아왔다. 그리고 장서루에 가서 『사기』『한서』 등을 대출하여 정신을 집중하여 낭독할 뿐이었다. 오직 나만 그 때문에 걱정하다, 얼마 안 가 방학이 되었다. 학교에서는 그에게 아무런 징벌도 내리지 않았다.

이학기째, 보하오는 여전히 학교에 나왔다. 그러나 기분이 아주 안 좋은 듯했다. 우리는 항저우에 점점 익숙해졌다. 때는 삼월 봄날이라, 일요일에 나는 그와 둘이서 종종 시후의 산수에 놀러 갔다. 보하오는 유흥을 즐겼고 방법도 독특했다. '시후에서 놀 때는 말이야, 목적 없이 느긋하게 놀아야 돼, 장소를 정할 필요 없어. 다니다 피곤하면 쉬고 말이야' 하고 그는 말했다. '시후에 놀러 가려면 이름없는 곳에 가야 돼! 사람들이 가보지 못한 곳 말이야' 하기도 했다. 보하오는 나를 데리고 바오츠우탑(保俶塔) 옆 산봉우리에도 갔고, 레이훵탑(雷峰塔) 뒤 황야에도 갔다. 우리는 인적 없는 곳에 앉아, 구름을 보면서 빵을 씹어 먹었다. 떠나면서 보하오는 동전 두 개를 꺼내 큰 바위 위에 올려놓고, 다음에 와서 가져가겠노라고 했다. 그리고 두세 주 지나서, 다시 그곳에 놀러 가 동전이 파랗게 녹이 슨 채 원래 모양 그대로 바위 위에 놓여 있는 것을 보고, 얼마나 기쁘고 감탄을 했던지! 보하오가 말했다.

"여기는 우리 금고야, 우리는 천지를 집으로 삼았어."

당시 나는 아직 뭘 모르는 철없는 학생이라서 제딴에는 무슨 창의적이라고 할 만한 소견이 전혀 없었지만, 보하오의 그런 특이하고, 신기하고, 남들과는 전혀 다른 행동과 말투를 알아볼 안목은 그래도 있어서, 그의 일거일동이 내게는 모두 크나큰 흡인력이 있었다. 나는 모르는 사이 점점 마음이 기울어 그를 따랐다. 그러나 운명은 우리 사귐을 더는 연장해주려 하지 않았다.

우리 체조 선생은 군인 출신이었던 듯하다. 우리 학교에는 꽤 무거운 모제르 총 백여 자루가 있었다. 내가 제일 무서워하고 보하오가 제일 혐오한 것이 바로 그 무거운 총을 메고 군대식 체조 수업을 하는 것이었다. 그 군대식 체조만 떠올리면 지금도 등에 식은땀

이 난다. 게다가 나는 다리 구조에 이상이 있어서, 엉덩이를 발뒤꿈치에 붙이고 앉을 수가 없었다. 무릎쒀자세를 할 때마다 있는 힘을 다해 앉으려고 했지만 너무나 아팠고, 그나마 한 치 정도가 붙지 않고 틈이 남았다(나중에 도쿄에 갔을 때도 이 다리 때문에 애를 먹어, 자리에 앉을 때 일본 사람처럼 예의를 차리지 못하고, 다리를 쭉 뻗고 앉아야만 했다). 체조 선생은 비록 군인 출신이었지만 다행히 그렇게 사납진 않았다. 내가 꿇어앉지 못하는 게 정말인 걸 알고 양해해주기는 했지만, 그래도 '늘 연습해야 돼. 무릎쒀 자세는 아주 중요한 거야' 하고 말하는 걸 잊지 않았다.

　나중에 체조 선생은 조교를 하나 데려왔다. 조교는 전형적인 군인으로 학생들을 모두 군인으로 대했다. 말하는 것이 모두 명령투였고, 아주 사나웠다. 그는 내가 무릎쒀자세를 할 때 다른 사람보다 몸이 한 단 높이 솟는 것을 보고, 사유는 따지지 않고, 내 뒤로 와 발로 내 등을 찍어누르고 두 손으로 내 어깨를 있는 힘껏 내리눌렀다. 나는 고통을 참을 수 없어, 총과 뒤엉켜 바닥에 쓰러졌다. 또 한번은 그가 '들어총' 하고 외쳤는데, 나는 한창 무언가를 생각하느라고 넋이 나가 구령을 듣지 못했다. 그는 사나운 목소리로 나를 혼냈다.

　"십삼번! 귀먹었나?"

　그 소리를 듣는 순간, 나는 모제르 총 자루로 그 군인의 머리를 날려버리고 싶은 충동이 이는가 싶더니, 총을 버리고 도망가고 싶

사철나무 가지치기하며 연상하다

기도 했다. 그러나 결국 총을 들었다. '십삼번!' 이런 호칭이 너무
나 지겨웠고, '귀먹었나?' 이런 말은 더욱 가증스러웠다.

그러나 당시의 형세상, 만약 내가 정말로 조교의 머리를 후려치
거나 총을 버리고 도망갔어도 그는 분명히 나를 맞받아치거나 무
력으로 막았을 것이고, 또 나를 도울 학우가 한 명도 없었을 것이
다. 그는 비록 군인이었지만 우리 선생이기도 해서, 점수를 깎고,
과실을 기록하고, 제적시키고, 학비를 추징하는 등의 권한이 있었
기 때문이다. 그런 태평한 세상에 누가 자기 위험을 무릅쓰고 남의
일로 소동을 일으키려 하겠는가! 나는 그런 형세를 충분히 알았기
에, 결국 꾹 참고 총을 들었고, 다행히 보하오는 그때 이미 오랫동
안 체조 수업에 나오지 않았으므로 그 군인의 신경을 건드리지 않
았다.

뿐만 아니라, 보하오는 좋아하지 않는 과목은 수업에 들어가지
않았다. 친구의 권유, 선생의 조사, 학감·사감의 훈계 등으로는
그를 조금도 움직일 수 없었다. 보하오는 자기만의 『사기』·『한
서』를 읽을 뿐이었다. 그래서 전교에 '양지아쥔이 정신 이상이다'
는 소문이 무성했다. 창 밖을 지날 때면 대부분 걸음을 멈추고 마
치 귀신 얼굴 쳐다보듯 그 정신 이상자의 거동을 살그머니 엿보려
하였다. 남들이 하도 그러니 나도 의심이 생길 정도였다.

'보하오가 정말 정신 이상이면 안 되는데!'

곧 여름 방학이 왔다. 학교를 떠나기 전날, 보하오는 또 나하고

산에 놀러 갔다. 그러고는 돌아오는 길에 갑자기 내게 말했다.

"이게 우리 둘의 마지막 놀이야."

나는 깜짝 놀라 어찌된 영문인지 캐물었고, 그제서야 보하오가 이미 학교를 떠나기로 결심했다는 것과 다음날 바로 이별해야 한다는 것을 알았다. 내 마음은 아주 혼란스러웠다. 나는 보하오가 그토록 갑자기 떠나게 된 것에 놀랐고, 우리 교유가 마지막이라는 것이 애석했다. 그러나 학교에서 보하오의 처지를 생각해보면 이제부터 해방되는 것이므로 또한 축하했다.

그해 가을 개학하고부터 학교에서 보하오의 자취는 더는 찾아볼 수 없었다. 선생들로서는 골칫거리 하나가 없어졌고, 학우들로서는 웃음 거리 하나가 없어져서, 학교가 전보다 조용해진 듯했다. 나는 사숙하던 학우가 없어져, 비록 두려워하면서 복종하는 세월을 여전히 전전긍긍 보냈지만, 학교에 대한 반감, 학우에 대한 혐오, 학교 생활에 대한 염증 같은 것이 가슴속에 나날이 쌓여갔다.

그후 십오 년 생활의 대부분을 보하오는 소학교 교사를 하면서 보냈다. 내가 보하오와 왕래한 건 생계를 위해 위야오의 소학교로 그를 한두 차례 방문하러 간 것 외에는 극히 드물게 편지를 쓰는 것에 그쳤다. 편지에서도 무슨 별다른 말은 하지 않았고, 그저 근황과 안부를 대략 적을 뿐이었다. 이 십오 년 동안 보하오는 결혼을 했고, 자녀를 두었으며, 가장으로서 가정을 꾸리는 부담 때문에 위야오의 각 소학교를 전전하면서 소학교 교육계에서 분주하게 근무했다는 것을 나는 알고 있다. 중간에 한번은 상하이의 어느 금융 점포에서 대서 일을 하기도 했지만, 얼마 안 있다가 소학교 교사로 돌아갔다.

내가 2월 12일 결혼하던 해, 그는 축시 몇 수를 지어 보내주었다. 그 첫 수가 '꽃의 생일 이월, 달도 차는 보름, 사흘이면 짝 이루는 원앙 한 쌍, 신선도 부럽지 않으리' 라는 것을 난 아직도 기억한다. 내가 일본에 갔던 해에는 부상(扶桑)에 비유한 '모기를 꾸짖다(叱蚊)' 라는 사언시를 보내주었는데, 처음 네 구절이 '야 이 못된 조그만 벌레야, 어찌 제 분수도 모르느냐? 사람은 용도 굴복시킬 수 있거늘, 네가 감히 대들다니!……' 였다.

또 기억나는 것으로, 그를 찾아가 이야기를 나누며, 그의 지조가 갈수록 굳건해지고 풍도가 높아지고 또 게다가 침착함이 더해진 것에 내가 얼마나 경탄했던지! 내가 이것저것 회상하다 느닷없이 '예전에 자네와 학교 다니던 일 년을 생각하면…… 정말 우스웠지!' 하고 말하자, 보하오는 고개를 저으며 웃음 지은 뒤 한숨을 내쉬며 말했다.

"왜 안 우습겠어. 나는 늘 이렇게 나인 걸……."

보하오는 수업이 끝나고 나를 데리고 위야오의 산으로 놀러 갔다. 도중에 갑자기 말했다.

"우리 또 목적지 없이 느긋하게 다녀볼까?"

보하오의 얼굴에 갑자기 꿈꾸는 듯 웃음이 서렸다. 나도 애써 어릴 적 심정을 불러내서 기쁜 척 찬성을 가장했다. 그러나 그 뜨거운 흥겨움이 나타난 것은 그야말로 잠깐에 불과했고, 곧 이어 언제나 그렇듯 그저 먼지와 과로에 상처입은 피곤한 두 몸뚱이뿐이어서, 극히 부자연스럽게 산 아래 오솔길을 다녔을 뿐이다. 이미 죽은 지 오래되었으면서 아직 완전히 식지 않은 한 마리 새처럼 최후의 몸부림을 칠 뿐이었다.

올해 늦봄, 갑자기 위츠우(育初)가 보낸 엽서를 받았다.

"쯔카이 형에게 : 양보하오가 18년 3월 12일 오전 네 시 반에 사망. 이에 소식 전함. 환위츠우 씀."

뒤에 또 작은 글씨로 추신을 덧붙였다.

"부인이 해산을 하게 되어 가정부 하나를 고용했는데, 뜻밖에도 그 가정부가 디프테리아에 감염되어 아이들에게까지 두루 전염됨. 딸(아홉 살) 아들(일곱 살) 연달아 사망함. 보하오는 근심과 슬픔에 휩싸인 나머지 역시 감염되어, 결국 일어나지 못함. 오호! 형과 그의 교분이 두터웠던 걸 알기에 이렇게 알림."

그 엽서를 읽자 마음이 너무나 혼란스러웠다. 보하오가 갑작스레 죽은 것에 놀랐고, 우리의 티끌진 인연이 종말을 고한 것이 애석했다. 그러나 이 세상에서의 처지를 생각해보면 그는 이제부터 해방되는 것이므로 또한 축하했다.

나중에 슈우(舜五)도 편지를 보내와 보하오의 사망 소식을 알렸고, 또한 위야오교육회에서 추도회를 열 것을 건의했다고 하면서, 나더러 조사를 써달라고 부탁했다. 쩌민(澤民)이 보하오 추도회를 처리하러 상하이에서 위야오로 돌아가기로 했다. 나는 응당 상례용 만장을 써서 그를 통해 보하오 추도회에서 걸어놓게 하여 우리 우정을 마무리해야 했다. 그러나 나는 정말이지 이 내 어지러운 마음을 운문이나 대구로 정리하여 보하오 영전의 장식품으로 삼게 할 수가 없어서, 끝내 쩌민이 빈손으로 가게 했다. 만약 보하오에게 영혼이 있다면, 그도 내가 조문하지 않은 것을 책망하지 않으리라. 아마 보하오는 학생 시절에 성적과 등수를 혐오한 것과 마찬가지로 추도회도 혐오할 것이다.

이 세상에 보하오의 자취는 이제 없다. 자연계로 치면 골칫거리 하나 없어진 것이요, 인류계로 치면 웃음 거리 하나 없어진 것이라, 세상이 종전보다 좀 조용해진 것도 같다. 나는 사숙하던 친구가 없어져, 비록 두려워하면서 복종하는 세월을 여전히 전전긍긍 보내고 있지만, 세상에 대한 반감, 인류에 대한 혐오, 생활에 대한 염증 같은 것이 가슴속에 나날이 점점 쌓여만 간다.

1929년 7월 24일 위앤위앤탕에서 [인장]

어머니

'어머니'를 소재로 글을 써서 어머니 사진과 함께 보내달라는 중국문화관 측의 청탁을 받았다. 어머니 사진이라면 내 책상 맞은 편에 줄곧 걸어놓았던 네 치짜리 한 장이 있긴 하다. 확대해서 거실에 걸어놓은 게 또 있으니, 그 작은 사진을 보내면 사진 보내는 문제야 해결되리라. 그런데 '어머니'란 글을 도대체 어떻게 시작해야 하나?

어머니 사진을 보고 있노라면, 앉아 계신 모습이 떠오른다. 어머니는 생전에 앉은 모습을 사진 찍은 적이 없다. 그러나 내 뇌리의 필름에는 그 앉은 모습이 선명히 찍혀 있다. 아직 현상하지 않았을 뿐. 이제 붓과 먹을 현상액과 정착액 삼아, 어머니의 앉은 모습을 현상해볼까 한다.

어머니는 우리 옛집 서북쪽 구석에 있는 팔선 의자에 앉곤 하셨다. 근엄한 눈빛에 입가엔 자애로운 웃음을 띠고⋯⋯.

옛집 서북쪽 구석에 놓인 팔선 의자는 늘 어머니 자리였다. 내가 어렸을 때부터 세상 떠나기 몇 달 전까지, 어머니는 틈만 나면 늘 그 의자에 앉으셨다. 아주 불편한 자리였는데도⋯⋯. 우리 옛집은 세 칸짜리 건물로, 사촌형 식구가 오른쪽에 살고, 당숙 식구가 왼쪽에 살고, 가운데가 우리 집이었다. 그러나 판자나 벽돌로 칸막이를 하지 않고 그저 좌우 양쪽에 팔선 의자를 늘어놓았을 뿐이다. 그것이 세 가정의 경계인 셈이었다. 그래서 어머니가 앉던 의자 뒤쪽은 허공이었다.

의자가 소파였다면 푹신푹신한 쿠션이 삼면에 있었을 것이니 뒤쪽이 허공이라도 상관없었을 것이다. 그러나 우리 집 팔선 의자는 나무로 만든 것이었다. 앉는 판과 등받이 각도가 구십도, 등받이라고 해봐야 그저 듬성듬성 각목 몇 개 댄 것이고, 그 높이도 그저 어깨 정도에 닿았다. 어머니가 거기 앉으면 고개를 기댈 데가 없어 도무지 불안정했다. 게다가 어머니는 의자 다리가 진흙 같은 것에 닿아 더럽혀지지 않도록 의자 다리에 나무 발받침을 두세 치 높이로 받쳐놓았다. 그래서 그 팔선 의자는 유난히 높았고, 어머니가 거기 앉으면 두 발이 둥둥 허공에 떠서 아주 불편했다.

서북쪽 구석이라면 바로 왼편 가장 안쪽 의자였다. 그 의자 안쪽은 안채로 통하는 문이었다. 안채에는 부엌이 있었고, 어머니가 의자에 앉아서 안쪽으로 고개를 돌리면 부엌이 보였다. 바람이 안쪽에서 불어오면 재 섞인 연기와 가스가 온통 어머니한테 들이쳐 아주 불결했다. 앞쪽에 서너 자 너비로 뜰이 있고, 담벼락에 문이 있고, 담 밖에 바로 우리 염색점이 있었다. 어머니가 의자에 앉아서 바깥쪽을 바라보면 염색하러 오고 가는 손님이 보였고, 왁자지껄 웅성웅성 장터 소리가 들려서 아주 소란스러웠다.

그러나 어머니는 그렇게 불안정하고, 불편하고, 불결하고, 소란스러운 우리 옛집 서북쪽 구석에 자리한 팔선 의자에 언제나 앉아 계셨다. 근엄한 눈빛에 입가엔 자애로운 웃음을 띠고…… 어머니는 그렇게 불편한 의자에 왜 늘 앉아 있었을까? 그 자리가 우리집에서 가장 요충지였기 때문이다. 거기에 앉으면 부엌도 점포도 다 볼 수 있었다. 어머니는 안팎을 모두 보려고, 자리가 불안정하건, 불편하건, 불결하건, 소란스럽건, 그런 걸 개의치 않았던 것이다.

내가 네 살 때, 아버지가 과거에 급제하셨다. 그 해 할머니가 돌아가셔서 아버지는 모친상 때문에 집에 있게 되었고, 집안일에 신경 쓰지 않고 시와 술로 우울하게 세월을 보냈다. 모친상 기간이 끝나자 과거제도가 폐지되었다. 이로 인해 아버지는 은둔 생활을 하게 되었다. 그 시기 집안일이든 점포 일이든, 안팎 모든 일이 어머니 차지가 되었다. 나는 공붓방에서 나오면 서북쪽 구석 의자에 앉아 계시는 어머니에게 다가가, 늘 그렇듯 먹을 걸 달라고 했다.

어머니는 입가에 사랑스런 웃음을 띠며 손을 뻗어 의자 정수리에 걸어놓은 바구니를 내려 과자를 꺼내 주셨고, 동시에 근엄한 눈빛으로 몇 마디 격려와 훈계를 덧붙이는 것도 잊지 않으셨다.

내가 아홉 살 때, 어머니와 우리 여섯 남매, 밭 몇 뙈기, 염색점 한 간을 남기고 아버지가 세상을 뜨셨다. 우리 집 안팎 모든 일의 책임을 어머니가 떠맡았다. 그래서 어머니기 그 의자에 앉아 있는 시간이 갈수록 많아졌다. 일꾼들이 늘 찾아와 안쪽 의자에 앉아서 어머니와 집안일을 얘기했고, 점원들이 늘 찾아와 바깥쪽 의자에 앉아서 어머니와 점포 이야기를 했고, 아버지 친구와 친척·이웃들이 늘 찾아와 맞은편 의자에 앉아서 어머니와 이런저런 이야기를 나누었고, 나도 학교에서 집에 돌아오면 늘 그렇듯 서북쪽 구석의 의자 곁에 가서 어머니께 용돈을 달라고 했다. 어떨 때는 이 네 부류 사람이 동시에 찾아와, 어머니가 일일이 상대하지 못하기도 했다. 그럴 때면 어머니는 근엄한 눈빛으로 명령하고 주의 주고 응수하곤 하면서도, 동시에 입가의 자애로운 웃음으로 격려하고 어루만지고 받아주었다. 당시의 나로선 그 광경을 늘 보았던 터라, 어머니는 그 의자에 앉도록 타고난 것으로, 네 부류 사람은 늘 그렇게 어머니 주위를 오락가락하도록 타고난 것으로 생각했다.

열일곱 살 때 멀리 공부하러 가느라고 어머니 곁을 떠나게 되었다. 떠날 무렵 어머니는 이런저런 예의범절이나 공부에 임하는 자세 등의 대사(大事)를 근엄한 눈빛으로 훈계했고, 먹고 자고 생활하는 일체의 자잘한 일들을 입가에 자애로운 미소를 띠고 챙기셨다. 내 학비를 챙기고, 짐을 꾸리고, 도시락 삼아 국수를 볶아 바구니에 넣어주셨다. 또 조그만 실패를 만들어 위쪽에 바늘을 두 개꽂아 내 가방에 챙겨 넣고 멀리까지 전송을 나오셨다. 방학하여 돌아올 때, 점포 안에 들어서면 어머니가 서북쪽 구석 팔선 의자에앉아 있는 모습이 보였다. 내가 돌아온 걸 자애로운 입가의 미소로반가워하면서, 공부를 제대로 하는지 근엄한 눈빛으로 묻곤 하셨다. 저녁에는 손수 부뚜막에서 내가 좋아하는 음식을 이것저것 해주셨고, 등불 아래서 내 학교 생활을 자세히 묻고, 격려하고, 훈계하고, 꾸중을 하셨다.

스물두 살에 졸업을 하고 일하러 멀리 가는 바람에 어머니 곁에있지 못하고 휴가 때만 귀성했다. 귀가할 때마다 어머니가 변함없이 서북쪽 구석 의자에 앉아 있는 것을 보았다. 근엄한 눈빛에 입가엔 자애로운 웃음을 띠고……. 어머니는 마음씨 좋은 주인장처럼 나를 대하셨고, 또 근엄한 선생님처럼 나를 가르치셨다.

서른 살 때 직장을 그만두고 귀향하여, 어머니 곁에서 독시와 지술을 벗삼아 생활했다. 어머니는 변함없이 매일 서북쪽 구석 팔선의자에 앉아, 근엄한 눈빛에 입가에는 자애로운 웃음을 머금고 계셨다. 다만 머리카락만이 회백색에서 점점 은백색으로 바뀌어갔다.

내 나이 서른세 살 때 어머니가 세상을 떠났다. 어머니는 옛집 서북쪽 구석 팔선 의자에 더 이상 앉아 계시지 않았다. 그러나 그 의자를 볼 때마다 어머니가 앉아 있는 모습이 늘 뇌리에 떠오른다. 근엄한 눈빛에 입가엔 자애로운 웃음을 띠고……. 당신은 나의 어머니이자 아버지였다. 당신은 혼자서 엄부자모(嚴父慈母)로서의 역할을 떠맡고, 내가 앙앙 울며 이 세상에 태어나서 서른세 살에 이르기까지 줄곧, 아니 바로 지금까지, 나를 훈계하고 나를 어루만지신다. '예전에 어른들 말씀을 들을 때면 지겨워 귀를 막곤 했지'라는 도연명의 시구처럼, 나도 그 잘못을 저질렀다. 어머니의 자애는 전부 받아들이고, 어머니의 가르침은 제대로 받아들이지 못했던 것이다. 지금도 상상 속에서 어머니의 앉은 모습을 바라볼 때마다, 어머니 입가의 자애로운 미소에는 매우 감사하면서도, 어머니 눈가의 엄숙한 빛에는 한없이 두려워지곤 한다. 그때마다 그 눈빛은 근엄한 경계와 강렬한 격려로 내게 다가온다.

1937년 2월 28일 [印]

리수퉁 선생님

　　지금부터 이십구 년 전, 열일곱 살 때 항저우의 저장성립제일사범학교에서 리수퉁(李叔同) 선생님을 처음 만났다. 그가 바로 훗날의 홍이법사다. 그때 나는 예과 학생이었고, 리 선생님은 우리음악 선생님이었다. 리 선생님의 음악 수업을 들을 때면 어떤 특별한 느낌이 들었다. 엄숙함이었다. 예비 종이 울려 음악실로 들어서던 우리는 우선 깜짝 놀랐다. 리 선생님이 벌써 교단에 단정히 앉아 있었기 때문이다. 선생님들은 늘 학생보다 늦게 온다고 생각하면서 되는 대로 노래하고, 소리지르고, 웃고, 욕하면서 문을 밀고들어서던 우리로서는 더욱이 놀라움이 작지 않았다.

　　학우들이 왁자지껄 떠드는 소리가 문간을 경계로 갑자기 사라졌다. 이어서 우리는 고개를 숙이고, 얼굴을 붉히며 자기 자리에 가서 조용히 앉았다. 잠시 후 살그머니 고개를 들었을 때 눈에 들어온 건, 깡마른 몸에 검정 저고리를 정갈하게 갖춰 입은 리 선생님의 거대한 상체였다. 말도 달릴 수 있을 것 같은 넓디넓은 이마, 가느스름한 봉황눈, 오똑한 콧마루가 교탁 위로 위엄을 드러내고 있었다. 하지만 꾹 다문 두툼한 입술 양 끝에는 늘 깊은 보조개가 있어, 온화하고 다정해 보였다. 한마디로 '온화하고 엄격하다'고 묘사하면 대체로 거의 맞을 듯싶다.

교탁 위에는 출석부, 강의록, 분필이 놓여 있었다. 피아노 덮개를 벗기고, 피아노 뚜껑을 열고, 악보를 펼치면, 피아노 머리맡에는 또 시계가 하나 놓여 있어, 반짝반짝 금빛이 우리 눈까지 곧장 쏘아들어왔다. 칠판(위아래 두 짝 이동식으로 된 것)에는 수업 시간에 쓸 내용이 또박또박 씌어 있었다(두 짝을 모두 써서, 윗짝이 아래짝을 덮어, 아래짝을 쓸 때 윗짝을 밀어낸다). 그렇게 배치된 교단에 리 선생님이 단정히 앉아 있었다. 그러다 수업 종이 울리면, 선생님은 일어나서 몸을 깊이 숙여 인사하고 곧바로 수업을 시작했다(나중에는 리 선생님의 이런 성격을 알고 음악 수업 때는 반드시 일찍 갔다. 그래서 수업 종이 울릴 때는 학우들이 이미 모두 와 있었다). 이렇게 수업을 하니, 공기가 아주 엄숙했다.

선생님에게 안 보일 줄 알고 수업할 때 노래부르지 않고 다른 책을 보거나 바닥에 침을 뱉는 학우가 있었는데, 사실 선생님은 다

알고 계셨다. 그러나 선생님은 곧바로 혼내지 않고, 수업이 끝난 뒤 아주 작고 엄숙한 목소리로 '아무개아무개는 좀 있다 나가거라' 하고 정중하게 말했다. 그래서 그 아무개아무개 학우가 서 있으면, 다른 학우들이 모두 나간 뒤에 선생님은 또 낮고 엄숙한 목소리로 '다음부턴 수업할 때 다른 책을 보면 안 돼' '다음부턴 바닥에 침을 뱉으면 안 돼' 하고 따뜻하게 말했다. 그러고 나서 살짝 몸을 굽혀 '나가 보라' 는 뜻을 표시하면, 나가는 아이들은 모두 얼굴이 빨갛게 달아올랐다.

또 한번은 음악 수업이 끝나고 마지막에 나가던 학우가 무심코 문을 너무 세게 닫는 바람에 아주 큰 소리가 났다. 그 학우가 몇 십 걸음 걸어갔을 무렵 리 선생님이 문밖으로 나오더니, 얼굴 가득 따뜻한 표정을 지으며 다시 돌아오라고 했다. 그 학우가 다가오자 리 선생님은 또 교실로 들어오라고 했다. 교실에 들어가자 리 선생님은 아주 작고 엄숙하면서 상냥한 목소리로 '다음부터 교실에서 나갈 때는 문을 살며시 닫아야 한다' 면서 그에게 몸을 숙여 인사하고, 문밖까지 배웅하고 나서 스스로 가볍게 문을 닫았다.

가장 잊을 수 없는 건 언젠가 피아노 수업을 할 때다. 우리는 사범학교 학생이라 모두가 피아노 치는 걸 배워야 했는데, 학교 전체에 풍금 오륙십 대와 피아노 두 대가 있었다. 풍금은 학생들 연습용으로 교실마다 두 대씩 있었고, 피아노 한 대는 노래 교실에, 한 대는 피아노 교실에 있었다. 피아노 수업을 할 때면 십수 명이 한

조가 되어 피아노 곁에 둘러서서 리 선생님의 연주 시범을 보았다. 한번은 한창 연주를 하는데 한 학우가 방귀를 뀌었다. 소리는 나지 않았지만 냄새가 지독했다. 피아노와 리 선생님과 십수 명 학우가 전부 암모니아 가스 속에 잠겼다. 학우들 모두 코를 틀어막거나 질색하는 소리를 냈지만, 리 선생님은 눈썹을 한 번 찌푸리더니 그대로 피아노를 쳤다(선생님은 필시 숨을 멈추었을 것이다). 피아노를 어느 정도 치자 암모니아 가스는 다 흩어지고, 선생님 눈썹은 비로소 펴졌다.

얼마 뒤 수업 끝나는 종이 울렸다. 리 선생님은 일어나 수업 종료의 표시로 몸을 숙여 인사했다. 그런데 학우들이 아직 문을 나서기 전, 리 선생님은 또 정중하게 '모두 잠깐만요. 아직 할 말이 있어요' 하고 알렸다. 모두 엄숙하게 다시 그 자리에 섰다. 리 선생님은 또 아주 작고 엄숙하면서 상냥한 목소리로 말했다. "앞으로 방귀를 뀌려면 문밖으로 나가야지, 실내에서 뀌면 안 돼요." 이어서 이제는 나가도 된다는 표시로 또 몸을 숙였다. 학우들은 모두 웃음을 꾹 참았다가, 문을 나서자마자 우루루 저 멀리까지 달려가서 한바탕 크게 웃었다.

리 선생님은 그렇게 우리에게 음악을 가르쳤다. 그래서 우리는 다른 과목보다 음악 수업을 할 때가 훨씬 엄숙했고, 다른 선생님보다 리수퉁 선생님을 훨씬 존경했다. 그때 학교에서 첫손을 꼽는 과목은 이른바 '영·국·수' 곧 영어·국어·수학이었다. 다른 학교에서는 이 세 과목 교사가 가장 권위가 있었다. 그런데 우리 학교에서는 음악 교사가 가장 권위가 있었다. 그가 바로 리수퉁 선생님이기 때문이었다.

리수퉁 선생님은 어떻게 그런 존경을 얻을 수 있었을까? 학문이 뛰어나서도, 선생님의 음악이 좋아서도 아니고, 중요한 건 아무래도 태도가 성실했기 때문이다. 리 선생님 일생일대의 특징은 '성실'이었다. 선생님은 어떤 일을 하지 않으면 그만이지만, 일단 하려고 마음먹으면 철저히 해야만 했다.

선생님은 부유한 집안 출신으로, 부친은 톈진에서 유명한 은행가였다. 다섯째 부인 소생으로, 선생님이 태어났을 때 부친의 나이는 이미 일흔둘이었다. 태어나자마자 부친이 돌아가셨고 또 가정의 변란을 만나, 청년 시절 생모를 모시고 남쪽 상하이로 이주했다. 상하이 난양공학(南洋公學)에서 공부하며 모친을 모실 때, 선생님은 풍류 공자였다. 당시 상하이 문단에는 그 유명한 호학회(滬學會)가 있었는데, 리 선생님은 호학회 글 공모에 응모하여 몇 번이나 일등을 했다. 그뒤 상하이 명사들이 선생님을 귀중히 여겨 교유가 나날이 넓어졌고, 결국 당시 상하이에서 '재자'로 이름을 날렸다. 하지만 리 선생님은 나중에 모친이 세상을 떠나 일본으로 유학을 가면서 '금루곡(金縷曲)'을 한 수 지었다.

"산발한 머리로 미친 듯 다닌다. 광대한 중원의 해 저물 녘, 까마귀 울음에 부서지는 시든 버들. 부서진 산하를 누가 수습할까? 언

제나처럼 쓸쓸히 불어오는 서풍, 집 떠난 나그네 더욱 비쩍 말라간
다. 떠나자니 강물 보며 한숨만 자꾸 푹푹, 그립다고 말하자니 더
욱 뼈에 사무친다. 술보다 진하게 시름시름 밀려오는 근심, 복받치
는 감정 우쑹강 물결에 끊임없이 철렁철렁, 해마다 버들개지처럼
흩날리고 부평처럼 떠다니는 신세가 서러워, 차마 고개 돌리지 못
한다. 스물에 세상을 놀라게 한 글을 썼다는데, 결국 이제 와선 무
슨 헛된 글이나마 남겼는가! 갑판 아래 청룡의 미친 듯한 포효 들
리고, 기나긴 밤 서풍에 잠 못 이루며, 모든 생을 생각하면 애틋하
고 쓰라리다! 조국, 홀로 등지고 떠날 수 있을까?"

이 시를 보면, 당시 선생님이 얼마나 호기롭고 애국의 열정이 뜨
겁게 타올랐는지 알 수 있다. 선생님은 출가할 때 옛날 사진을 남
김없이 보내주었는데, 그 사진에서 상하이 시절 선생님 모습을 볼
수 있었다. 비단 사발모자와 그 정가운데에 달린 네모난 백옥, 굽
은 깃 조끼, 꽃무늬 주단 도포, 뒤로 늘어뜨린 두툼한 변발, 그 아
래로 주단 허리띠와 각반, 바닥이 두툼한 신발, 이렇게 차려입고
고개를 높이 든 선생님의 모습에선 준수한 기풍이 미목 사이로 흘
러 나왔다. 정말 상하이에서 으뜸가는 풍류 공자다운 모습이었다.
이것은 모든 것에 성실한 선생님의 특성이 최초로 드러난 것이었
다. 일단 풍류 공자가 되겠다고 뜻을 세우면 철저하게 풍류 공자가
되었던 것이다.

나중에 선생님은 일본에 가서 메이지 유신의 문화를 보고는 서

양 문명을 목마르게 흠모하였다. 선생님은 곧바로 풍류 공자의 티를 버리고 유학생으로 변신하였다. 도쿄미술학교에 들어가고, 음악학교에도 들어갔다. 이 학교들은 모두 서양을 모방하여, 가르치는 것이 모두 서양화와 서양 음악이었다. 리 선생님은 난양공학에 있을 때 영어를 잘했고, 일본에 가서도 서양 문학서를 많이 샀다. 선생님은 출가할 때 잔결 있는 『셰익스피어전집』 원본을 내게 주면서 "예전에 꼼꼼히 읽었던 책인데, 책장에 이것저것 낙서도 많이 하고 흠집투성이지만, 그래도 기념은 될 만하지" 하고 말했다. 선생님은 일본에 있을 때 서양 예술 전반, 곧 회화 · 음악 · 문학 · 희극을 모두 연구했던 것이다.

또 선생님은 일본에서 봄버들극단[春柳劇社]을 창설하여, 유학생 중 뜻을 같이하는 사람들을 불러모아, 당시 유명했던 비극 〈춘희〉(뒤마 원작)를 공연했다. 선생님 자신이 허리를 가늘게 졸라매고 춘희로 분장하여 분칠을 하고 등장했다. 그 사진도 출가할 때 주셨는데, 줄곧 보관하다 항일전쟁 때 불타버렸다. 난 아직도 그 사진을 기억한다. 말아올린 머리가락, 새하얀 웃도리, 비단에 끌리는 하얀 긴 치마, 한 줌만큼 잘록해진 허리, 머리 뒤를 받친 두 손, 오른쪽으로 비스듬한 머리, 바짝 찡그린 눈썹, 비스듬히 바라보는 눈빛, 바로 춘희가 박복한 운명에 스스로 괴로워하는 표정이었다.

그 밖에 일일이 다 기록할 수 없을 만큼 연구 사진이 많다. 봄버들극단은 나중에 중국으로 옮겨왔고, 리 선생님이 손을 떼고 다른 사람들이 운영하게 되었는데, 이게 바로 중국 최초의 '화극(話劇)' 극단이었다. 여기서 리 선생님이 일본에 있을 때 철두철미한 유학생이었음을 알 수 있다. 당시 선생님 사진을 보면, 높은 모자, 딱딱한 깃, 반듯한 소매, 연미복, 지팡이, 뾰족 구두, 게다가 큰 키, 오똑한 코, 콧마루에 걸친 다리 없는 안경, 완전히 서양 사람 같았다. 이것이 모두 것에 성실한 선생님의 특성이 두 번째로 나타난 예다. 선생님은 어느 것을 배우면 완전히 그대로 똑같이 해야 했다. 유학생이 되려 한 이상, 철저히 유학생이 되었던 것이다.

귀국한 뒤 선생님은 상하이 태평양신문사[太平洋報社]에서 잠깐 편집을 맡아보다가 얼마 뒤 난징고등사범학교의 초빙으로 그림과 음악을 가르쳤다. 나중에 또 항저우사범학교의 초빙에 받아, 달마다 반은 난징에 있고 반은 항저우에 있었다. 두 학교에서는 모두 조교를 뽑아, 선생님이 안 계실 때 조교가 대신 수업을 했다. 나는 바로 항저우사범학교의 학생이었다. 그때 리 선생님은 이미 유학생에서 '교사'로 바뀌어 있었다.

이번에도 정말 철저하게 변신했다. 멋진 양복을 입지 않고, 거친 회색 도포, 검정 저고리, 헝겊 신발로 바꿔 입고 신었다. 금테 안경 또한 검은 철테 안경으로 바꿨다. 선생님은 수양이 아주 깊은 미술가여서, 의표를 곧잘 따졌다. 비록 포의지만 몸에 아주 잘 맞았고, 항상 정결했다. 선생님이 포의를 입으면 궁상이 전혀 없었고, 소박하지만 특별한 아름다움이 느껴졌다. 독자들도 상상할 수 있으리

라. 춘희로 분장할 만큼 선생님 몸집은 아주 호리호리했다. 포의를 입어도 여전히 미남자였다. '엷고 짙은 화장 무엇이든 잘 어울려' 이 시구는 원래 (중국의 전설적인 미인) 서시를 묘사한 것이지만, 리 선생님의 의표를 형용한다 해도 아주 잘 맞아떨어졌다.

지금 사람들이 '생활의 예술화'를 요란하게 떠드는데, 알고 보면 대부분 무슨 이상하고 신기한 걸 갖다 맞추는 것일 뿐 예술이 아니다. 그런데 리 선생님의 복장이야말로 생활의 예술화에 걸맞았다. 선생님이 어느 시대의 복장을 하든 그 시대의 사상과 생활이 드러났다. 각 시대의 사상과 생활이 판연히 다름에 따라 각 시대의 복장도 판연히 달랐다. 포의를 입고 헝겊 신발을 신은 리 선생님, 양복 시대의 리 선생님, 굽은 깃 조끼 시대의 리 선생님, 셋은 전혀 다른 사람 같았다. 이것은 모든 것에 성실한 선생님의 특성이 세 번째로 드러난 예다.

내가 이학년 때, 리 선생님이 그림을 가르쳤다. 선생님은 우리에게 석고 데생을 가르쳤다. 학우들은 그동안 남이 그린 걸 보고 그리는 데 익숙해져서 처음에는 이렇게 손을 대야 할지 몰랐다. 그럴듯하게 그리는 사람이 사십여 명 중 하나도 없었다. 나중에는 선생님이 시범으로 그리는 것을 보여주었다. 다 그린 그림을 칠판에 걸자, 학우들은 모두 칠판을 보면서 그대로 그렸다. 나와 몇몇 학우만이 선생님의 방법대로 석고상을 직접 보면서 그렸다.

내가 사생에 흥미가 생긴 것은 그때부터다. 교본의 그림은 원래 다른 사람이 실물을 보고 그린 것임을 나는 그때서야 훤히 깨달았다. 그렇다면 우리도 마땅히 직접 실물을 보면서 그려야지, 남이 그린 것을 그대로 따라 그릴 필요가 있겠는가? 그래서 내 그림은 진보하기 시작했다. 그뒤부터 리 선생님과 접하는 기회가 더욱 많아졌다. 내가 자주 선생님을 찾아가 그림을 가르쳐달라고 했고, 일본어도 가르쳐달라고 했기 때문이다.

그후 리 선생님의 생활은 제법 상세히 알고 있다. 선생님은 원래 성리학 관련 서적을 자주 읽었는데, 언젠가 갑자기 도교를 믿더니, 책상에는 늘 도장(道藏)이 놓여 있었다. 그때 나는 아직 철부지 청년이어서 종교까지 논하지는 못했다. 리 선생님은 그림과 관련된 것 외에 도(道)와 관련된 말은 결코 하시지 않았다. 그러나 나는, 마치 멀리 떠나려는 것처럼 선생님 생활이 날로 점점 정리되어간다는 걸 발견했다. 선생님은 쓰지 않는 물건을 종종 내게 주셨다. 선생님의 친구 일본 화가 오노 다카노리·가와이 신조·미야케 가츠미 등이 시후에 사생하러 갈 때, 선생님은 나를 데리고 그들에게 한 차례 식사 접대를 하셨다. 그러고는 나에게 그 일본인들을 안내하게 하고(당시 나는 일상적인 일본어만 겨우 구사했다), 선생님 자신은 방문을 닫아걸고 도학을 연구했다.

어느날 선생님은 따츠산(大慈山)으로 단식하러 들어가기로 결정했는데, 나는 수업이 있어서 못 가고 학교 직원인 원위(聞玉)가 모시고 갔다. 며칠 뒤 나는 선생님을 뵈러 갔다. 침대 위에 누운 선생님을 보니, 얼굴은 비쩍 말랐는데 정신만은 멀쩡하여, 평상시처럼 내게 말을 하셨다. 도합 열이레 동안 단식을 하고, 원위가 부축하고 사진을 하나 찍고, 사진 상단에 '리시웡(李息翁) 선생 단식이후 모습, 시자 원위 쓰다'라고 글을 넣었다. 그 사진을 나중에 엽서로 만들어 친구들에게 나눠 주었다. 초상 아래쪽에 활자로 '모년월일, 따츠산에 들어가 열이레 동안 단식하여, 심신이 정화되고, 환희가 강해지다 — 흔흔도인(欣欣道人) 적다'고 새겨 넣었다. 그때 리 선생님은 이미 '교사'에서 '도인'으로 변해 있었다. 도를 배우면서 열이레 동안 단식을 한 것도 선생님이 모든 일에 '성실'함을 말해주는 것이었다.

그러나 선생님이 도를 배운 기간은 아주 짧았다. 단식 후, 오래지 않아 선생님은 불도를 배웠다. 선생님이 불도를 배우는 것은 마이후 선생님의 가르침을 받은 것이라고 선생님 스스로 내게 말씀하셨다. 출가하기 며칠 전, 선생님은 나와 함께 시후 위취앤(玉泉)에 가서 츠엉중허(程中和)란 분을 만났다. 츠엉 선생은 원래 군인이었는데, 당시에는 퇴역하여 위취앤에서 살면서, 마침 출가하여 스님이 되려고 하고 있었다. 리 선생님은 그와 아주 오랫동안 애기를 나누었다.

그후 얼마 되지 않아, 나는 오노 다카노리를 모시고 위취앤에 가서 투숙하던 중 한 스님이 앉아 있는 것을 보았는데, 바로 츠엉 선생이었다. 나는 '츠엉 선생'하고 부르려다가, 뭔가 어울리지 않음

弘一大師(리수퉁 선생님) 초상

을 느꼈다. 내가 돌아가 리 선생님에게 말하니, 리 선생님도 머지
않아 역시 출가하여 스님이 되어 홍싼(弘傘)의 사제가 되려고 한
다고 말씀하셨다. 나는 깜짝 놀라 어쩔 줄을 몰랐다. 며칠 지나, 선
생님은 과연 출가하려고 사직을 했다. 출가하기 전날 저녁, 선생님
은 나와 학우 예티엔루이(葉天瑞), 리쩡융(李增庸) 세 사람더러
선생님 방으로 오라고 해서, 방에 있는 물건들을 골고루 나눠 주셨
다. 다음날, 우리 세 사람은 선생님을 후파오까지 전송했다.

　우리가 돌아와 선생님의 '유산'을 나누어 가지고, 다시 선생님
을 만나러 갔을 때, 선생님은 이미 머리를 박박 밀고, 승복을 입고,
수척한 모습으로 의젓한 법사가 되어 있었다. 나는 그때부터 선생
님을 '법사'라고 고쳐 부르기로 했다. 법사의 승랍은 이십사 년이
다. 그 이십사 년 동안 나는 이리저리 정신없이 동분서주했는데,
법사는 시종일관이었고, 수행 공부 또한 갈수록 깊어졌다. 처음에
는 정토종을 수련했고, 나중에는 또 율종을 수련했다. 율종은 계율
을 중시한다. 일거일동에 모두 규율이 있어서, 엄숙하고 성실하기
싹이 없다. 불문 중에서도 가장 수련하기 어려운 종파이다. 수백
년 동안 전통이 단절되었다가 홍이법사에 이르러 비로소 부흥하
였으니, 그래서 불문에서는 법사를 '난산(南山) 율종을 중흥시킨
제11대 조사'라고 일컫는다.

　법사의 생활은 매우 성실했다. 한 가지 예를 들면, 한번은 내가
화선지 한 권을 홍이법사에게 부치면서 불호(佛號)를 써달라고

부탁했다. 화선지가 좀 많았는지, 법사는 편지를 보내 남은 화선지를 어떻게 하면 좋을지 물었다. 또 한번은, 내가 회송용 우표를 보냈는데, 몇 장 더 보냈다. 법사는 더 보낸 몇 장을 내게 부쳐 반환했다. 그뒤 나는 종이나 우표를 부칠 때는 남은 것은 법사에게 드린다고 반드시 먼저 선언을 했다. 언젠가는 이런 일도 있었다. 나는 우리 집에 찾아온 법사에게 등나무 의자를 권했다. 법사는 등나무 의자를 가볍게 흔든 뒤 천천히 앉았다. 처음에 나는 감히 이유를 묻지 못했다. 나중에 법사가 매번 그렇게 하는 것을 보고, 이유를 물어보았다. 법사의 대답은 이랬다. "이 의자 속에, 두 등나무 사이에, 아마 작은 벌레가 숨어 있을 게야. 갑자기 앉으면 그것들이 깔려 죽을 터이니, 그것들이 피하여 달아나게 하려고 먼저 좀 흔들고 천천히 앉는 게지." 독자들은 아마 웃음이 나올 것이다. 하지만 이게 바로 그가 너무나 성실하다는 것을 말해주는 것이다.

지금까지 말했듯이, 홍이법사는 처음에는 풍류 공자에서 유학생으로, 그 다음에는 교사로, 세 번째는 도인으로, 네 번째는 스님으로 변했다. 매번 변할 때마다 정말 그 사람이 되었다. 마치 전통 연극에서 규방 여인 역이면 규방 여인 역, 서생 역이면 서생 역, 노신역이면 노신 역, 모든 배역을 기막히게 소화해내는 만능 배우 같았다. 모두 '성실' 때문이다.

이제 홍이법사는 푸젠 취안저우에서 입적했다. 구이저우의 쭌이로 흉보가 전해졌을 무렵, 나는 마침 충칭으로 옮기려고 행장을 꾸리던 중이었다. 충칭에 도착하면 법사의 초상 백 폭을 그려 각지에 나누어 보내 소식을 전하고 비석에 새기고 공양하도록 하고 싶었다. 초상 그리는 건 이제 발원대로 끝마쳤다. 이 세상에서 리 선생님과 나의 사제 인연은 이미 끝났지만, 그분이 남기신 가르침(성실)은 영원히 내 마음속에 새겨져 있다.

1943년 4월, 홍이법사 입적 167일 뒤, 쓰촨 우퉁차오 객사에서 ▨

나와 우리

시아 선생님을 애도하며

충칭 교외에서 시내로 옮겨, 상하이로 돌아가는 배편이 생기기를 기다리는 중이다. 시내로 막 옮겨오자마자 시아가이쮠 선생님께서 세상을 떠나셨다는 소식을 받았다. 삼 년 전 쭌이에서 충칭으로 떠날 때, 훙이법사가 극락왕생했다는 전보를 받았던 기억이 난다. 경애하는 두 분 선생님의 최후 소식이 모두 내가 경황 없이 이동할 때 전해졌다. 나로서는 이 우연한 일이 심상치 않다고 느낀다. 나는 두 분 선생님을 똑같이 존경하고 사랑했고, 두 분 또한 일찍이 소중한 가르침을 똑같이 주셨는데, 이렇게 흉보가 전해지니 마치 내게 똑같이 최후의 가르침을 주시는 것 같기 때문이다. 이것은 나로 하여금 특별한 애도와 경계를 느끼게 한다.

누구든 죽게 마련이라고 확신하는 것과 마찬가지로, 시아 선생님도 세상을 떠나리라고 일찌감치 확신하지 않은 건 아니었다. 그러나 이렇게 빠를 줄은 몰랐다. 팔 년 동안 그 분 곁을 떠나 있다가, 이제 막 다시 뵙게 되는가 했는데, 결국 다시 뵐 수 없게 되었으니! 아무리 하늘의 뜻이라지만, 이를 어쩌면 좋을지!

아직도 기억이 난다. 26년 가을, 루고우차오(盧溝橋) 사변 때, 나는 난징에서 항저우로 돌아가다 중도에 상하이에서 하차하여, 우저우루(梧州路)로 시아 선생님을 뵈러 갔다. 선생님은 만면에 근심을 담으시고, 한마디 말씀에 한숨이 한 번이었다. 나는 그날 밤차로 항저우로 돌아가야 했기에 총총히 작별을 고했다. '시아 선생님, 그럼 또 뵙겠습니다'고 인사를 했는데, 시아 선생님은 마치 욕이라도 하듯 분이 나서 '다시 만날 수 있을지 모르겠네!' 하고 대답하며, 응시하는 눈빛으로 문간에 서서 눈으로 전송하셨다. 나는 선생님을 돌아보며 웃었다. 시아 선생님은 늘 근심이 많았기에, 나는 선생님이 근심이 많은 것을 늘 비웃었다. 그때가 바로 우리의 최후 만남으로, 과연 그때 헤어지고 나서 '다시 만나지 못하게' 될 줄을 어찌 알았으랴!

나중에 나는 온 집안 식구들을 이끌고 창망 중에 피난을 다니며 창사 · 구이린 · 이산 · 쭌이 · 충칭 각지를 전전했다. 시아 선생님은 시종일관 상하이에 계셨다. 초반에는 그래도 자주 편지가 통했다. 시아 선생님이 적에게 체포되어 한 번 수감된 뒤, 혹시 무슨 누가 되지나 않을까 해서, 나는 감히 편지를 쓰지 못했다. 승리를 하자, 나는 긴 편지를 한 통 써서 보냈다. 답장한 선생님 필적이 예전처럼 여전히 힘이 넘치고 빼어난 것을 보고 나는 아주 기분이 좋았다. 글자는 정신을 상징한다. 시아 선생님의 정신이 예전 그대로임을 증명하는 것이어서, 나는 당시 곧바로 다시 만날 수 있을 거라고 생각했다. 그런데 교통과 생활이 날로 더욱 곤란해져, 나로 하여금 일찍 돌아가지 못하게 하고, 결국 승리 이후 여덟 달 반이 지난 오늘에야 이 산성 객사에서 그 분의 흉보를 접하게 될 줄을 어찌 알았으랴! 이 세상 마칠 때까지 품고 살아야 할 한이리라!

시아 선생님의 죽음은 '문단에서 노장 한 분이 사라진 것이며' '청년들이 스승 한 분을 잃은 것이다' 는 투의 말은 필시 많은 사람들이 했을 것이니, 내가 더 할 필요는 없을 것 같다. 나는 지금 단지 우리 사제의 정과 인연을 더듬어 애도의 정을 나타내고자 한다.

시아 선생님과 리수퉁 선생님은 똑같은 재기와 똑같은 흉금을 지니셨다. 단지 표면상으로 한 분은 스님이고, 한 분은 거사일 뿐이다.

삼십여 년 전, 내가 학생이었을 때, 리 선생님은 우리에게 그림과 음악을 가르치셨고, 시아 선생님은 국문을 가르치셨다. 나는 그 세 과목이 똑같이 엄숙하면서도 재미있었다. 두 분은 똑같이 문예의 참 뜻을 깊이 이해하셔서, 우리를 최고의 경지로 끌어올릴 수 있었기 때문이다. 시아 선생님은 늘 말씀하셨다.

"리 선생이 그림과 음악을 가르치니까, 학생들은 국문이나 수학보다 그림과 음악을 더욱 중요하게 본다. 이것은 인격이 배경이 되기 때문이다. 리 선생은 그림과 음악을 가르치지만, 단지 그림과 음악만 아는 게 아니기 때문이다. 리 선생의 시문 실력은 국문 선생보다 훨씬 낫고, 서예 실력은 습자 선생보다 훨씬 낫고, 영문 실력은 영문 선생보다 훨씬 낫기 때문이다……. 이것은 마치 불상이 하나 있어, 후광이 있으면, 사람들이 경앙하는 것과 마찬가지이다."

이 말은 또한 '선생님이 자기 자신을 말했다'고도 할 수 있다. 시아 선생님은 처음에는 사감으로 부임하여, 나중에 국문을 가르쳤다. 그러나 그 역시 박학다능하여, 음악만 하지 않았을 뿐 그 밖에 시문·회화(감상)·금석·서예·이학·불전 등에서 외국어 과학 등에 이르기까지 모르는 것이 없었다. 그래서 리 선생님과 어울릴 수 있었고, 학생들의 마음에서 우러나는 기쁨과 탄복을 얻을 수 있었다.

선생님이 사감을 맡을 때, 학생들은 몰래 시아 모과라는 별명을 붙였다. 그러나 이것은 결코 악의가 아니라 호의에서였다. 왜냐 하면 선생님은 둘러대거나, 기만하거나, 억압하거나 하는 등의 수단을 쓰지 않고 학생들을 마치 자녀처럼 대하면서 솔직하게 계도했기 때문이다. 잘되라고 해주는 소리는 원래 듣기 거북한 법이라, 학생들은 처음에는 선생님 머리가 크고 둥글다고 놀리는 투로 그

별명을 붙였다. 그러나 나중에 시아 선생님이 진심으로 우리를 사랑한다는 것을 모두 알고 나서, 그 별명은 애칭으로 변하여 계속 사용되었다. 학생들은 바라는 것이 있을 때마다 모두 '시아 모과에게 말하면 성공할 거야' 라고 했다. 선생님은 청원을 들으면 예끼놈 하며 한바탕 욕을 하곤 했지만, 그러나 만약 이치에 맞는 청원이면 마치 자기 청원인 것처럼 학생 대신 신경을 쓰곤 했다.

선생님이 국문을 가르칠 때는 바로 '5 · 4' 가 다가올 무렵이었다. 우리는 '태왕류별부로서(太王留別父老書)' '황화주인치무장공자서(黃花主人致無腸公子書)' 등과 같은 고문투 문체에 익숙했는데, 선생님은 갑자기 우리더러 '자술' 을 쓰라고 했다. 그리고 헛된 말을 쓰지 말고 진실을 써야 한다고 했다. 한 학우가 자기 부친이 타향에서 객사한 것을 쓰면서 '별이 빛나는 밤에 기어서 상지로 가다' 고 썼다. 시아 선생님이 쓴웃음 지으며 '자네는 그날 밤 정말로 기어갔나?' 하고 물어, 모두 웃음을 터뜨렸고, 그 학우의 얼굴은 홍당무가 되었다. 또 한 학우가 시대를 불평하고 은둔을 찬양하여 '비파와 서예를 즐기며 근심 쓸어내고 외로운 소나무 어루만지며 서성이려고' 한다고 하자, 시아 선생님은 사나운 소리로 '그런데 자네는 뭐 하러 사범학교에 들어왔나?' 하고 물어, 그가 할 말을 잃게 만들었다.

이런 교수법은 처음에는 완고하고 수구적인 청년들에게 반대를 받았다. 그들은 문장에서 고전을 사용하지 않고 시대를 불평하지 않으면 고아하지 못하다고 생각했다. 결국 누군가는 '자기 자신이 고문을 짓지 못하니까, 그래서 학생들이 못 짓게 하는 거야' 라고 했다. 그러나 결국 그런 사람은 소수였다. 다수 학생들은 이제껏 없었던 시아 선생님의 이런 대담한 혁명적 주장에 경탄하고 탄복했고, 마치 기나긴 꿈에서 문득 깨어난 듯, 지금이 옳고 옛날이 그르다는 것을 그제서야 깨달은 듯했다. 그게 바로 '5·4' 운동의 첫 걸음이었다.

리 선생님은 교사를 하면서, 자기 스스로 준칙이 되어, 말을 많이 하지 않고, 학생들이 충심으로 감동하여 자연스럽게 진심으로 따르게 만들었다. 이를테면 수업할 때, 선생님은 반드시 먼저 교실에 와서, 써야 할 것을 먼저 칠판에 모두 써놓았다(다른 칠판으로 가렸다가, 사용할 때 밀어 열었다). 그런 뒤 교단에 단정히 앉아 학생들이 모두 오기를 기다렸다. 이를테면 학생이 피아노를 따라 칠 때 잘못 치면, 선생님은 눈을 들어 그 학생을 한 번 보고 그저 '다시 쳐봐' 하고 말했다. 때로 선생님이 아무 말도 하지 않아도 학생은 선생님의 눈길을 받으면 스스로 다시 치겠다고 청했다. 선생님은 말씀이 아주 적었으며, 말을 할 때는 늘 온화하고 즐거운 얼굴이었다. 그러나 학생들은 선생님을 매우 무서워하면서 경애했다.

시아 선생님은 그렇지 않았다. 털끝만큼도 빼기는 게 없었고, 할 말이 있으면 곧바로 했다. 학생들은 그러면 히히 웃는 얼굴로 선생님과 친근해졌다. 우연히 교정을 걷다가 나이 어린 학생이 개를 놀

山中有直樹
世上無直人

산에는 곧은 나무가 있건만 세상에 곧은 사람이 없다

리는 것을 보면 선생님은 또 참견하며 '왜 또 이 개를 못살게 구는 거냐!' 했다. 시아 선생님이 쉬는 날이 되어 학생들이 문을 나서는 걸 보고 '좀 일찌감치 돌아와, 술 마시면 안 돼!' 하고 소리쳤고, 학생은 웃으며 연신 '안 마셔요, 안 마셔요' 하면서 서둘러 길을 걸었다. 멀리까지 걸어갔는데 시아 선생님이 또 '돈 좀 조금 써라!' 하고 소리치곤 해서, 학생들은 한편으로 웃으면서도 한편으로 실로 선생님에게 감격하고 선생님을 경애했다.

시아 선생님과 리 선생님이 학생을 대하는 태도는 완전히 달랐다. 그런데 학생들이 두 선생님을 경애하는 것은 완전히 같았다. 그 두 스승은 부모와 같았다. 리 선생님의 가르침은 '아버지의 가르침'이었고, 시아 선생님의 가르침은 '어머니의 가르침'이었다. 시아 선생님은 나중에 『사랑의 교육(愛的敎育)』을 번역하여 국내에 널리 유행되었고 사람들의 마음 깊이 파고들었으며, 심지어 국문 교재로까지 채택되었다. 결코 우연한 일이 아니다.

나는 사범학교를 졸업한 뒤 일본에 갔다. 일본에서 돌아와 시아 선생님과 함께 일하며, 교사를 하고, 편집을 했다. 나는 모친상을 당한 뒤 사직하고 한가로이 살았으며, 피난 때까지 계속 그랬다. 그러나 그 동안 서점과 연락할 일이 여전히 많아서, 자주 상하이에 가서 시아 선생님을 만났다. 그래서 나는 시아 선생님 밑에서 졸업을 한 때부터 항일전쟁 며칠 전에 결별하기까지 이십여 년 동안 자주 시아 선생님과 가까이 했고 끊임없이 선생님의 가르침을 받았다. 그때 리 선생님은 이미 스님이 되어, 짚신에 깨진 바리때를 매고 사방을 구름처럼 다녀, 시아 선생님과는 완전히 다른 세계의 사람 같았다. 그러나 나로서는 여전히 예전의 두 분 스승이며, 다만 가르치는 대상이 학업에서 확대되어 인간 세상이 된 것이라고 생각했다.

리 선생님은 '오갈 데 없어서 불문으로 숨어든' 것이 아니라, 인생의 근본 문제 때문에 스님이 된 것이었다. 그 분은 진정한 스님이었다. 중생의 고통과 미혹을 통감하여 인생의 근본 문제를 철저히 해결하려고 '대장부의 일을 행한' 것이었다. 세상의 모든 일 중 진정한 스님이 되는 것보다 더 위대한 것은 없다. 세상의 모든 인물 중 진정한 스님보다 더 대장부의 모습을 갖춘 것은 없다. 시아 선생님은 비록 스님이 되지는 않았지만, 그러나 역시 리 선생님의 흉금을 완전히 이해했다. 시아 선생님은 리 선생님이 대장부의 일을 행한 것을 잘했다고 찬양했다. 다만 갖가지 속세의 인연이 장애물이 되어 시아 선생님으로 하여금 대장부의 일을 하지 못하게 한 것이다. 시아 선생님 일생의 우수과 고민은 여기서 발생했다.

시아 선생님을 잘 아는 사람들 가운데 시아 선생님이 근심 걱정이 많은 사람이라는 것을 모르는 이는 하나도 없다. 선생님은 세상의 모든 불쾌·불안·가식·위선·불미스런 상태를 보면 언제나 눈살을 찌푸리고 한숨을 쉬셨다. 선생님은 자기 집뿐만 아니라 친구를 걱정하고, 학교를 걱정하고, 점포를 걱정하고, 나라를 걱정하고, 세상을 걱정했다. 친구 중 누군가 병이 나면 눈살을 찌푸리고 그를 걱정했다. 누군가 실직해도 또 눈살을 찌푸리고 그를 걱정했다. 누군가 싸우면, 누군가 취하면, 심지어 친구의 부인이 아기를 낳으려고 하면, 아기가 넘어지면…… 시아 선생님은 눈살을 찌푸리고 그들을 걱정했다.

학교 문제, 회사 문제 등을 다른 사람들은 모두 관례대로 공적인 일로 처리하는데, 시아 선생님은 마치 제 집안일처럼 진심으로 걱정했다. 국가의 일, 세계의 일, 다른 사람들은 역사 소설 정도로나 보는데, 시아 선생님은 모두 자신에게 절실한 문제로 진심으로 걱정하고, 눈살을 찌푸리고, 한숨을 쉬었다. 그래서 나는 선생님과 함께 일할 때면, 선생님에게 걱정 거리를 더해주지 않으려고 부러 더 낙관적으로 말하기도 하고, 때로는 선생님을 속이기까지 했다. 시아 선생님은 리 선생님과 마찬가지로 중생의 고통과 미혹을 통감했다. 그러나 리 선생님처럼 인생의 근본 문제를 궁극적으로 해결하겠다는 대장부의 모습은 아니었다. 선생님은 단지 근심과 걱정으로 노년을 마치셨을 뿐이다. '인간 세상'이라는 이 큰 학교에서, 두 분 스승이 베풀어준 것은 바로 '아버지의 가르침'과 '어머니의 가르침'이었다.

친구 부인이 아기를 낳으려고 하거나 아기가 넘어지는 등의 일까지 모두 걱정하곤 했던 시아 선생님이었다. 그렇다면 팔 년 동안 깊은 물 속, 뜨거운 불 속과 같았던 상하이 생활은 선생님에게 수

십만 더미의 근심과 걱정을 더해주었을지도 모른다! 근심은 사람을 상하게 한다. 시아 선생님의 죽음은 근심과 걱정의 원인을 제공한 사회가 가져온 것이니, 일본 침략자가 재촉한 것이다!

　예전부터 글을 한 편 쓰고 나면 늘 '시아 선생님이 이걸 보시면 뭐라고 하실까' 생각하곤 했다. 바로 시아 선생님의 지도와 격려 덕에 글을 쓰게 되었기 때문이다. 오늘 이 글을 다 쓰고 나서 또 본능적으로 '시아 선생님이 이걸 보시면 뭐라고 하실까' 생각하니, 두 줄기 뜨거운 눈물이 원고지 위에 무겁게 떨어진다.

1946년 5월 1일 충칭 객사에서 🔳

1898년 청나라 광서 24년　11월 9일(음력 9월 26일) 저장성 스먼진(지금은 퉁시앙 시에 속함)에서 태어나다. 부친은 펑후앙(豊鐄), 모친은 중윈황(鍾雲芳)이다. 형제 가운데 일곱째로 장남이며, 아명은 쯔위(慈玉)이다.

1902년 5세　가을에 부친이 과거에 급제하다. 조모 별세하다.

1903년 6세　부친 서당에서 공부하다. 학동 시절 이름은 펑룬(豊潤).

1906년 9세　가을에 부친이 폐병으로 별세하다.

1907~1909년 10~12세　윈즈(雲芝) 서당으로 옮겨 계속 공부하다. 〈개자원화보(芥子園畫譜)〉 인물상을 그대로 보고 그리다 서당 선생에게 발견되어, 학우들이 아침저녁으로 인사하도록 공자상을 그리라는 명을 받아, 이로부터 '어린 화가'로 이름을 날리다.

1910～1914년 13～16세　시시(溪西) 학당에서 공부하다. 당시 선거 열
풍으로 필획이 간단한 글자로 이름 한자를 바꾸는 풍조를 따라 선생이 펑
런(豊仁)으로 개명해주다.

1914년 17세　2월, 《소년잡지(少年雜誌)》에 처음으로 우언(寓言) 네
가지를 발표하다. 봄에 소학교 졸업하다. 가을에 저장성 제일사범학교에
합격하여, 항저우에 가서 입학하다.

1915～1917년 18～20세　산푸안(單不厂) 선생이 펑런에서 쯔이(子顗)
로 개명했고, 나중에 쯔카이(子愷)로 개명하다. 리수퉁 선생에게 동양화
와 음악을 배우고, 시아가이쥰 선생에게 문학을 배워, 문예의 길을 걷기
시작하다.

1918년 21세　저장제일사범학교 『교우회지(校友會誌)』에 최초로 「시시
버들(溪西柳)」 등 시사를 발표하다. 〈칭타이먼 밖(清泰門外)〉 등 크로
키를 창작했는데, 현재까지 전해지는 것으로는 가장 이른 그림이다. 리수
퉁 선생이 출가하여 훙이법사(弘一法師)가 되었고, 펑쯔카이에게 막대
한 영향을 끼치다.

1919년 22세　2월, 쉬리민(徐力民)과 결혼하다. 졸업 후 학우 우멍훼이
(吳夢非)·리우즈핑(劉質平)과 상하이에서 사범전문학교(專科師範學

校) 창설하다. 동시에 동아체육학교(東亞體育學校)에서 미술 수업 겸임하고, 또한 이 학교 교지에 처음으로 미술이론에 관한 글을 발표하다. 뜻 있는 사람들과 중화미육회(中華美育會) 발족하다.

1921년 24세 '문학연구회'에 회원 가입하다. 초봄, 빚을 내서 일본에 가 음악·미술 등을 열 달 동안 공부하다. 경비가 떨어져 귀국하다. 귀국 이후 계속해서 미술·음악을 가르치다.

1921～1922년 25～26세 상위(上虞) 바이마후(白馬湖) 춘후이중학(春暉中學)에 부임하여 미술과 음악을 가르치다. 만화 창작 시작하여, 1922년 춘후이 학교 교지에 〈징쯔위앤 선생의 강의(經子淵先生的演講)〉〈여자 손님(女來賓)〉 두 그림을 발표하다.

1925년 27세 춘후이를 떠나, 상하이에 가서 리다중학(立達中學, 나중에 리다학원으로 개명) 창설에 참가하다. 번역『고민의 상징(苦悶的象徵)』처음 출판하나. 〈문학주보(义學週報)〉에 "쯔카이 만화(子愷漫畵)"를 발표하여, 중국에서 "만화"라는 단어를 사용하기 시작하다. 12월, 첫번째 만화집『쯔카이 만화』와 첫번째 음악이론서『음악의 상식(音樂的常識)』출판하다.

1927년 30세 홍이법사가 펑의 집을 "위앤위앤탕(緣緣堂)"이라고 명명

하다. 펑쯔카이는 홍이법사를 따라 불문에 귀의하여, 법명을 잉싱(嬰行)
이라 하다.

1928년 31세 『호생화집(護生畵集)』 제1책(총6책)을 그리기 시작하
여, 홍이법사 50세를 경축하다.

1929년 32세 카이밍서점(開明書店) 편집을 맡다.

1930년 33세 모친 별세, 복상 기간에 수염을 기르기 시작하다. 교직 사
임하고 지아싱에서 살다.

1931년 34세 첫 산문집 『위앤위앤탕수필』 나오다. 상하이 강만(江灣)
에 거주하다.

1933년 36세 스먼에 위앤위앤탕 신축 낙성하다.

1934년 37세 항저우에 셋집 얻어, 상하이·항저우·스먼 사이를 늘 왕
래하다.

1937년 40세 8·13 사변 발발하여, 스먼이 폭격당하다. 식구를 데리고
피난하여, 퉁루를 거쳐 장시성으로 들어가다.

1938년 41세　핑샹에 도착하여, 위앤위앤탕이 포화에 무너졌다는 소식을 접하다. 3월에 창사로 옮겼다가, 또 우한으로 가 항전을 선전하다. 6월, 구이린사범(桂林師範)의 초빙을 받고 온 가족이 꾸이린으로 옮기다.

1939년 42세　저장대학의 초빙을 받고 4월에 구양시 이산으로 옮기다. 일본군이 난닝(南寧)을 공격하여, 선생 학생 직원 등이 각각 구이저우, 뚜윈으로 출발하다.

1940년 43세　학교 따라 뚜윈에서 쭌이로 가다. 『위앤위앤탕수필』이 처음으로 일역되어 일본에서 출판되다.

1941년 44세　가을, 강사에서 부교수로 승진하다.

1942년 45세　국립예술전문학교 초빙을 받아, 11월에 쭌이를 떠나 충칭 사핑빠로 가, 국립예전 교수로 부임하다. 충칭에서 제1차 개인 전시회 열다. 흑백 만화에서 채색 인물 풍경화로 화풍을 바꾸다.

1943년 46세　설 이후 루저우(瀘州)·쯔궁(自貢)·우퉁차오(五通橋)·러산(樂山)에서 전시회 열다. 여름에 자비로 "사핑소옥(沙坪小屋)" 건축하다. 얼마 안 가 예전에서 사직하고, 글 쓰고 그림 팔아서 생활하다.

1944년 47세　이른 봄, 쓰촨 동부 창소우(長壽)·푸링(涪陵)·펑두(豊都)에서 전시회 열다. 겨울, 쓰촨 북부에 가서 난충(南充)·랑중(閬中)에서 전시회 열다.

1945년 48세　6월, 룽창(隆昌)에 가서 리다학원 창립 20주년 기념 행사에 참가하고, 전시회 열다. 7월, 네이장(內江)·청두(成都)에 가서 전시회 열다. 항전 승리 소식이 전해져, 〈광환의 밤(狂歡之夜)〉을 그리다. 11월, 충칭에서 또 전시회 열고, 베이베이로 갔는데, 그곳에 있던 후우단 대학에서 환영회를 열어주다.

1946년 49세　7월 초, 충칭을 떠나 바오지(寶鷄)·카이펑(開封)·정저우(鄭州)·우한·난징을 거쳐, 9월에 상하이에 도착하다. 위앤위앤탕 위령제를 올린 뒤 항저우로 가다. 우한·상하이에서 각각 전시회를 한 차례 열다. 12월, 첫 채색 화집 『쯔카이 만화선』이 상하이에서 나오다.

1947년 50세　2월, 리다학원 복구 기금 모금을 위하여 난징으로 가서 전시회 열다. 3월, 가족을 데리고 시후 호숫가에 세를 얻어 살며, 여전히 글 쓰고 그림 팔아 생활하다.

1948년 51세　9월, 타이완에 가서, 타이베이에서 전시회 열다. 11월, 샤먼(厦門)에 거처를 정하고, 취안저우(泉州)·진장(晋江)·스스(石

獅)·스마(石碼) 등지에서 전시회를 열고 강연을 하다.

1949년 52세　4월, 단신으로 홍콩에 가 전시회를 열고 난 후 상하이로
가, 먼저 상하이로 돌아간 가족과 만나다. 상하이에서 중화인민공화국 탄
생을 맞다.

1950~1953년 53~56세　푸저우루(福州路)에서 살다. 러시아어를 배
워, 투르게니에프의 『사냥꾼의 일기』 러시아어 원본 및 소련의 여러 음악
미술 교학 참고서를 번역하다. 1953년 4월 상하이 문사연구관 관무위원
으로 초빙되다.

1954년 57세　중국미술협회 상무이사로 처음 부임하고, 상하이 미술가
협회 부주석(1962년부터 주석 부임)으로 부임하다. 9월, 산시난루(陝西
南路)로 이사하고, 거처를 "일월루(日月樓)"라고 명명하다.

1955년 58세　7월, 모산산 유람하다.

1956년 59세　7월, 루산(廬山) 유람하다. 12월, 상하이 인민대표로 선
출되다.

1957년 60세　6월, 전장(鎭江)·양저우(揚州) 유람하다. 상하이 시 정

협위원으로 처음 부임하다.

1958년 61세   제3회 전국정협위원으로 처음 부임하다.

1959년 62세   4월, 베이징에 가서 전국 정협 3회 1차 회의 출석하다.

1960년 63세   3월, 베이징에 가서 전국 정협 3회 2차 회의 출석하다. 6
월, 상하이 중국화원 원장에 취임하다.

1961년 64세   4월, 후앙산 유람하다. 9월, 상하이 정협 참관단을 따라
지앙시에 참관하러 가다.

1962년 65세   3월, 베이징에 가서 전국 정협 3회 3차 회의 출석하다. 5
월, 진후아(金華) 유람하다. 12월, 일본 고전소설 『겐지 모노가타리』 번
역 시작하다(1965년 번역 완료, 사망 이후 출판).

1963년 66세   3월, 닝보(寧波) · 조우산(舟山) · 푸투오 유람하다. 10
월, 전지앙 · 양저우 다시 유람하다. 11월, 베이징에 가서 전국 정협 3회
4차 회의 출석하다.

1965년 68세   11월, 싱가포르 구앙치아 법사(廣洽法師)와 함께 쑤저

우 · 항저우 유람하다.

1966년 69세   3월, 사오싱 · 지아싱 · 난쉰(南潯) · 푸저우 · 링후(菱湖)
유람하다. 6월, '문화대혁명' 와중에 비판당하다.

1967~1972년 70~75세   '문화대혁명' 중 온갖 잔혹한 고초를 겪다. 여
전히 옛 제재대로 많은 그림을 그리고, 〈敝帚自珍〉이라 하다. 또 몰래 일
본 고전문학 『오치쿠보 모노가타리』『다케토리 모노가타리』『이세 모노가
타리』를 번역하고, 『위앤위앤탕속필(緣緣堂續筆)』을 창작하다.

1973년 76세   3월, 항저우로 여동생 만나러 가다.

1974년 77세   이른바 '지하 전시회'를 열던 중 또 비판당하다.

1975년 78세   4월, 고향으로 여동생 만나러 가다. 9월 15일 폐렴으로 사
망하다.

점점漸, 1928년 6월 『一般』 5권 6월호, 『豊子愷代表作』 재수록

기차 속 세상車廂社會, 『車廂社會』, 1935년 7월, 上海良友圖書印刷

　　公司, 『豊子愷代表作』 재수록

세상의 그물剪網, 『豊子愷散文選集』

큰 메모장大賬簿, 1929년 5월 『小說月報』 20권 5기, 『豊子愷代表作』

　　재수록

후아잔의 일기華瞻的日記, 『豊子愷散文選集』

애들 놀이兒戲, 1933년 3월 27일 『申報 自由談』, 『豊子愷代表作』 재

　　수록

나의 아이들에게給我的孩子們, 『豊子愷散文選集』

사식兒女, 『豊子愷散文選集』

아버지 노릇作父親, 1933년 7월 『文學』 1권 1기, 『豊子愷代表作』 재

　　수록

어렸을 적憶兒時, 『豊子愷散文選集』

그림 배우던 추억學畫回憶, 1935년 3월 『良友』 畫刊 103기, 『豊子愷

　　代表作』 재수록

나의 고학 경험 我的苦學經驗, 1931년 1월 『中學生』 11기, 『豊子愷代表作』 재수록

손님 作客者言, 1934년 9월 16일 『論語』 49기, 『豊子愷代表作』 재수록

모깐산 반쪽 유람기 半篇莫干山遊記, 1935년 6월 1일 『論語』 66기, 『豊子愷代表作』 재수록

수험생 인솔 送考, 1934년 10월 『中學生』 48기, 『豊子愷代表作』 재수록

가을 秋, 1929년 10월 『小說月報』 20권 10기, 『豊子愷代表作』 재수록

잡감 열세 가지 隨感十三則, 『豊子愷散文選集』

집家, 1936년 11월 16일 『論語』 100기, 『豊子愷代表作』 재수록

얼굴 顔面, 『豊子愷散文選集』

보하오의 죽음 伯豪之死, 1929년 11월 『小說月報論語』 20권 11기, 『豊子愷代表作』 재수록

어머니 我的母親, 『豊子愷散文選集』

리수퉁 선생님 懷李叔同先生, 『緣緣堂隨筆』, 1957년 11월, 北京, 人民文學出版社, 『豊子愷代表作』 재수록

시아 선생님을 애도하며 悼丏師, 『率眞集』, 1946년 10월 10일, 上海萬葉書店, 『豊子愷代表作』 재수록